9클래스 소드 마스터

WISHBOOKS FUSION FANTASY STORY

이형석 퓨전 판타지 장편소설

9클래스 소드마스터 8

이형석 퓨전 판타지 장편소설

초판 1쇄 찍은 날 | 2020년 1월 10일
초판 1쇄 펴낸 날 | 2020년 1월 17일

지은이 | 이형석
펴낸이 | 예경원

기획 | 위시북스
편집책임 | 이은송
편집 | 위시북스

펴낸곳 | 예원북스
등록번호 | 제396-2012-000132호
등록일자 | 2012. 7. 25
KFN | 제1-505호

주소 | 경기도 고양시 일산동구 호수로 646-24 위너스21Ⅱ빌딩 206A호 (우)10401
전화 | 031-819-9431 팩스 | 031-817-9432
E-mail | yewonbooks@naver.com

ISBN 979-11-365-1065-5 04810
　　　979-11-6424-597-0 (set)

9클래스 소드 마스터
8
WISHBOOKS FUSION FANTASY STORY
이형석 퓨전 판타지 장편소설
Wish Books

CONTENTS

▶Chapter 1◀

　푸스스슥…… 푸슥……. 푸슥…….

　커다란 성벽이 무너지면서 마치 잿가루가 휘날리는 것처럼 검은 먼지가 사방을 뒤덮었다.

　"어떻게…… 된 거죠?"

　"리치 놈이 저 녀석을 마음에 들어한 건가 보지. 아니면 말도 안 되는 말에 혹했던지."

　"윽……!!"

　에이단은 자신의 머리 위에 팔을 얹으며 말하는 고든의 무게에 눌려 움찔거렸다.

　"정말 리치까지 제 수족으로 만들 줄이야. 말도 안 되는 녀석이 나타났어."

　"아직은 아닙니다. 자르카 호치가 제 말을 들을지 아니면 영원히 모르쇠 하며 눈을 돌릴지는 모르는 일이죠."

카릴은 바닥에 쓰러져 있는 얼음 발톱을 쥐었다.

"뭐가 되었든 네가 고스트 캐슬의 주인을 봉인한 것은 사실이지."

부서진 장벽 사이로 독기가 빠져나간 땅은 여전히 죽음의 땅이었지만 위용을 자랑하던 성이 사라지자 가득했던 언데드들이 모두 사라지고 그저 평범한 불모의 땅으로 변했다.

[에테랄이 이 사실을 알면 난리가 나겠군. 얼음 발톱에 사령을 집어넣다니 말이야.]

카릴의 얼음 발톱은 종전의 푸른 빛이 서린 날이 아닌 조금 더 새하얗게 변해 있었다.

폭염왕 라미느는 자르카 호치의 영향으로 색이 변한 그 검을 바라보며 말했다.

'에테랄? 다른 정령왕도 너처럼 살아 있는 자가 있어? 비전의 샘에서 얻은 빛과 어둠 말고도?'

그의 말에 카릴이 되물었다.

[살아 있다, 라……. 정령이란 존재 자체가 영체(靈體)이기 때문에 살아 있다고 표현을 하는 게 맞는지 모르겠지만, 소멸이란 기준에서 봤을 땐 너의 표현대로 살아 있다는 것이 맞겠지.]

라미느는 말을 이었다.

[전에도 얘기했을 텐데. 정령계가 비록 약해졌다고는 하지만 완전히 사라진 것은 아니야. 나처럼 인간계를 택한 자가 있

듯이 정령계를 택한 자들도 있다.]

그의 말에 카릴은 고개를 끄덕였다.

'그래. 정령계를 열 정도의 정령력이 없다면 전에 내가 얻은 2대 광야(光夜)의 진짜 힘도 이끌어낼 수 없고. 일단은 걱정하지 않아도 되지 않을까. 해일의 여왕은 정령계에 있을 테니까.'

[난 그녀가 정령계에 잠들어 있다고 한 적 없는데.]

라미느의 말에 카릴이 인상을 구겼다.

그의 표정이 변하자 망령의 성에 있던 사람들은 의아한 얼굴로 그를 바라봤다.

'……물의 정령왕이 인간계에 있단 말이야? 그런 중요한 얘기를 어째서 하지 않은 거야?'

[말해도 얻을 수 없는 곳에 있으니까. 말할 필요가 없었지.]

'거기가 어딘데?'

[나도 모른다.]

너무나도 당당한 그의 대답에 카릴은 어이가 없다는 듯 헛웃음을 지었다.

'……지금 날 놀리는 거야?'

[하지만 에테랄을 봉인한 사람은 알지. 그가 에테랄을 봉인하면서 얼음 발톱과 함께 상자 하나를 남겼다.]

"……!!"

그 순간 카릴은 회색교장에서 알른 자비우스가 얼음 발톱이 있었던 관 안쪽에 보관되어 있던 상자를 그에게 꺼내줬던 것을 떠올렸다.

카릴은 알른이 그 상자를 주면서 자신에게 했던 말을 기억했다.

─전생에 나르 디 마우그가 가져간 것이다. 이번엔 네가 선수를 치게 되겠지. 너와 회색교장에 왔을 때 녀석이 이걸 가져간 게 틀림없다.

'그래. 확실히 그런 일이 있었지.'

하지만 꽤 오래전의 일이기도 했고 상자를 얻고 난 뒤에도 열 방법을 찾지 못해 카릴은 그 상자를 타투르에 그냥 보관해 두고는 그조차도 잊고 있었던 일이었다.

'설마…… 그 상자 안에 에테랄이 봉인되어 있다는 건가?'

[그건 아닐 거다. 예전의 그 남자는 에테랄과 얼음 발톱을 따로 떼어놓을 거라고 했거든. 하지만 그 상자 안에 단서가 있을 수도 있지.]

알른 자비우스는 용마력이 있으면 상자를 열 수 있다고 했었다. 하지만 용마력을 습득한 지금도 상자를 열 수는 없었다.

알른 자비우스는 분명 그 상자 안에 다른 안배가 되어 있는 것을 알고 있을 테지만 이제는 그 비밀을 물어볼 사람이 존재하지 않았다.

'알른의 말이 맞다면 전생에 그 상자를 숨긴 것도 나르 디

마우그였다.'

카릴은 오랜만에 그의 얼굴을 떠올렸다.

신탁이 내려지고 나르 디 마우그가 인간의 모습으로 인류
에 나타났을 때. 이 세계에는 존재하지 않을 것 같은 은빛과
백색 그 경계의 색과 같은 그의 머리칼만큼이나 그는 차분하
고 속을 알 수 없는 모습이었다.

'그 자식…… 도대체 무슨 짓을 하고 다녔던 거지?'

카릴은 그를 전생에서 죽음의 위기 앞에 끝까지 자신의 곁
에 남아준 유일한 동료라고 생각했었다.

하지만 회귀를 하고 난 뒤부터 들려오는 이야기들은 계속해
서 카릴에게 의문과 의혹만을 남겨줄 뿐이었다.

"……."

카릴은 잠시 눈을 감고서 조금 전 자르카 호치와의 대화를
떠올렸다.

-그게 정말이야? 확실히 백금룡이 그런 짓을 했어? 드래곤이
어째서 엘프의 숲을 불태웠지? 그럴 이유가 뭐가 있다고.

[흥, 그렇다면 내가 이 상황에서 네게 거짓말을 할 이유는 뭐지?
나르 디 마우그를 옹호하기 위함도 아니고 그의 실체를 밝히는 것
에 있어서?]

-하지만…… 어째서 백금룡이 엘프의 땅을 이렇게 만들어 버린 거야.

[모르지. 드래곤이란 족속들은 모두 그런 놈들이니까. 녀석들의 눈엔 모든 것이 장난감으로 보일 테니까. 이유가 없지.]

자르카는 백금룡을 향해 말하는 듯 으르렁거렸다.

[내가 리치가 되고 난 뒤 수백 년이 흐르고 인간에게 염룡이 죽었다던데. 꼴좋다. 이왕이면 이 세계에 남은 드래곤들을 모두 죽어 버렸으면 좋았을 것을.]

-염룡과 백금룡은 다르지. 염룡은 인간 세계를 공포로 몰아넣었던 악룡이다.

카릴의 말에 자르카는 코웃음을 쳤다.

[그럼 엘프를 죽인 드래곤은? 악룡이 아니라 신룡이라도 된단 말이더냐.]

-그건…….

[모두 똑같은 족속들이다. 결국 녀석들은 신의 족속들이니까. 신이 명령한 것을 이행하는 것이겠지.]

-그게 무슨 뜻이야? 신의 명령이라니.

자르카의 말에 카릴의 얼굴이 굳어졌다.

그러고는 얼음 발톱을 그에게 겨누며 차갑게 말했다.

-똑바로 말해. 애매한 말로 선동하려고 든다면 가만두지 않겠어.

[선동? 크…… 크큭. 내가 말하지 않아도 알아서 너도 이상

함을 느꼈나 보군.]

　──……너희 엘프야말로 신의 종족이 아닌가? 너희들은 스스로 빛의 종족이라 칭했잖아.

　카릴은 굳은 얼굴로 자르카를 향해 말했다.

　[웃기는 소리. 어떤 자가 그런 소릴 하지? 보아하니 인간의 역사는 이미 율라(Yula)가 원하는 대로 덧씌워졌나 보군.]

　-덧씌워졌다니?

　[엘프가 따르는 빛은 너희와 다르다. 우리가 따르는 빛은 라시스의 빛이니까. 태초의 빛은 둘. 율라와 라시스. 하지만 지금은 어디에도 그 빛을 구분 짓는 곳이 없지, 안 그래? 율라가 그 증거를 모두 없앴을 테니.]

　-2대 광야(光夜)…….

　[그래. 그리고 빛이 있으면 어둠이 있듯이 그 때문에 다크 엘프들이 숭배하는 빛은 두아트의 빛. 어둠이라 불리는 빛이다.]

　빛의 라시스와 어둠의 두아트.

　5대 정령왕과 달리 신이 직접 봉인한 정령왕들.

　-…….

　카릴은 자르카의 말에 자신도 모르게 등골이 오싹한 기분이었다.

　과거 알른 자비우스가 그에게 얘기했다.

　마법의 체계가 구축되는 과정에서 5대 속성이 세상을 구성하는 모든 속성이라 명명되었다.

하지만 그는 빛과 어둠의 존재에 대해서 카릴에게 말했으며 그 둘이 사라진 이유 역시 알렸다.

'그 힘이 신과 같기 때문에……'

카릴은 문득 손바닥을 펼쳐 바라보았다.

만약 자르카 호치의 말대로 드래곤이 신의 명령을 이행하는 종족이라면 신이 봉인한 빛과 어둠의 속성을 가진 비전력을 쓸 수 있는 알른 자비우스의 죽음이 정말 나르 디 마우그와 관련 있을 수 있을지 모른다.

'하지만……'

수많은 의혹과 함께 머릿속이 복잡해졌다.

카릴은 자르카 호치의 말에서 한가지 이상함을 느꼈다.

-드래곤 역시 본질적으로 정령계에 속하는 존재가 아닌가? 용마력 역시 정령력에 기대어 있다고 알고 있는데?

[그걸 알고 있나? 마도 시대의 마법사들이나 알고 있을 이야기인데. 정말 너란 인간은 보면 볼수록 특이하군.]

카릴은 알른 자비우스가 자신에게 했던 이야기를 기억하며 말했다.

자르카는 그의 말에 고개를 끄덕였다.

[네 말이 맞다. 하지만 힘의 원류가 정령력이라 하더라도 그 힘을 쓰는 족속이 신에게 굴복하는 건 비일비재한 일이니까.]

-드래곤이 신의 명령을 받아 움직였다, 라……

어쩌면 인류의 신탁이 있기 이전. 천년 마도 시대 때 엘프의 숲을 멸망시키고 7인의 원로회를 죽인 그때부터…….

'드래곤에게 따로 신탁이 내려진 건 아닐까.'

그런 생각이 들자 카릴은 자신도 모르게 등골이 오싹한 전율을 느꼈다.

억지일 수도 있지만 만약 그렇게 된다면 지금까지의 일들이 충분히 납득 될 수 있기 때문이었다.

'하지만…….'

그렇게 앞선 의문들의 해답을 찾는다면 그로 인해 더 큰 의문이 생기기도 했다.

'전생의 나르 디 마우그는 내가 어떤 생각으로 회귀를 하려는지 알고 있었다. 신의 종족이란 자가 신을 해하려는 나를 그냥 두었을까?'

꿀꺽-

카릴은 마른침을 삼켰다.

어디까지 알고 있는 것이며 어디까지 모르는 것인지 이제는 가늠할 수 없었다.

-백금룡이 엘프의 숲을 파괴하는 것 말고 다른 이상한 점은 없었나?

[글쎄. 다만…… 나르 디 마우그는 무언가를 찾는 것 같았다. 뭔지는 모르겠지만 천 년이나 지난 일이라 이미 찾았을 수도 있겠지.]

그의 대답에 카릴은 낮은 한숨을 내쉬었다.

-넌? 어째서 사령술을 익히게 되었지?

자르카 호치는 그의 물음에 고개를 저었다.

[나도 모른다. 나 역시 그때 죽은 사자(死者)에 불과하니까. 다만…… 다시 눈을 뜨게 되었고 그 이후 내가 리치가 된 것을 알았다.]

-널 부활시킨 자가 누군지 모른다, 라…….

아조르의 회색교장에서부터 남부를 가로질러 도착한 대륙의 끝인 망령의 성에서까지.

긴 여정 끝에 무언가 답을 찾을 수 있을 것 같으면서도 결국 명쾌하게 알 수 있는 것은 없었다.

-역시…… 녀석을 만나러 갈 수밖에 없나.

카릴은 그가 저택을 나서면서 생각했던 계획 중 하나인 나르 디 마우그를 만날 시기가 가까워졌음을 깨달았다.

-그래서 네 결정은 뭐지?

그의 물음에 자르카 호치는 낮은 목소리로 말했다.

[……따르겠다.]

"이제 어떻게 해야 하지?"

밀리아나가 그에게 다가와 물었다.

쯧.

카릴은 혀를 차고는 자르카와의 기억을 끝내고 천천히 주위를 살폈다.

"녀석이 사라지기 전에 내게 말한 게 있어."

그는 자르카 호치를 봉인한 얼음 발톱을 쥐고서 부서진 성 안 쪽을 가리켰다.

"얻을 건 얻고 가야지. 뭐, 조금 찝찝한 기분이지만……. 지금부터가 가장 즐거운 순간이니 말이야. 안 그래? 자르카."

그의 말이 끝나자 얼음 발톱의 날이 새하얗게 김이 서리기 시작했다.

마치 그의 말에 대답이라도 하는 것처럼 단순히 차가운 냉기만이 아닌 죽음의 기운이 검날에서 느껴졌다.

"알지? 엘프의 손재주는 드워프나 노움에 비해 떨어지지만, 그들 중에도 5대 무구를 만든 블레이더의 일원이 있었다는 거."

카릴은 입꼬리를 살며시 올리며 말했다.

"천년이나 발길이 닿지 않았던 곳이야. 그동안 꼭꼭 숨겨 놓은 것들이 뭐가 있는지……. 창고 좀 털어봐야지. 안 그래?"

"흠."

연회장의 커다란 테이블을 들추니 그 아래에 나 있는 나선의 계단이 나타났다.

카릴은 익숙한 듯 그 안으로 내려 걸어갔다.

철컥-

오래된 이끼 냄새와 함께 여러 층 높이의 지하까지 내려오고 난 뒤, 망령의 성 지하에 먼지가 쌓인 벽 중 한 곳을 누르자 놀랍게도 벽 뒤에 숨겨진 기관이 나타났다.

콰드드드득…….

레버를 잡아당기자 톱니바퀴가 맞물려 돌아가며 벽 안쪽에서 쇠사슬들이 여기저기에서 팽팽하게 당겨지는 소리가 울렸다.

쿠그그…….

갈라진 벽 뒤로 단단한 철문이 나타났고 다시 한번 기관이 작동하자 문이 열리기 시작했다.

"와……."

에이단은 서서히 열리는 지하 보고의 문틈을 바라보며 자신도 모르게 낮은 탄성을 질렀다.

어두운 지하에서 문 사이로 새하얀 빛이 쏟아지기 시작했다. 대륙에서 가장 희귀한 것들이 모여 있는 곳이라면 두말할 것 없이 모두가 타투르의 암시장을 꼽을 것이다.

지금은 구할 수 없는 마도 시대의 물건부터 누가 쓰다가 만 잡동사니까지 실로 별의별 것들이 모두 있었다.

"이거야 원……. 암시장은 저리 가라네요."

모두가 그의 감상에 동의를 했다. 타투르의 암시장을 가보지 못한 밀리아나조차 이 안에 있는 무구들이 범상치 않은 것들뿐이라는 것을 알았으니까.

'과연…….'

카릴은 주위를 한번 쓱 훑고는 만족스러운 얼굴로 고개를 끄덕였다.

전생에서도 공략되지 못한 곳이었으니 이 안에 있는 물건들 모두 카릴도 처음 보는 것들이었다.

'자르카.'

카릴이 그를 불렀다.

하지만 처음 성의 보고(寶庫)에 대해서 알려준 이후로 그는 묵묵부답이었다.

[비전의 샘에서 담금질을 한 덕분에 얼음 발톱이 영체의 보관책은 될 수 있겠지만 네가 사령술을 익히지 않았으니 그를 완벽하게 다루는 것은 힘들 거다.]

'내 말을 거부할 수 있다는 말인가?'

[그뿐만 아니라 얼음 발톱의 힘에 영향까지 줄 수도 있겠지. 뭐, 네게 봉인이 되기로 마음을 먹었으니 그렇게까지 삐뚤어지는 짓을 하진 않겠지만.]

그 말에 카릴은 살짝 인상을 찡그렸다.

고든 파비안 때도 그러했지만, 강자와의 싸움은 찰나의 틈이 승패를 가른다.

대륙에는 아직 4명의 소드 마스터가 더 있었고 그와 비슷한 강자인 7클래스 반열에 오른 대마법사들도 건재했다.

게다가 앞으로 만나야 할 강자 중엔 소드 마스터를 뛰어넘는 드래곤이란 종족도 기다리고 있었으니 무구를 제대로 쓸 수 없다는 것은 큰 약점이 될 수도 있었다.

'흠…… 라미느, 네 힘으로도 불가능한가? 생전에 엘프였는데 정령왕의 말은 따르겠지.'

[얘기한다면 몇 번은 가능하겠지. 하지만 엘프와 정령은 다른 차원에 존재하는 만큼 서로 공생하는 관계다. 나를 통해 명령을 내리는 것은 포기하는 게 좋아.]

카릴은 그의 말에 입맛을 다셨다.

'리치를 길들이는 일은 생각보다 손이 많이 가는 일이군. 이대로라면 오히려 약점이 될지도 모르겠어.'

[크큭, 뭐든지 쉽게 얻을 수 있는 건 아니니까. 조금은 너도 곤란이란 걸 겪어야 형평성에 맞잖아?]

라미느의 말에 카릴은 쓴웃음을 지었다.

'곤란이라…… 그런 걸 겪는 건 시간이 아까워. 나는 관광을 하러 대륙을 돌아다니는 게 아니니까.'

[여전히 욕심이 많은 녀석이군.]

'넌 모를 거다. 내 입장에선 그래야만 하는 이유가 있거든.'

[…….]

'사령술이라……. 불멸회의 도움이라도 받아야 하나.'

카릴은 눈앞의 펼쳐진 보고의 유물들을 얻을 즐거움 이전에 고민부터 생겼다.

7인의 원로회가 구축한 마법 체계는 확실히 여명회와 불멸회의 마법의 기반이 되었다.

그렇기 때문에 알른 자비우스가 카릴에게 남긴 마법 지식

속에도 분명 사령술에 관한 것이 존재하기는 했다.

'하지만 아쉽게도 7인의 원로회 중에서 알른은 비전술에 대가이지 흑마법에 정통한 자는 아냐.'

최초의 네크로맨서, 웰 바하르.

7인의 원로회 중 한 명이자 구스타브, 셸린 한과 함께 알른 자비우스를 죽인 배신자 중 한 명. 그는 마도 시대에 흑마법의 정점에 선 자였다.

알른이 회색교장에서 카릴에게 자신의 기억을 보여줬던 때, 비록 그의 매직 애로우에 머리통이 날아가긴 했지만 어쩌면 네크로맨서인 그는 그 당시에 죽지 않았을지도 모른다.

'할 일이 어째 자꾸 더 쌓이는 기분이군.'

카릴은 피식 웃었다.

현시점에서 웰 바하르의 유지를 이어받은 자들이라고 한다면 두말할 것 없이 불멸회의 마법사들이다.

대륙의 최북부에 있는 상아탑의 여명회와 함께 제국의 동북쪽에 있는 안티홈 대도서관을 거점으로 삼고 있는 불멸회는 명실공히 대륙의 양대 마법학파였다.

각 학파는 마법을 직시하는 견해가 완전히 달랐는데 여명회가 교단의 전폭적인 지지를 받는다면 불멸회는 그 반대였다.

'생각해 보니 안티홈 대도서관이 마론 협곡 근처에 있는데, 우습군.'

아이러니하게도 불멸회의 거점이 교단의 성지인 헤임(Heim)의

위쪽에 위치하고 있었기 때문이다.

헤임 자체가 숨겨진 곳이긴 하지만 카릴은 이동 마법진을 이용했을 때의 기억을 떠올렸다.

'예전과 달리 지금의 내 마력이라면 대도서관의 정문을 통과해서 안으로 들어갈 수 있다.'

저택을 나설 때만 하더라도 마력은 있었지만 혈맥이 뚫리지 않았었다.

하지만 지금은 비록 마법은 제대로 익히지 못했다 하더라도 뚫린 혈맥의 개수로는 이미 5클래스 중급 마법사와 동급이라 할 수 있다.

처음에 카릴이 마법회를 목표에 두지 않았던 이유는 여명회의 상아탑과 불멸회의 대도서관의 문은 오직 마법사의 반열에 오른 자에게만 열리기 때문이었다.

'잘 됐어. 어차피 한 번은 대도서관에도 가야 했으니까.'

카릴은 머릿속에 한 사람을 떠올렸다.

자신과 함께 싸웠던 신탁의 10인 중 한 명.

세르가와 함께 카이에 에시르의 재림이라 불렸던 두 명의 마법사 중 또 다른 마법사.

'본인은 그 말을 지독하게 싫어했지만……'

송곳의 이스라필.

세르가가 여명회 출신인 궁정마법사 카딘 루에르의 제자이자 제국의 아카데미에서 만들어진 엘리트라면, 세리카 로렌은 스승 없이 홀로 강해진 야생화 같은 마법사다.

그런 의미에서 이스라필의 내력은 특이하다.

엄청난 재능을 가졌음에도 불구하고 마법사의 반열에 오른 뒤, 불멸회에 입회하여 안티홈 대도서관의 사서로 평생을 살았기 때문이다.

'신탁이 내려지지 않았더라면 평생 그의 존재를 몰랐겠지.'

카릴은 그렇기 때문에 그를 앞으로 자신이 권좌에 오르는 데에 있어서 사용할 카드로 생각지 않았다.

'그는 신탁의 10인의 한 명으로 수많은 전투를 함께했었다. 저주술을 쓰는 흑마법사라는 직업이 가지는 냉혹한 느낌과 달리 그는 전투와는 맞지 않는 사람이었어.'

타락이란 괴물을 죽이는 것에도 버거워했던 그가 사람을 죽인다는 것은 함께했던 카릴조차도 상상이 가지 않는 일이었으니까.

그 유약한 성격 때문에 마법사들의 전쟁을 세리카 로렌, 세르가 그리고 미하일 삼파전으로 예상했던 것이다.

'뭐, 딱 한 번……. 그 전투가 있고 난 뒤에 완전히 달라졌지만.'

카릴은 씁쓸한 입맛을 다셨다.

별로 생각하고 싶지 않은 기억이 떠올랐기 때문이다.

'덕분에 어울리지 않게 송곳이란 이명도 얻었고.'

카릴은 가능하면 아스라필이 그때의 일을 다시 겪게 하고 싶지 않았다.

하지만 그 역시 전생을 살아온 자의 오만일지 모른다.

'뭐, 당장에 그를 얻을 순 없어도 얼굴도장은 찍어 두는 게 좋겠지. 사령술에 대한 조언도 받을 겸 말이야.'

어차피 고민을 해봐야 소용없는 일이었다.

그저 이후에 해야 할 일 중 한 가지가 더 명확해질 뿐이었다.

"무슨 생각을 그렇게 오래 해? 다른 사람들 모두 들어갔는데. 그러다 사람들한테 좋은 것들 다 빼앗길지 몰라?"

밀리아나가 생각에 빠졌던 카릴을 바라보며 물었다.

"그래. 들어가자."

그는 평소의 자신답지 않게 너무 오랫동안 고민을 했다고 생각했다.

'이스라필……. 당신을 얻어야 한다는 생각은 변함없지만, 그 시간이 다가오니 나도 모르게 감상적으로 돼버린 모양이야.'

우습다.

카릴은 고개를 저었다. 탑을 오르며 그런 사치는 더 이상 부리지 않기로 결심했다는 것을 그는 다시 한번 떠올렸다.

그때였다.

"마스터!! 이, 이, 이거……!! 산문갑(山文甲)이에요!! 말도 안 돼. 동방국에서도 고위급이 아닌 이상 구할 수 없는 최상급 보구인데……."

에이단은 눈을 반짝이며 카릴에게 소리쳤다.

그의 손에 들려 있는 갑옷은 세 가지 방향으로 튀어나와 있는 비늘이 사슬로 엮여 있는 갑옷이었다.

"이게 어떻게 엘프의 성에 있는 걸까요?"

"뭐, 동방의 주술도 천 년이라는 원류를 거슬러 올라가면 엘프의 것도 포함되어 있을지 모르지. 둘 다 자연계통의 술법이잖아."

"와……."

카릴의 말에 에이단은 마치 어린아이처럼 눈을 빛냈다.

"가져. 보아하니 보존 마법 이외에도 몇 개의 마법이 걸려 있는 것 같은데 어쩌면 동방국의 주인이 쓰는 갑옷보다 더 좋은 걸지도 모르지."

"지…… 진짜요?"

"물론. 난 이미 갑옷이 있고 저 사람은 갑옷 같은 게 필요 없는 사람이니까."

카릴은 고든을 가리키며 말했다.

"감사합니다!! 와……. 이런 건 진짜 평생 처음이에요."

에이단은 갑옷을 끌어안으며 어찌나 좋아하는지 울먹이는 목소리로 말했다.

"그런데 조심하는 게 좋아. 여기 있는데 모두가 진짜는 아니니까."

"네?"

"엘프가 부를 좋아한다는 얘기를 들어본 적이 있어? 광물을 사랑하는 드워프도 아니고 보석에 환장하는 노옴도 아닌데 말이야. 함정도 몇 개 있네. 잘못 만졌다가는 팔이 잘려 나갈 수도 있어."

"……."

어느새 갑옷 옆 선반에 쌓여 있는 황금으로 된 검집에 손을 가져가려던 에이단은 카릴의 말에 살짝 입맛을 다시며 도로 손을 집어넣었다.

카릴은 그런 그를 보며 피식 웃었다.

확실히 망령의 성안에 있는 엘프의 보고의 물건들은 하나같이 뛰어난 아티펙트들이었다.

하지만 의외로 에이단을 제외하고 카릴과 고든 그리고 밀리아나는 크게 감흥이 없는 듯 그저 유물을 감상하듯 지나갈 뿐이었다.

이미 소드 마스터의 반열에 오른 그들에게는 무구보다 자신의 성장이 더 중요했기 때문이다.

카릴 역시 자르카 호치가 봉인된 얼음 발톱 때문에 고민을 했지만 이곳에서 그것을 대체 할 만큼 대단한 검을 찾긴 어려울 거란 걸 알았다.

'흠……. 몇 가지는 그래도 챙겨야겠군. 베이칸과 키누 무카리 등에게 쓸 만한 것들이 있으니.'

카릴은 벽에 걸린 활 중 하나를 꺼내 살폈다.

푸른색의 대에 뱀의 이빨처럼 양 끝이 날카롭게 튀어나와 있는 특이한 활이었다.

'이건 황궁에 보관되어 있는 바람독이라 불리던 활과 비슷하

게 생겼군.'

카릴은 그것과 몇 개의 무구를 점찍어 두고는 나중에 야만족들을 불러 이곳의 무구들을 모두 가져가야겠다고 생각했다.

"카릴!!"

보고의 안쪽까지 들어간 고든이 뭔가를 발견했는지 우렁찬 목소리가 울렸다.

"아무래도 내 약을 찾은 것 같다."

팔짱을 낀 채 뿌듯한 얼굴의 고든이 카릴을 향해 고갯짓했다.

우우우우웅…….

보고 안쪽 벽면에 아름답게 세공이 되어 있는 분수대. 물은 이미 말라서 아무것도 없었다.

하지만 분수대의 위에 놓인 투명한 유리관 안에는 푸른색의 빛나는 작은 병 하나가 놓여 있었다.

"자르카가 말했던 영혼샘의 정수로군요."

카릴은 천천히 다가가 그것을 살폈다.

마치 별 가루를 뿌린 것처럼 병 안에 있는 푸른 액체가 반짝거렸다.

굳이 설명하지 않아도 모두가 이 보고 안에서 가장 희귀하고 귀중한 것이 바로 저것이라는 걸 알 수 있었다.

"꽤나 고생했지만, 이걸로 됐지. 보상을 받았으니."

고든이 천천히 손을 가져갔다.

"잠깐. 고든, 당신 약은 저게 아니라 그 옆에 있는 건데요?"

카릴이 담담한 목소리로 그를 불렀다.

"뭐?"

그 순간 모두의 시선이 분수대 옆에 자라난 거목 아래에 고여 있는 고약한 냄새가 나는 썩은 진액을 바라봤다.

[놀랍군. 아직도 이게 남아 있다니. 이건 마도 시대보다 더 오래전에 생긴 것이군.]

침묵을 깨고 입을 연 것은 폭염왕 라미느였다.

그는 보고 안에 있는 오래된 분수대를 바라보며 감회가 새로운 듯 말했다.

분수대의 문양은 신기하게도 시간이 멈춘 듯 잘 보존되어 있는 다른 무구들과 달리 유일하게 세월이 흐른 것처럼 낡아 있었다.

'아니, 조금 다른가……. 낡은 게 아니라 힘을 다하고 남은 껍데기 같다고 해야 하나.'

카릴은 분수대를 바라보며 생각했다.

화르륵……!!

그의 손등에 박힌 아인 트리거가 살짝 빛을 내며 작은 화염구가 주위에 일렁였다.

지금까지 굳이 모습을 드러내지 않고 있었던 그가 이렇게 적극적인 것에 카릴도 조금은 신기한 듯 화염구를 바라봤다.

다행히 사람들은 라미느의 화염을 단순히 카릴이 만든 불꽃이라 생각하고는 대수롭지 않게 여겼다.

'영혼샘이 뭔데?'

[일종의 차원문이다.]

'차원문……?'

카릴은 그의 말에 파렐(Pharel)을 떠올렸다.

그 역시 타락이라는 이계의 마물을 쏟아내던 일종의 차원문이였으니까.

[정령계로 갈 수 있는 문이지. 일전에 내가 정령계가 거의 소실되었다고 했었지? 그건 더 이상 인간계와 전령계가 연결되는 문이 사라졌기 때문이다.]

'정령술은?'

[지금으로써는 유일하게 정령계의 문을 연다면 그 방법뿐이지. 하지만 문이 사라지면서, 정령력이 거의 남아 있지 않은 인간계에서 정령술사들이 힘을 얼마나 발휘할 수 있겠나? 정령계약을 통한 문은 일시적이고 그 힘도 미약하지.]

카릴은 라미느의 말에 고개를 끄덕였다.

확실히 대륙에서 정령술사라는 존재를 찾는 것이 쉬운 일이 아닌 것도 그 때문이었다.

[저 안에 들어 있는 정수에 짙은 정령의 기운이 느껴진다. 나와 같이 누군가 봉인이 되어 있는 것은 아니지만……. 저 정도의 농도라면 한 번 정령계를 열 정도는 될 것 같은데.]

'그럼 이걸 열면 정령계로 갈 수 있다는 말이잖아? 라미느, 네가 정령계에도 정령왕들이 남아 있다고 하지 않았어?'

카릴의 말에 라미느는 부정의 의미로 그의 주위를 몇 바퀴 돌며 말했다.

[불가능해. 정수가 있다고 모두가 차원문을 열 수 있는 것은 아니다. 영혼샘을 발동시킬 정도의 정령력이 있어야 가능하지.]

'흐음……. 네 힘이 있는데도?'

[넌 내 힘이 있어도 비전력에 2대 광야의 힘을 모두 발휘하지 못하잖아? 나 역시 자르카 호치와 똑같다. 너는 내 힘을 온전히 쓰지는 못해. 다만 내가 그보다 좀 더 네게 호의적이라 도움을 주는 것일 뿐.]

'신랄하네.'

[너 정도면 현실을 알아야지. 지금보다 더 강해질 수 있으니까.]

카릴은 라미느의 말에 쓴웃음을 지었다.

정령계로 넘어가 남아 있는 정령왕들과 계약을 함으로써 정령력을 증가시키려고 했던 그의 계획이 무산되는 순간이었기 때문이다.

[나름 네게 기대하고 있다고. 꽤나 포악스러운 방법으로 나와 계약을 하긴 했지만 말이야.]

라미느는 카릴이 허리에 차고 있는 얼음 발톱 주위를 몇 바퀴 돌다가 사라졌다.

[게다가 저건 오래돼서 사용할 수 없다. 다른 영혼샘을 찾아야 할 거야. 그걸 알기 때문에 엘프들이 정수를 남겨 놓은 것이겠지.]

내심 기대를 했던 카릴이기에 라미느의 말이 더욱 아쉬웠다.

[만약 영혼샘을 재건한다면……. 또 모르지. 정령계 전체가 너에게 감사를 표할지.]

그의 목소리가 카릴의 귓가에 맴돌았다.

탈칵-

카릴은 분수대 위에 놓여 있는 영혼샘의 정수가 담긴 유리병을 조심스럽게 꺼냈다.

"……."

그러고는 무언가 생각을 하듯 안에 든 액체를 물끄러미 바라보고는 품 안에 조심스럽게 그것을 넣었다.

"카릴, 설마 지금 이걸 내게 먹으라는 거냐."

감상을 깨는 고든의 목소리가 들렸다.

그는 분수대 옆에 자라난 거목의 진액을 가리켰다.

부글…… 부글…….

끈적끈적한 진액이 고여 있는 웅덩이엔 기포가 터지며 고약한 악취를 뿜어냈다.

"크루아흐의 진액입니다. 그거 돈 주고도 못 사는 귀한 거예요. 에이단, 너도 담아둬. 나중에 우리도 쓸 곳이 있으니까."

"네? 저도요?"

카릴의 명령에 에이단도 꺼림칙한 표정으로 물었다.

"크루아흐? 그거 그린 드래곤의 이름 아냐? 서북쪽 레어에 자리 잡고 있는."

밀리아나가 카릴의 말을 듣고 되물었다.

"맞아. 그린 드래곤이 가장 좋아한다는 잎사귀가 바로 저 거목의 잎이거든. 과거에 엘프들이 관리를 했다고 하더군."

"엑? 그럼……. 크루아흐는 천 년이나 산 드래곤이란 말인가?"

"아닐걸. 지금 레어를 가진 드래곤 중에서 천 년 이상 산 드래곤은 백금룡이 유일해. 그만이 마도 시대를 겪은 유일한 존재지."

"그래?"

"지금의 크루아흐는 기껏해야 200년도 채 살지 않은 애송이거든. 잘은 모르지만…… 크루아흐는 아마 성(姓) 같은 게 아닐까?"

밀리아나는 카릴의 말에 감탄을 금치 못했다.

"도대체 어떻게 그런 걸 다 알고 있는 거야?"

"별거 아냐. 이런 시시콜콜한 이야기를 좋아하는 녀석과 친했을 뿐이니까."

"드래곤의 이야기가 쓸데없다고? 누군지 나도 한번 만나보고 싶네."

그녀의 말에 카릴은 피식 웃었다.

'만나면 놀랄걸. 드래곤인데.'

이런 시시콜콜한 이야기까지 함께했던 나르 디 마우그를 지금은 의심에 의심을 하게 되다니.

카릴은 씁쓸한 기분을 감추지 못했다.

"아 참."

그러고는 뭔가 생각이 난 듯 손가락을 튕기며 말했다.

"밀리아나, 이 진액의 다른 이름이 뭔지 알아?"

"야, 하지 마라."

그 순간 고든이 말하지 않아도 뭔가 불안한 기운을 감지한 듯 먼저 선수를 쳤다.

"크루아흐의 배설물."

"……."

카릴의 말에 그의 얼굴이 구겨졌다.

"고든, 싫으면 전에 얘기했던 방법을 쓰세요. 한 10년 동안 술을 마시지 않으면 산화혈액증은 나을 겁니다. 아, 물론 육류도 금해야 하고요. 매일 정해진 시간에 마력 순환도 해야 할 겁니다."

"……닥쳐."

술을 끊는 것이 죽기보다 싫은 고든 파비안은 욕지거리를 내뱉으면서도 결국 영혼샘 옆에 있는 고목의 진액을 수통에 담았다.

"그런데 뭔가 아쉽지 않아? 저 분수대가 대단한 유적인 건 알겠지만……. 엘프의 보고치고는 좀 심심한 감이 없지 않아 있단 말이지."

"보고 안에 있는 무구들은 모두 평범한 게 아닙니다. 눈독 들이지 마세요. 제가 모두 가져갈 거니까."

고든은 카릴의 말에 코웃음을 쳤다.

"나 참, 저것들을 다 가져가서 전쟁이라도 치를 생각이냐."

"네."

"……"

당당하게 말하는 카릴의 모습에 고든은 입술을 씰룩이고는 말했다.

"저것들이 모두 A급 무기들이라는 건 나도 안다. 하지만 내가 말하고 싶은 건 자르카 호치가 자존심 강한 블레이더의 일원이었다면 저런 무기들을 자신의 보고에 보관하는 것으로 만족했겠냐는 말이다."

"흐음……."

"뭐……. 엘프 자체가 뭔가를 만드는 데 대단한 자들은 아니지만. 그래도 명색이 블레이더라면 말이지."

카릴은 고든을 물끄러미 바라봤다.

"으음."

"그 휘장 말이다. 5대 무구를 만든 블레이더의 증표잖아. 그래서 조금은 기대했거든."

틀린 말은 아니다. 충분히 가능성이 있는 얘기.

영혼샘은 엘프의 유산이기는 하지만 블레이더가 만든 것은 아니다. 만약 그렇다면 블레이더의 유산이 아직 남아 있을 가능성이 없는 것은 아니었다.

"마스터, 어쩌면 고든 경의 말씀이 틀린 게 아닐지 모릅니다."

진액을 담던 에이단이 코를 막던 손을 떼서는 영혼샘 안쪽을 가리켰다.

"……음?"

모두의 시선이 그가 가리킨 곳에 쏠렸다.

"휘장을 잠깐 줘보실래요?"

수통을 내려놓고 에이단이 영혼샘의 분수대로 다가갔다. 분수대 안은 말라 있었지만 외부의 아래쪽은 고목의 진액이 고여 있어서 보이지 않았다.

그런데 조금 전 에이단과 고든이 진액을 옮기는 바람에 가려졌던 분수대의 아래쪽 기둥이 나타났다.

"운이 좋았어요."

그의 말에 고든이 어깨를 가볍게 으쓱했다.

"아무래도 본 드래곤의 상자에 있던 봉인쇄는 동방국이 흑마술과 관련 있어서가 아니라 블레이더하고 관련이 있던 게 아닐까 싶은데요?"

에이단이 가리킨 분수대 아래쪽엔 놀랍게도 휘장이 들어 있었던 상자의 봉인쇄와 비슷한 것이 있었다.

"저 덩치 덕분에 비밀을 찾은 건가. 늙은 목숨도 때로는 도움이 되는군."

밀리아나의 말에 카릴은 그녀의 옆구리를 툭 치면서 말했다.

"'모든 생명은 평등하다'라는 말 몰라?"

"알지. 적어도 너한테는 해당되지 않는 것 같지만."

"내가 왜?"

"몰라서 그래? 내가 당신과 적이 되지 않으려는 이유도 그 때문인데."

카릴은 그 말에 피식 웃었다.

탈칵-

에이단이 카릴에게서 둥근 휘장을 받아서 영혼샘 안쪽에 작은 틈에 그것을 끼워 넣었다. 눈썰미가 좋지 않으면 절대로 찾을 수 없는 아주 작은 틈이었다.

쿠그그그그…….

놀랍게도 작은 원판이 벽돌 틈 사이를 채우자 분수대가 양쪽으로 갈라지면서 그 안에 작은 상자가 나타났다. 휘장에 그려진 탑 문양과 똑같은 문양이 상자에 찍혀 있었다.

"아무래도 블레이더란 작자들은 모두 어딘가에 숨겨놓는 걸 좋아하나 보군."

에이단이 상자를 꺼내는 걸 보며 카릴은 얼음 발톱을 얻을 때를 떠올렸다.

"이번에는 쉽게 찾았네?"

밀리아나가 상자를 바라봤다.

"휘장 자체가 열쇠였나 봅니다. 아니면 상자 안에 들어 있는 게 봉인을 할 필요 없이 어마어마한 녀석이던가요."

"어마어마한 녀석이면 오히려 봉인해야 하는 것 아냐?"

에이단의 말에 밀리아나가 되물었다.

"멋대로 열었다가 아주 엿 되는 수가 있을지도요. 주인 허락 없이 여기에 들어왔다는 것은 두 가질 테니까요. 몰래 들어왔던가, 주인을 죽이고 들어왔던가 말이죠."

"……네가 열어봐."

그 말에 밀라아나는 카릴에게 상자를 건넸다.

"어?"

상자 안을 열자 모두의 시선이 집중되었다. 아무렇지 않은 척하고 있었지만 고든 역시 궁금하긴 했는지 밀리아나의 어깨 너머로 안을 바라봤다.

"의외로 평범한 게 들어 있네요."

"그러네."

모두의 기대와 달리 상자 안에는 오래된 건틀렛 한 쌍이 들어 있었다.

"흐음."

옅은 옥(玉)빛을 내고 있었는데 광물 중에서 이런 오묘한 색을 내는 것은 카릴도 처음 보는 것이었다.

파아아앗……!!

그때였다. 상자 안의 건틀렛을 꺼내려는 순간, 카릴의 시야가 새하얗게 변하면서 빛이 그를 덮쳤다.

"……어?"

시야가 돌아오자 카릴은 주위에 있던 사람들이 모두 사라지고 자신 혼자 남았다는 걸 깨달았다.

"이건 또 무슨 조화야? 흐음……. 일단 이게 함정인지 아닌 지부터 확인을 해야 하나."

카릴은 에이단이 했던 말을 떠올리며 쓴웃음을 지었다.

다행이라면 모두 사라졌지만 상자 안에서 꺼낸 건틀렛만큼 은 그의 손에 가지런히 놓여 있다는 점이었다.

"쉽게 주진 않겠다…… 뭐 이런 건가."

어찌 된 영문인지 카릴은 혼자 남은 아공간에 있음에도 불 구하고 그다지 놀라거나 당황해하는 기색이 보이지 않았다.

"……."

새하얀 공간 속에 이질적으로 덩그러니 놓여 있는 거대한 산 하나가 있었다.

카릴은 천천히 고개를 들어 그것을 올려다봤다.

쿠으으으으…….

산이 마치 살아 있는 것처럼 봉우리가 위로 올랐다 내려오 기를 반복하며 움직였다.

"이런 곳에서 만나게 될 줄은 상상도 못 했는데……."

그는 건틀렛과 눈앞의 산을 번갈아 바라보며 낮은 목소리 로 말했다.

[크르르…….]

카릴의 목소리에 반응하듯. 움직이던 산의 떨림이 멈추고 낮은 으르렁거림이 들렸다. 동굴처럼 보이는 산 밑 커다란 구멍에서 황금빛 안광이 번뜩였다.

서늘한 그 기운에 카릴의 등골이 오싹해지는 기분이었다.

자세히 살피자 높다란 산처럼 보인 그것은 거대한 등껍질이었고 동굴처럼 보였던 구멍엔 안엔 머리가 숨어 있었다.

"하……."

카릴은 눈앞에 잠들어 있던 엄청난 크기의 푸른 거북을 바라보며 낮은 탄성을 질렀다.

3대 위상(位相)이라 불렸던 이제는 멸종되어 사라졌다고 알려진 마도 시대의 신수(神獸). 중의 하나.

꽈악-

카릴은 자신의 손에 들려진 건틀렛을 물끄러미 바라보고는 낮은 목소리로 중얼거렸다.

"청귀(青龜) 칼두안."

►Chapter 2◄

[크우우우오오오……!!]

카릴은 고막이 찢어질 것 같은 신수의 울음소리에 자신도 모르게 비틀거리며 건틀렛을 떨어뜨렸다.

"크윽?"

황급히 귀를 막았지만 손을 뚫고 들어오는 괴성은 마치 뇌를 울리는 것처럼 그의 머리를 흔들었다.

"대가 끊겼다고 알려져 있던 신수가 이런 곳에 봉인되어 있을 줄이야. 어떤 면에서 엘프들이 더 잔혹한 종족일지도 모르겠는데."

아찔한 통증에 고개를 가로젓던 카릴이 눈앞에 거대한 신수를 바라보며 말했다.

"마도 시대 이후 멸종이 된 게 아니라……. 설마 무구의 재료가 된 것인가?"

카릴은 떨어뜨렸던 건틀렛을 다시 주웠다.

블레이더의 5대 무구 중 전생에 소재가 밝혀지지 않아 찾을 수 없었던 2개. 어쩌면 지금 이 건틀렛이 그중에 하나일지 모른다는 생각이 들었다.

'아니. 거의 확실하지. 신수를 봉인할 정도의 무구가 평범한 것일 리가 없으니까.'

과거. 3대 위상(位相)이라 불렸던 세 마리의 신수는 정령왕 혹은 드래곤과도 필적한 힘을 지녔다고 알려져 있었다.

신록(神鹿), 알카르. 혼백랑(魂白狼), 로어브로크. 청귀(靑龜), 칼두안.

하지만 이들은 정령처럼 영체가 아닌 시간이 지나면 쇠약해지는 육체를 가졌으며 드래곤에 비해 오랜 세월을 사는 것이 아니기에 자손을 낳아 대를 이어 그 힘을 유지해야 했다.

하지만 신수의 피와 가죽 그리고 살은 귀한 재료가 되어 마도 시대 때는 용 사냥꾼과 함께 신수 사냥꾼이라는 직업이 있을 정도였다.

[다 옛날이야기다. 그리고 신수 사냥꾼은 실제로 존재하지 않았다. 3대 위상은 오히려 보호를 받는 존재였으니까.]

화르르륵-!!

라미느의 불꽃이 카릴의 몸에서 튀어나왔다. 아공간이지만 오히려 자연계의 힘이 충만했기에 아인 트리거는 평상시보다 더 큰 구체의 형태를 유지했다.

[카릴, 너도 사람이긴 한 가보군. 실수하는 걸 봐서는 말이야.]

화염구가 움직이더니 작은 정령의 형태가 만들어졌다. 라미
느는 오랜만에 그리운 공기를 마시는 듯 크게 기지개를 켰다.

[확실히 정령의 힘을 가진 신수가 있는 곳이야. 거암 군주의
냄새가 짙어서 조금 그렇지만 그래도 인간계의 탁한 공기보다
훨씬 낫군. 마도 시대에 비해 마력도 약해져 더 답답해졌으니
말이야.]

"거암 군주? 대지의 정령왕 막툰을 말하는 거야?"

카릴의 물음에 작은 라미느가 고개를 끄덕였다. 마치 촛불
처럼 일렁이는 그의 머리가 흔들렸다.

[맞다. 칼두안은 막툰의 힘을 받아 태어난 신수니까. 대지의
힘을 강하게 가지고 있지.]

"넌? 신수를 남기지 않았나?"

[모든 정령왕이 자신의 힘을 닮은 생명체를 남기는 것에 동
의한 것은 아니니까. 3대 위상이라 불리는 신수는 인간들의
삶을 조금 더 윤택하게 하기 위한 정령왕의 배려일 뿐.]

라미느는 팔짱을 낀 채로 도도하게 말했다.

[불꽃은 그 자체로도 이미 인류에게 가장 큰 삶의 진화를 주
었으니까 신수까지 남길 필요는 없지.]

"틀린 말은 아니군."

카릴은 눈앞에 거대한 푸른 거북을 바라봤다. 녀석은 처음

카릴을 경계하듯 날카로운 포효를 질렀지만 그 뒤로 다시 등 껍질 안으로 머리를 집어넣고는 눈을 감았다.

"그런데 실수라니?"

[자세히 봐. 뭔가 이상한 걸 느끼지 못했나?]

작은 라미느가 날아올라 칼두안의 주위를 한 바퀴 돌면서 카릴에게 말했다.

[실체가 아니다. 네 말처럼 엘프들이 잔인하게 봉인을 하거나 한 게 아냐. 자르카 호치가 한 것은 더더욱 아니고. 과거의 추억에 사로잡혀 살던 로맨티스트가 이런 짓을 할 리가 없지.]

"뼈밖에 남지 않았지만 말이야."

카릴은 천천히 잠들어 있는 칼두안에게로 다가갔다. 그가 손을 뻗어 청귀를 잡으려 하자 놀랍게도 그의 손이 그대로 청귀를 통과했다.

"정말이군."

라미느의 말대로 실체가 아니었다.

"이게 어떻게 된 거지?"

[신수가 봉인되거나 한 것이 아니다. 그저…… 누군가의 기억이 건틀렛에 담겨 있을 뿐이다.]

"기억? 누구의?"

카릴의 물음에 라미느는 어깨를 으쓱했다.

[글쎄. 그건 지금부터 알 수 있겠지.]

"……!!"

그 순간 라미느의 불꽃이 카릴을 덮쳤다. 아니, 덮친 듯 보였다. 카릴의 의식이 다시 한번 흔들렸고 붉은빛과 함께 심연 속으로 가라앉았다.

깊은 해저 속에 있는 것처럼 몸이 무겁게 느껴졌고 이런 이질감은 아인헤리에서 용의 심장을 먹고 염룡의 기억을 들여다봤을 때와 비슷했다.

"……."

하지만 그때와 달리 미증유의 세계 속을 부유해도 카릴은 의식을 잃지 않았다.

리세리아의 육체에 동화되었던 것과 달리 몸 안에서 의식이랄까 영혼이 꺼졌다가 다시 작동하는 듯한 기분 나쁜 경험은 없었다.

화르르륵…….

그를 덮쳤던 라미느의 불꽃이 오히려 그를 휘몰아쳤던 칼두안의 기억 속에서 그를 보호해 주고 있다는 것을 알았다.

"오랜만인데."

카릴은 낮은 목소리로 말했다.

누군가의 기억 속에 잠식해 들어갔지만 그는 그때와 달리 자신의 의식이 또렷하게 존재하고 있었고 칼두안의 육체에 동화된 것도 아님을 알았다.

"라미느."

카릴은 자신의 몸을 옅은 보호막으로 감싸고 있는 불의 힘을 느끼며 폭염왕의 이름을 불렀다.

힘이 느껴지기는 하지만 거기까지였다. 왠지 지금의 형태를 유지하는 것만으로도 버거운 일인 듯 보였다.

"기다림의 보람이 있구나. 대화를 나눌 수 있는 자가 나를 찾아오다니 말이야."

그때였다. 노랫소리같이 옅고 고운 목소리가 들렸다.

"……?!"

카릴은 황급히 고개를 돌렸다. 그러자 어둡고 끈적끈적한 기운으로 전신을 짓눌렀던 밤의 세계가 사라지고 싱그러운 풀 내음이 느껴졌다. 주위의 풍경이 바뀐 것을 인식조차 하지 못했는데 마치 원래부터 그랬던 것처럼 카릴은 들판 한가운데에 서 있었다.

"……."

새하얀 물거품을 일으키는 파도가 일으키는 소리가 들렸지만 짠 내는 느껴지지 않았다. 불어오는 바람은 아공간이라는 것이 믿기지 않을 정도로 따뜻했다.

"누…… 구?"

카릴은 조심스럽게 물었다. 우습지만 그는 자신이 긴장하고 있다는 것을 알았다. 황제를 눈앞에 두었을 때도 대륙 최강이라는 소드 마스터와 일전을 벌여도 이 정도는 아니었다.

"……."

그럴만했다.

하늘거리는 드레스가 바람에 흔들렸다. 겹겹이 싸여 있는 불투명한 천들 사이로 가려진 얼굴이 보였다.

꿀꺽-

카릴은 자신도 모르게 마른침을 삼켰다.

인간이 아닌 신족이라 불리는 네피림이라 해도 믿을 정도로 새하얀 얼굴에 여인이 있었으니까.

단순히 '아름답다'라는 것만으로는 설명이 불가능한 위압감이 느껴졌다.

'이 여자…… 인간…… 이겠지?'

카릴은 그녀를 바라보면서도 확신이 들지 않는 듯 생각했다.

새하얀 머리카락은 북부의 눈보라보다도 더 하얗고 맑아 보였고 탐스럽게 붉게 빛나는 입술은 움직일 때마다 물을 머금은 것 같았다.

그녀의 시선이 천천히 수면에 가라앉듯 카릴을 바라봤다.

"반갑구나. 나는 쿼니테라 한다."

"……!!"

그 순간.

카릴은 놀란 눈을 동그랗게 뜨며 소리를 지를 뻔했다.

'세기의 정령술사이자 마력이 아닌 오로지 정령의 친화력만

으로 새로운 계보를 만든 개척자. 모든 정령왕과 계약을 한 유일무이한 존재.'

그녀를 기리는 수식어는 셀 수가 없을 정도로 많았다. 하지만 이미 정령술사의 수가 손에 꼽힐 정도로 줄어든 지금, 그녀의 일대기는 마치 카이에 에시르가 이뤘던 업적과도 같이 흘러간 전설에 불과했다.

"시간이 얼마나 흘렀지?"

"글쎄요. 당신이 살아온 날이 언제인지 저는 잘 모르니까요. 엘프라는 소문도 있었고 혹은 그보다 더 고귀한 하이 엘프라는 얘기도 있었으니까."

카릴은 그녀의 귀를 가리켰다.

"그런데 둘 다 아닌 것 같긴 하네요."

"날 기억하는 자들이 있을까?"

"있겠죠. 저도 알고 있으니까. 하지만 7인의 원로회만큼은 아닙니다. 마법은 숭배받지만 정령술은 아니니까요."

"슬픈 일이로군……."

"차라리 아예 잊혀진 것이 나을지도 모릅니다. 때로는 같은 마법이라 하더라도 상황에 따라선 전설은커녕 그저 흘러간 과거로 변모하니까요."

카릴은 방치된 아인헤리를 떠올렸다.

제국의 개국공신이자 용 사냥꾼이라는 이명을 가졌던 그가 남긴 보고였지만 그의 핏줄이 더 이상 마법사로서 가치가 사라지자 지금은 변방에 낡은 창고로 치부되고 있으니 말이다. 달면 삼키고 쓰면 뱉는 황가의 모습만 보아도 충분히 에시르 가문의 몰락은 짐작 가능한 일이었다.

"뭐, 놀라서 말이 나오지 않는군요. 신수의 기억이 남아 있는 것도 모자라 위대한 정령술사를 만나다니. 블레이더의 능력에 놀라야 할지……. 아니면 당신도 블레이더의 일원인 건지."

"그런 것 치고는 그다지 표정의 변화가 없어 보이는데."

"뭐, 이쪽도 나름 산전수전을 겪은 몸이라 서요."

그녀는 천천히 고개를 저었다.

"용마력이라……. 세상에서 가장 강인한 무색의 힘을 인간이 가졌다니. 내가 관심을 가졌던 카이에 에시르보다 더 재밌는 아이구나."

퀴니테는 천천히 몸을 일으켜 카릴에게 다가왔다.

"만약 내가 실체 할 수 있다면 너와 해보고 싶은 것이 참으로 많았을 것을. 아쉽구나."

"절 실험 대상으로 쓰고 싶다는 건 아니겠죠? 그건 사양하겠습니다."

카릴의 말에 퀴니테는 옅은 웃음을 지었다.

"나는 블레이더의 일원도 아니며 엘프에 의해 봉인이 된 기억도 아니다. 단지 나의 의지로 칼두안의 건틀렛을 얻게 될 자에게 전언을 하기 위해 남아 있었을 뿐이다."

"전언이라……. 블레이더의 5대 무구를 사용하는 것이 그 정도로 위험한 것인지는 몰랐군요."

그녀의 말에 카릴은 자신의 얼음 발톱을 보이며 말했다.

"얼음 발톱의 주인이 칼두안의 건틀렛을 얻게 될 줄은 솔직히 몰랐지. 하지만……."

나지막한 목소리로 그녀가 카릴을 바라봤다.

마치 화창한 밤하늘을 가득 채운 보름달 같은 그녀의 황금빛 눈동자가 카릴을 꿰뚫어 보는 기분이었다.

"아쉽게도 너는 이 건틀렛을 쓸 수 없겠구나."

"그걸 어떻게 확신하십니까?"

"그러기 위해서 내가 이곳에 존재하는 것이니까. 칼두안은 과거 나를 따르던 신수였으니 말이야."

카릴은 그녀의 말에 살짝 입술을 씰룩였다.

'정령왕과 계약을 한 것도 모자라 3대 위상 중 하나인 신수까지 길들였다는 말인가. 도무지 그녀의 능력은 가늠할 수 없을 정도군.'

"너를 폄훼하는 것은 아니다. 반대로 너를 뛰어나게 보기 때문에 말하는 것이다."

화르르륵……!!

퀴니테의 손이 카릴의 가슴 언저리에 닿자 아인 트리거가 빛났다.

"네 몸속에 흐르는 피는 대지의 기운보다 불꽃이 더 어울린다. 폭염왕이 너를 선택한 이유도 어쩌면 그 때문일지 모르지."

쿼니테는 카릴의 손에 들려 있던 건틀렛을 받아 들고서 말했다.

"네 형제들과 마찬가지로 말이야."

"……."

그녀의 말에 카릴은 자신도 모르게 가슴 한편이 시큰해지는 기분이었다.

그 말대로다. 맥거번가를 증명하는 마법의 힘은 화염(火焰). 용의 심장을 먹은 그야 당연히 다른 속성의 마력도 쓸 수 있었지만 생각해 보면 그가 가장 많이 썼던 속성 역시 불꽃이었다.

"끼워 맞추지 마십시오. 우린 피도 섞이지 않은 형제니까. 가족애라든지 형제애라든지 그런 신파로 마음을 흔드는 짓은 딱 질색입니다."

하지만 카릴은 그녀의 말에 냉소를 지었다. 그러고는 말했다.

"혹시……. 당신이 250년 전 카이에 에시르와 함께했던 2인 중 한 명이십니까?"

쿼니테는 카릴의 말에 고개를 저었다.

"아니다. 네가 묻는 자들이 누군지 예상은 가나, 내가 그들의 이름을 말하는 것을 카이에가 달가워하진 않을 것 같군."

카릴은 그녀의 말에 살짝 인상을 찡그렸다.

"그런데 그걸 왜 묻지?"

"카이에 에시르가 남긴 유언에 쓰여 있었거든요. 자신과 닮은 빌어먹을 것들이 두 명 더 있다고 말이죠. 말도 안 되는 소리를 하시기에 혹시나 그중에 한 명인가 했죠."

"……."

신랄한 그의 말에 수백 년을 살아온 쿼니테마저 할 말을 잃은 듯 그를 바라봤다.

"내가 블레이더의 상자를 연 것은 허락을 받기 위함이 아니다."

카릴은 그녀의 손에 있는 건틀렛을 빼앗아 그녀의 앞에 보이며 말했다.

그의 눈빛이 차갑게 빛났다.

"쓸 수 있는지 없는지는 내가 정해."

"뭐? ……뭐라고?"

쿼니테는 순간 자신의 귀를 의심했다. 지금까지 살아오면서 이런 식으로 그녀를 대하는 사람은 아마 처음이었을 것이다.

"살아 있는 자도 아닌 당신이 결정할 문제는 아니라는 말이지. 그리고 선대를 살아온 자에 대한 예우는 여기까지."

쿼니테를 할 말을 잃은 듯 그를 바라봤다.

"영혼 계약을 한 것도 아니니 당신이 어디까지 나에 대해서 볼 수 있는지는 모르겠지만……. 솔직히 말해서 삶의 의미로 따지면 나도 지겨우리만치 살았거든."

카릴은 팔짱을 낀 채로 그녀에게 말했다.

"아니지. 어쩌면 내가 그쪽으론 선배일지도."

"허…… 당신처럼 맹랑한 자가 3대 위상 중 가장 진중한 칼두안의 정신이 담긴 건틀렛의 주인이라니……."

쾌니테는 창백해진 얼굴로 고개를 저으며 낮게 중얼거렸다. 그녀의 행동 하나하나는 신비롭기 그지없었지만 카릴의 눈에는 어쩐지 큰 감흥이 없었다.

세기의 정령술사라 불리며 역사의 한 획을 그은 엄청난 존재지만 결국 그녀는 인간. 시간을 거슬러 온 카릴의 눈은 더 이상 평범한 잣대로 볼 수 있는 것이 아니었다.

"어차피 거북이잖아. 진중한지 아니면 그냥 단순히 느린 건지는 당사자가 아닌 이상 모르는 일이지."

그녀의 말에 카릴이 대답했다.

"블레이더의 5대 무구가 정령과 관련되어 있다는 것은 알고 있다. 기대대로라면 막툰의 힘이나 그의 소재를 파악할 수 있는 단서를 얻을 수 있을 거라고 생각했지만……."

카릴은 그녀의 옆에 잠들어 있는 청귀를 가리키며 말했다.

"칼두안 역시 거암 군주의 힘을 이어받은 신수이니 같은 맥락이라 할 수 있어 그렇다고 넘어갈 수도 있겠지. 그런데."

그는 눈빛을 빛냈다.

"솔직히 당신이 이곳에 있는 건 이상한 일이지. 괜한 겉치레는 됐으니 이제부터 솔직히 털어놓는 게 어때?"

그는 주위의 풍경을 보란 듯 손을 저으며 말했다.

"아름답긴 하지만 경이롭진 않아. 당신이 인간이라는 것을 안 순간부터 내게는 별 의미가 없거든."

"……."

"차라리 신이라면 모를까. 그랬으면 망설임 없이 검이라도 그어버릴 텐데."

퀴니테는 당돌한 카릴의 모습에 어쩔 줄을 몰랐다. 그녀의 수백 년간의 기다림이 이런 만남을 기대했던 것은 아닐 텐데 말이다.

"털어놓다니. 무슨 그게 무슨 뜻이지?"

"말 그대로야. 어째서 이 건틀렛에 숨어들어 왔는지 이유를 내게 말하라는 거지."

카릴의 말에 퀴니테의 눈동자가 흔들렸다.

"카이에 에시르와 함께 과거를 풍미했던 대단한 정령술사를 이런 곳에서 만난 건 놀라운 일이지만……. 시간대가 맞지 않아."

그는 자신의 손에 들려 있는 칼두안의 장갑을 들어 퀴니테에게 보이며 말했다.

"블레이더가 5대 무구를 만든 것은 마도 시대 때의 일. 한마디로 천 년 전에 이미 이 건틀렛은 존재했다는 말이지."

카릴은 다시 그녀를 가리켰다.

"하지만 당신은 250년 전 카이에 에시르의 시대의 사람이잖아. 그 말은 칼두안의 힘을 건틀렛에 봉인한 것은 이 장갑이 완성된 이후의 일이라는 거지."

그의 말에 퀴니테는 낮은 탄성을 질렀다.

"첫 등장이 너무 대단해서 정신이 없긴 했지. 그래서 이런 의심을 품을 새도 없었지만……."

어깨를 으쓱하며 카릴은 그녀에게 되물었다.

"상대가 나빴어. 말해봐. 이 건틀렛의 이름이 정말 칼두안의 건틀렛이 맞긴 해? 천 년 전 블레이더들이 아직 태어나지도 않았을 신수의 이름을 따서 장갑을 만들었다고?"

"그건 틀렸다. 3대 위상의 이름은 대를 이어가는 것이니까."

"와……. 지금 말도 안 되는 구차한 변명으로 들리는 것, 당신도 잘 알지?"

카릴은 콧방귀를 뀌었다.

"마도 시대에 칼두안이 이 건틀렛에 봉인되었다면 신수 자체가 사라졌어야지. 250년 전 당신이 저 거북이를 길들일 수 있을 리가 없잖아."

그의 말에 쿼니테는 그만 옅은 웃음을 터뜨렸다.

"대단하구나. 너처럼 이런 상황에서 이토록 냉정할 수 있는 인간이 또 있다니 말이야."

"이런 건 생명의 위협을 받는 것도 아니고……. 그리고 위협을 받는 일도 지겨울 정도로 많아서 말이야."

카릴은 어깨를 으쓱했다.

"한 가지 묻지. 그럼 당신이 백금룡에게 살해당한 자르카 호치를 리치로 부활시킨 건가?"

그의 물음에 그녀는 고개를 저었다.

"그렇군."

그녀의 부정을 이번에는 의심하지 않았다.

시간상으로는 가능한 일이지만 사실상 정령술사인 그녀가 사령술을 익혔다는 것도 이상한 일이었으니 말이다.

"내가 온 것은 그보다 더 전이다. 자르카 호치를 리치로 만든 건 카이에 에시르가 말한 그 빌어먹을 녀석 중 한 명이거든."

그녀의 말에 카릴의 눈썹이 씰룩였다.

'그 말은……. 나르 디 마우그가 자르카 호치를 죽인 이후 카이에 에시르의 동료가 그를 부활 시켰다는 말인데…….'

쿼니테의 말은 생각보다 많은 것을 내포하고 있었다.

그것도 아주 중요한 단서를 말이다.

'자르카 호치가 리치가 된 것은 최소 250년 전이라는 뜻.'

지금껏 인류의 역사에서 사령술로 가장 유명한 사람을 꼽으라면 두말할 것도 없이 7인의 원로회의 일원인 네크로맨서 웰 바하르였다.

하지만 그는 천 년 전 마도 시대의 인물.

카릴은 처음에 나르 디 마우그에게 자르카가 살해당했을 때 그를 부활시킨 사람으로 웰 바하르를 생각했었다.

'하지만 쿼니테의 말이 사실이라면 범위가 줄어든다. 250년 전 이름을 떨쳤던 사령술사를 찾으면 되니까.'

카이에 에시르가 남긴 유언에는 역사 속에 그 두 사람의 이름은 남아 있지 않을 것이라 했다. 그러나 단순히 스켈레톤을 만드는 것도 아니고 엘프를 리치로 부활시키고 망령의 성을 재건하고 수백 년간 그 힘이 이어질 수 있는 사령술사는 분명 혼적을 남겼을 것이 틀림없었다.

'안티홈 대도서관에도 500년 이전의 역사는 남아 있지 않다. 그렇기 때문에 웰 바하르의 발자취를 찾는 것은 쉬운 일이 아니다.'

가능한 방법이라면 불멸회가 아닌 7인의 원로회를 모시는 마법 도시 아조르의 도움을 받는 것뿐일 것이다.

'하지만 그가 250년 전의 인물이라면 말이 달라지지. 그 당시엔 이미 여명회와 불멸회가 정립된 후니까.'

카릴이 찾고자 하는 것.

'카이에 에시르의 알려지지 않은 두 명의 동료.'

지금까지는 그 어떤 단서도 없었다.

'운이 좋았군.'

하지만 생각지도 못한 곳에서 그 둘 중 한 명이 사령술을 익힌 자라는 결정적인 것을 알게 되었다. 그것만으로도 엄청난 수확이 아닐 수 없었다.

'카이에 에시르의 유언에서 남겨져 있듯 그 둘 역시 마찬가지로 남겨 놓은 유산이 있을 것이다.'

카릴은 퀴니테를 바라보며 입꼬리를 올렸다.

"좋다. 자르카 호치의 일이야 지금 우리 둘의 이야기에서 중요한 것은 아니니까."

그녀는 이 짧은 대화에서 자신이 얼마나 많은 정보를 그에게 주었는지 알지 못할 것이다.

하지만 이걸로 끝이 아니다.

"쿼니테."

그는 그녀를 바라보며 웃었다.

"네 말대로 내가 이 건틀렛에 어울리지 않는 사람일지도 모르지. 원한다면 내가 쓰지 않을 수도 있다."

"……."

그녀는 살짝 인상을 찡그렸다.

"어울리는 주인을 찾겠다는 뜻인가?"

"그럴 수도 있지. 그리고 이미 나보다 더 이 건틀렛에 어울릴 만한 주인이 떠오르기도 했고 말이야."

"듣던 중 반가운 소리군."

쿼니테는 카릴의 말에 고개를 끄덕였다.

"흐음, 내 말을 제대로 이해하지 못한 것 같은데."

"……뭐?"

"내 말은 당신이 그렇게 아끼는 칼두안이 봉인된 건틀렛의 운명은 내 손에 달려 있다는 뜻이다."

카릴은 드디어 참아 왔던 말을 꺼냈다.

"이 건틀렛이 영웅의 무구로서 역사에 이름을 날릴지 아니면 저기 어디 시장통 하수구에 처박혀 쓰레기로 버려질지 내가 결정한다는 말이지."

"……그게 무슨."

얻어 낼 것이 있다면 바닥 끝까지 얻어낸다.

그게 카릴이란 남자였으니까.

"그러니 나와 거래를 하자. 그렇다면 조금 전 약속은 지킨다. 대신에 당신은 그 대가로 내가 원하는 것을 알려줘."

"네가 원하는 것……?"

"블레이더의 5대 무구 중 남은 한 개의 행방을 아는가? 아니면 남은 2대 위상 중 칼두안처럼 봉인된 것이 있을까?"

기대하는 카릴과 달리 퀴니테는 고개를 저었다.

"둘 다 알지 못한다. 애초에 나의 시대에 있던 3대 위상은 칼두안뿐이었다. 하지만 모르지. 신수라는 존재는 정령만큼이나 베일에 감춰진 존재니까. 비록 그 힘을 현세에 발현하지 않아도 어딘가 그 핏줄은 남아 있을지도……."

예상했던 대답이 아닌지라 카릴은 조금 실망스러운 듯 다시 물었다.

"흐음, 그럼 건틀렛에 원래 힘인 거암 군주에 관련된 것은? 5대 정령왕과 계약한 당신이라면 그건 알고 있겠지?"

퀴니테는 카릴을 바라보며 웃었다. 어쩐지 그 웃음이 아이의 재롱을 바라보는 것 같은 온화한 것이라 카릴은 살짝 인상을 찡그렸다.

"머릿속에 생각이 많구나. 그만큼 비상하지만 그게 널 지치게 만들 수도 있다. 정령왕에 대한 것은 나보다 라미느가 더잘 알 터. 하지만 그가 말을 하지 않은 것은 그만한 이유가 있는 것이겠지."

휘이이익…….

쿼니테의 손에서 빛나는 구체가 만들어졌다.

"네가 아직 그들을 만나기에 이르다 여긴 것이다. 정령이란 너의 수족이 아닌 너와 함께하는 존재이니 일방적으로 선택하는 것이 아니다."

"아하, 그래? 정령술사의 조언이니 틀리지 않겠지."

순순히 인정하는 카릴의 모습이 어쩐지 오히려 쿼니테를 불안하게 만들었다.

"그럼 이건 어때. 당신이 가장 잘할 수 있는 걸 테야. 내게 정령술을 익힐 수 있는 방법을 알려줘."

하지만 카릴은 포기하지 않았다. 여유라든지 평온 같은 느긋한 마음으로 이번 생을 살고 싶었다면 애초에 시작도 하지 않았을 것이다.

"나는 정령계의 문을 열고 싶다. 당신이라면 영혼샘을 발동시키는 법을 알 테지."

"우습구나. 조급해한다고 해결되는 일이 아니다. 편법으로 이룰 수 있는 것은 더더욱 아니고. 정령력을 얻기 위해서는 그저 오랜 시간 자연과 동화되는 것뿐. 게다가 영체인 내가 네게 술법을 가르친다는 것은 불가능하다."

"웃기는 소리. 기껏해야 인간이 살 수 있는 세월은 100년 내외야. 당신 말대로라면 평생을 숲에 사는 나무꾼이나 바다에서 낚시를 하는 어부들이야말로 가장 뛰어난 정령술사가 돼야지."

카릴은 차갑게 말했다.

"하지만 아니잖아? 세기의 정령술사는 나무꾼도 어부도 아닌 당신이니까. 그건 재능일 수도 있겠지만 아무리 천재라도 자신의 방법이란 건 존재해."

그의 눈빛이 빛났다.

"이곳에서 날 가르쳐 달라는 것이 아니다. 당신이 가지고 있는 패를 내게 보이라는 뜻이지. 분명 남겨놨겠지?"

"……."

"지금까지 알려지지 않은 걸 봐서는 아무도 아직 찾지 못한 것일 테고."

전생에 그는 많은 현자를 만났었다. 그리고 현생에 와서는 그들보다 더 뛰어난 자들이 남긴 것도 봐왔다.

카이에 에시르, 알른 자비우스…….

뛰어난 그들의 공통점은 자신의 연구를 후대에 남기길 원한다는 점이었다.

카릴은 확신했다. 위대한 정령술사인 그녀 역시 그들과 다르지 않을 것이라는 걸.

"당신이 집대성한 정령학개론."

"……."

그를 바라보는 쿼니테의 눈동자가 흔들렸다.

"그냥 사라지길 바랐을 리가 없어. 숨겨둔 게 분명하지? 그 장소만 알려주면 된다."

카릴은 한 발자국 더 가까이 그녀에게 다가가 나지막한 목소리로 말했다.

"잘 생각해. 이건 허락을 구하는 것도 부탁을 바라는 것도 아냐. 동등한 입장에서 하는 거래다."

우우우우웅······.

산들거리던 바람이 사라지고 다시 새하얀 빛만이 존재하는 아공간에서 카릴은 눈을 떴다.

조금 전 자신과 대화를 나누던 퀴니테도 건틀렛에 봉인되었던 칼두안도 더 이상 보이지 않았다.

[나는 네가 악당인지 영웅인지 가끔 헷갈린다.]

라미느의 목소리가 들렸다. 존경받아야 마땅할 위대한 정령술사를 앞에 두고 당당하게 거래를 하는 그의 모습에 라미느는 어이가 없을 따름이었다.

아니, 거래라는 말을 하는 것 자체가 우스웠다. 애초에 보고 안에 있는 물건이 카릴의 것도 아니었으니 말이다.

그녀의 입장에서 본다면 일종의 협박일지도 모른다.

"죽으면 끝이야. 영웅이든 악당이든 살아 있어야 미래도 바꾸는 법이지."

카릴은 흩어지는 빛 사이에서 나지막하게 말했다.

"난 그러기 위해서 무엇이든지 할 거다. 어차피 그녀는 남아 있는 기억에 불과해. 과거의 잔해가 현재를 살고 있는 우리의 삶에 가타부타하는 것이 말이 된다고 생각해?"

당돌하지만 마음에 드는 대답이었다. 라미느는 적어도 카릴에 대한 퀴니테의 평가만큼은 정확하다고 생각했다.

그녀는 카릴이 가진 마력의 속성이 아닌 그 본연의 속성을 말한 것이 틀림없다.

어디에도 속하지 않으며 오로지 스스로 화하는 불꽃이야말로 그가 카릴을 처음 만났을 때의 느낌과 같았다.

[하지만 무모했어. 애초에 그녀가 건틀렛을 포기해 버리는 경우는 생각하지 않은 거냐.]

"그러지 않을 걸 확신했으니까. 그녀가 칼두안을 그 안에 봉인한 것은 대지의 속성과 가장 알맞은 보금자리이기 때문이야. 그럼 어째서 청귀를 건틀렛 안에 봉인했을까."

카릴은 자신의 손에 들려 있는 건틀렛을 바라보며 말했다.

"마지막 남은 신수이기 때문이겠지."

[허허…….]

"단순히 정령술사이기 때문에 그토록 신수에 목을 매는 것은 아닐 거야. 뭔가 이유가 있어. 하지만 그것까진 내게 말하지 않았어. 아마……. 그녀가 내게 말해준 '그곳'에 가서 확인할 수 있겠지."

[말려도 갈 테지?]

라미느의 말에 카릴은 고개를 끄덕였다.

"물론. 안 그러면 이런 무식한 짓을 할 리가 없잖아. 세기의 정령술사와 신수에게 싸움을 걸었던 거라고, 나는."

카릴은 가볍게 떨리는 팔을 그에게 보였다.

"모르겠지만 나도 꽤나 무리를 한 거야."

[그 정도였던가. 너 정도의 남자가 두려움이란 걸 느꼈다니 말이야.]

"응. 그 정도야."

자세히 보니 라미느는 카릴의 팔뿐만 아니라 전신이 가볍게 떨리고 있다는 것을 알았다.

"솔직히 대단해. 정령술이란 건 말이야."

카릴은 기대에 찬 눈으로 말했다.

"라미느, 인정하겠어. 포기하기엔 너희들의 힘은 너무 매력적이다. 솔직히 마력을 얻고 나면 모든 게 끝일 거라고 생각했는데 말이지."

그의 다음 말을 기다리듯 라미느의 화염이 카릴의 주위를 날며 감쌌다.

그에 응답하듯 낮은 한숨과 함께 마음을 정한 카릴은 목소리를 토해냈다.

"너희들 모두를 내 것으로 만들겠다."

"카……."

새하얀 빛무리가 사라지고 흐릿한 그의 시야가 천천히 돌아왔다.

"카릴……!!"

자신의 이름을 부르는 밀리아나의 외침에 정신이 번뜩 든 카릴은 고개를 돌렸다.

"이런 멍청한……!! 도대체 제정신인 거야? 너 같은 사람이 함정이 발동할 수도 있다는 것에 대해서 안일하게 대처하다니!"

그녀는 어쩐지 울먹이는 목소리로 말했다.

"칼을 들이밀면서 혹시 사령술에 잡아먹힌 건 아닌지부터 확인할 줄 알았는데."

"쓸데없는……."

카릴의 농담에 밀리아나는 입술을 삐쭉 내밀며 말했다.

"괜찮으세요? 상자 속 건틀렛을 잡자마자 기절해 버리셔서 다들 엄청 놀랐어요."

"아아……. 그래? 내가 얼마나 기절을 했던 거지?"

에이단의 말을 들으며 카릴은 몸을 일으켰다.

분명히 지하에 들어갈 때만 하더라도 노을이 지기도 전이었는데 어느새 노을은커녕 깜깜한 밤이 되어 있었다.

"열 시간은 족히 쓰러지셨을 겁니다."

"당장에 돌아가야 하는 게 아닐까 얼마나 걱정했다고."

에이단의 말을 이어 밀리아나가 말하자 카릴이 그녀의 머리를 한 번 쓰다듬었다.

"이야, 네가 그렇게 말하니 기쁜데. 디곤의 여왕에게 이렇게 관심을 받고 있다니 말이야."

"무, 무슨……."

"연애질은 나중에 안 보이는 데서 하고. 그래, 몸은 괜찮은 거냐."

고든의 말에 카릴이 고개를 끄덕였다.

"네. 별다른 문제는 없습니다."

"밀리아나의 말대로 디곤으로 가려고 했는데……. 고든 경께서 일단 안정을 취하면서 지켜보자고 하셔서 말이죠."

에이단이 고든을 바라봤다.

"네 녀석이 설마 함정 따위로 죽을 위인도 아니고 말이다. 계속해서 건틀렛이 반응을 하는 것을 봐서는 뭔가 교감 중이라는 걸 알았지."

고든은 그의 옆에 내려놓은 칼두안의 건틀렛을 가리키며 말했다.

"그래. 뭐가 있던? 그 건틀렛이 에고 웨폰(Ego Weapon)이라도 되더냐."

모두의 관심이 쏠렸다.

"그런 건 아닙니다. 딱히 무구 자체에 의지가 있을 것 같진 않으니까요. 만약 그렇다고 해도 녀석하고 대화를 나누려면 아마 답답해서 속이 터질 겁니다."

"……음? 그게 무슨 말이야?"

카릴은 자신이 만났던 거대한 푸른 거북을 떠올리며 피식 웃었다.

쿼니테와 많은 이야기를 나눴지만, 기껏 칼두안의 목소리를 들은 것은 '크르르-' 하는 울음소리가 전부였으니 말이다.

'그런데 잠깐 아공간에 있었던 것뿐인데…… 이렇게나 시간이 흐르다니. 정령계와 인간계의 시간이 다를 수도 있다는 것을 생각해 본 적은 없었는데 주의해야겠어.'

그는 마치 오랜 시간 여행을 하고 돌아온 것처럼 나른한 기분을 느끼며 생각했다.

'만약 영혼샘을 발동시켜 정령계의 문을 열 수 있다 하더라도 사용하는 시점을 잘 정해야겠어. 중요한 순간에 다녀왔다가 순식간에 몇 년이 흘러버리거나 하면 낭패니까.'

카릴은 아직 정령력을 얻기도 전인데 이미 그에 대한 걱정까지 하는 자신을 보며 피식 웃었다.

"신수인 칼두안의 힘이 봉인되어 있는 무구입니다. 블레이더의 5대 무구 중 하나이기도 하고요."

"……!!"

그의 말에 모두가 놀란 듯 다시 한번 건틀렛을 바라봤다.

"칼두안?! 설마 전설로 알려진 3대 위상 중 하나인 청귀를 말씀하시는 겁니까."

"신수의 전설은 동방국도 아나 보지?"

"물론입니다. 동방국에도 3대 위상과 비슷한 것이 있으니까요. 저희는 뱀을 숭상합니다."

"꼭 자기들하고 닮은 걸 믿는군."

에이단의 말에 밀리아나는 고개를 저으며 말했다.

"뭐, 어쨌든 다행이야. 뱀이든 거북이든 무구에 잡아먹히지 않고 돌아왔으니까. 그것 말고는 별다른 건 없었고?"

"네. 다만……. 청귀가 아무래도 절 마음에 들어 하지 않나 봅니다. 건틀렛의 주인으로 받아들여지지 않은 듯싶습니다."

카릴은 고든에게도 굳이 쿼니테에 대한 이야기를 하지는 않았다. 아직 그녀가 건틀렛 안에 자신의 기억을 남겨 둔 이유를 명확하게 알 수 없었기 때문이다.

"흐음. 하긴, 청귀라면 토(土)의 기운을 가진 영물이니까. 너와는 좀 어울리지 않지."

"고든도 그렇게 생각하십니까?"

그는 쿼니테와 똑같은 평가에 아쉬운 듯 어깨를 으쓱했다.

"그런데 의외로 건틀렛에 흥미가 없으신가 보네요. 여기서 칼두안의 건틀렛에 가장 어울리는 사람이 고든, 당신이라 생각하는데."

그의 말에 모두가 고개를 끄덕였다. 4명 중 유일하게 토(土) 속성의 마력을 가진 소드 마스터가 바로 고든이었기 때문이다.

쿠웅…….

카릴의 말에 고든은 자신의 옆에 세워 둔 모우터를 바닥에 내려놓았다. 가볍게 둔 것뿐인데도 그 무게에 마치 바닥을 두들기는 듯한 소리가 났다.

"난 이걸로 충분하다. 어차피 내 마력은 방어술인 오토마타에 집중되어 있으니까. 굳이 다른 방어구를 착용하는 건 마력의 소모만 늘릴 뿐이야."

"블레이더의 무구인데도요?"

확인을 받듯 되묻는 카릴의 물음에 고든은 고개를 저었다.

"됐다. 난 이곳에서 얻고자 하는 것을 얻었다. 목숨을 구했는데 다른 것까지 욕심을 내면 안 되지. 그건 네 수고비라 생각하고 가져가라."

"제가 못 쓴다고 얘기해서 그러시는 건 아니고요?"

"그것도 좀 있고."

카릴은 고든의 말에 피식 웃었다.

"그렇게 말씀하시니 하는 얘긴데. 고든, 약은 드셨습니까?"

"……어? 이거 이대로 그냥 먹는 거냐. 설마?"

그의 물음에 고든이 덩치에 어울리지 않게 당황하며 말을 더듬었다.

"물론이죠. 아직도 안 드셨습니까? 여기에 온 이유가 병을 고치기 위함이잖아요."

"그렇긴 한데……."

그 말에 밀리아나와 에이단은 사뭇 놀란 표정으로 고든을 바라봤다.

"쓸데없는 소리 하긴……."

천하의 고든 파비안이 병이 있을 거라고는 아무도 상상하지 못한 일이었기 때문이다.

'병에 걸린 게 저 정도라고?'

'멀쩡한 사람들보다 더 날아다니던데. 소드 마스터들은 모두 괴물이라는 말이 틀리지 않았군……'

하지만 고든의 우려와 달리 두 사람이 생각하는 놀라움은 다른 의미였다.

"에이단."

"네?"

"우리 중 건틀렛을 쓸 만한 사람이라면 누가 떠오르지?"

카릴의 물음에 고든은 그래도 은근 기대를 하는 듯 슬쩍 그를 바라봤다.

"우리 중에서라……. 역시 그 녀석이죠. 아직 오지 않은 한 명."

"그렇지?"

생각보다 고민 없이 대답하는 에이단과 기대했던 대답이기에 카릴은 피식 웃었다.

"그 녀석이 좋아하겠네요."

그의 생각을 읽은 듯 카릴 역시 옅은 웃음을 띠었다.

"뭐야. 이미 생각해 둔 녀석이 있나? 뭐, 상관없겠지. 어쨌든 이걸로 끝인가? 돌아가려면 또 한참 걸리겠군."

머쓱해진 고든이 머리를 긁적이며 말했다.

"걱정 마세요. 지금쯤이면 마중 나와 있을 테니까."

"······누가?"

카릴은 건틀렛을 쥐고서 말했다.

"이걸 받을 녀석이죠."

촤아아아악······!! 촤악······!!

기다렸다는 듯 돛을 활짝 피고 순풍에 파도를 가르며 질주하는 마도 범선을 향해 카릴을 손을 흔들었다.

"허······."

배라고 하기엔 엄청난 속도. 다른 이들도 놀라긴 매한가지였지만 그중에서도 특히 고든 파비안의 눈에 이채가 서렸다.

'저건······.'

그의 생각을 예상한 듯 카릴은 팔짱을 낀 채 자랑스러운 듯 말했다.

"네. 마도 시대의 물건입니다. 교도 용병단의 비공정과 같은 구조죠. 날지는 못하지만."

"저런 걸 어디서 구했지?"

"운이 좋았습니다. 타투르에 있었거든요."

"미치겠군. 제국도 갖지 못한 걸 네가 갖고 있구나. 설마 저 배의 시동석이 내게 제안했던 것이냐?"

질주하는 범선을 가리키며 고든이 말했다.

"네. 시제품이지만요. 8각석을 합성한 것이 아니라 6각석을 합성한 것이긴 하지만 비공정과 달리 추진력을 위한 거라 충분하죠."

카릴은 기대하는 고든의 얼굴이 재밌다는 듯 바라봤다.

"그리고 이제 곧 비공정에 쓰이게 되는 걸 보실 겁니다. 3년 뒤에도 살아 계실 테니까요."

그의 말에 고든은 피식 웃었다.

"저런 걸 누가 만들었지?"

"이스트리아 삼국의 베릴 남작이라고 아십니까?"

고든 파비안은 카릴의 말에 어이가 없다는 듯 헛웃음을 지었다.

"그 늙은이? 썩어도 준치라더니……. 한때 천재라고 불렸지만 한물간 마법사 아냐?"

카릴은 그의 말에 입꼬리를 올렸다.

"그 말대로죠. 썩어도 준치. 천재의 비상함이 어디 가겠습니까. 마력이 낮을 뿐이지 머리는 여전합니다. 게다가 울카스 길드의 길드 마스터인 톰슨이 그를 보좌하고 있기도 하고요. 운이 좋다면 처음 얘기했던 3년보다 더 앞당겨질지도 모릅니다."

자신만만하게 말하는 카릴과 달리 고든은 여전히 의문스러운 얼굴로 물었다.

"그건 또 뭐야? 울카스? 들어 본 적이 없는 길드인데. 어디 소속이지? 대륙에 웬만큼 이름을 날리는 길드를 내가 기억 못할 리가 없는데."

"당연합니다. 이름을 날린 적이 없거든요."

"……."

고든은 너무나 당당하게 말하는 카릴 때문에 할 말을 잃고 말았다.

"하지만 앞으로 기억해 두시는 게 좋을 겁니다. 아조르의 영주가 6클래스 상급 마법사인 건 아시죠?"

"물론."

"얼마 지나지 않아 울카스 길드의 길드 마스터가 곧 그와 동급의 마법사가 될 거니까요."

"허……. 일개 길드에서 상급 마법사라고?"

카릴의 말에 고든은 어처구니가 없다는 얼굴로 그를 바라보며 말했다.

"설마 그것도 네가 한 일이냐?"

그의 말에 카릴은 옅게 웃었다.

"정말 할 말을 잃게 만드는 녀석이군. 황자들을 쥐락펴락하는 것도 모자라서 말이야."

"별말씀을."

"목표가 뭐야? 대륙이라도 집어삼킬 작정이냐."

고든은 비록 남부 여정의 시작은 제국 때문이었지만 어느새 지금은 카릴에게 더 매료되어 있다는 걸 인정하지 않을 수 없었다.

오랜 세월 동안 유지 되었던 제국, 공국 그리고 이스트리아 삼국의 3강 구도가 깨어지는 것도 흥미로울 것 같았으니까.

　자신을 포함해서 5명의 소드 마스터와 4명의 대마법사 그리고 마지막 1명인 동방의 비술사를 포함한 대륙 10강이라 불리는 강자들. 이 많은 강자가 있으면서도 200년이 넘도록 이어져 온 천하삼분(天下三分)은 깨지지 않았다.

　그리고 앞으로도 그러하리라 생각했다.

　'저 녀석을 알기 전까진.'

　고든 파비안은 수통에 든 고약한 악취를 풍기는 진액을 단숨에 들이켰다.

　"크……."

　목을 타고 넘어가는 쓴 기운이 여실히 느껴졌다.

　'카릴, 네가 진짜 하고자 하는 것 무엇인지 궁금해진다. 너는 분명 이 정도로 만족할 리가 없을 테니까.'

　그토록 먹기 싫어하던 진액을 한 방울도 남기지 않고 그는 모두 삼켰다.

　"조금 더 널 지켜보겠다."

　카릴은 그런 그를 보며 살며시 입꼬리를 올렸다.

　살아야 할 이유가 생겼기 때문이다.

"풉……!!"

재채기가 나오려는 입을 황급히 막았다. 오랜만에 볕이 드는 창가 아래에서 기분 좋게 식사를 하는 기쁨을 망치고 싶지 않았다.

가뜩이나 조심스러워하는 분위기인데 모두의 시선이 자신에게 쏠리는 것이 싫어 멋쩍은 듯 머리를 긁적이며 웃었다.

"하, 하하……. 죄송합니다."

그러고는 어색하게 고개를 숙이는 사람은 다름 아닌 제국의 3황자 크로멘이었다.

'좋은 분위기를 나 때문에 깨고 싶지 않아.'

남부로 돌아온 뒤 계속해서 잔병치레 치렀던 그가 이상하리만치 오늘은 기분이 좋아 별궁을 나와 이렇게 다 함께 식사를 할 수 있었으니 말이다.

"크…… 크로멘."

하지만 그를 바라보는 황후의 눈동자가 흔들렸다.

"네?"

크로멘은 그제야 입가가 축축하다는 것을 깨달았다.

"아!"

재채기를 참으려다 먹던 스프가 묻은 것이 틀림없었다.

스윽-

"부끄러운 모습을 보였습니다, 어머님."

그는 황급히 테이블에 있는 냅킨으로 입 주위를 닦았다.

"……어?"

어째서인지 냅킨에 묻은 스프의 색깔이 붉은색이었다. 영문을 모르겠다는 표정으로 크로멘이 황후를 바라봤다.

주르륵…….

그때였다. 황자의 코에서 코피가 흘렀다.

"이, 이게 왜 이러지?"

당황한 기색이 역력한 모습으로 크로멘은 피 묻은 손을 옷에 닦고는 주섬주섬 주위의 냅킨을 잡으려 했다.

쨍그랑……! 와장창……!

하지만 힘이 빠진 손은 제대로 냅킨을 쥐지 못하고, 놓여 있던 접시와 그릇을 치는 바람에 요란한 소리와 함께 바닥으로 떨어졌다.

"아…… 아아……."

울먹이는 얼굴로 크로멘이 주위를 바라봤다.

쿠웅……!!

지끈거리는 두통과 함께 시야가 흐릿해지는 기분에 쏟아진 그릇들이 있는 바닥으로 그가 쓰러졌다.

"이게, 왜……."

크로멘은 비틀거리면서 일어나려 안간힘을 썼다.

하지만 테이블을 잡은 손이 미끄러지면서 손바닥에 묻은 붉은 핏물이 주르륵 선을 그리며 선명하게 새겨졌다.

"쿨럭, 쿨럭……."

코에서 흐르던 피는 이제 입과 귀까지 뚫고 흘러내렸다.

정적이 흘렀다.

너무나 충격적인 모습에 아무런 말을 하지 못하고 그저 입을 다물지 못한 채 멍하니 바라볼 뿐이었다.

"크…… 크로멘!!"

그 순간.

쓰러지는 황자의 몸을 끌어안는 올리번.

누구보다 비통한 그의 외침만이 홀 안에 울려 퍼졌다.

▶**Chapter 3**◀

약 1달 전.

콰아아앙……!! 콰쾅-!!

"이봐요!! 저기요!!"

미하일은 있는 힘껏 문을 두들겼다. 오래된 문의 경첩이 삐그덕 거리며 흔들릴 정도였지만 안에서는 여전히 묵묵부답이었다.

"젠장!!"

몇 개월 동안이나 지금까지 조용히 그녀를 기다렸던 미하일이었지만 이제는 상황이 달라졌다.

콰아아아아앙……!!

문을 두들기는 소음보다 여기저기에서 들여오는 폭음 소리 때문에 귀가 먹먹할 지경이었기 때문이다.

'젠장……! 이게 갑자기 무슨 일이야?'

순식간에 벌어진 일이었다. 전쟁이 터질 거라는 소문은 몇 달 전부터 들려오긴 했지만 이렇게 갑자기 일어날지는 몰랐다.

틀리 루레인의 급습이었다. 코브에서 서쪽에 있는 작은 마을 인 이곳은 전장과는 상관없으리라 생각되었지만, 오히려 틀리 루레인의 선제공격으로 전장이 아래쪽으로 당겨지게 되었다. 그 바람에 전쟁의 불씨가 이곳까지 번지게 되어버리고 말았다.

"야."

그때였다. 닫혔던 문이 열렸다.

한 판 붙을 거라고 생각했던 카릴의 예상과 달리 두 사람은 몇 달이나 함께 있었음에도 다투거나 마찰이 있었던 적은 없었다.

일방적으로 미하일이 그녀를 기다려줬다. 어쩌면 전생의 첫 만남과는 다르지만 두 사람의 끌림은 현생에도 여전히 똑같이 적용되는 것일지 모른다.

"미하일!! 미하일!!"

문이 열림과 동시에 언덕 아래에서 자신을 부르는 목소리에 그가 고개를 돌렸다.

"……어?"

반가운 얼굴이었다.

"캄마 님!!"

몇 달이나 보지 못했던 캄마의 얼굴이 보이자 미하일은 황급히 손을 흔들었다. 상황이 상황이니 이 순간에 누구보다도 반가울 수밖에 없었다.

콰아아앙……!! 콰쾅!!

그 순간 폭음이 터지고 여기저기에서 폭발이 일었다. 시커먼 연기가 솟구치고 이미 아래쪽 마을은 전쟁의 화마(火魔)가 집어삼킨 지 오래였다.

"……."

세리카 로렌의 눈빛이 흔들렸다.

"지금 이렇게 멍하니 있을 때가 아니에요. 난리가 났다구요! 어서 도망쳐야 해요!"

미하일이 소리쳤다.

"어디로? 어딜 가나 다 지옥이야."

"사람이 왜 그렇게 꼬였어요? 무슨 일이 있었는지 모르지만…… 마스터께서 꼭 세리카 님을 영입해 오라고 제게 말씀하셨습니다."

"이런 전쟁통에서까지? 대단한 충신 나셨네."

세리카는 미하일의 말에 코웃음을 쳤다.

"위, 위험!!"

콰……!! 콰쾅……!!

"미하일!!"

조금 전 두 사람이 있었던 자리에 폭발이 일었다.

캄마와 칼 맥이 그의 이름을 외쳤다.

치지지지직…….

"……."

그 순간 마치 바람이 빨려 들어가듯 검은 연기가 소용돌이치며 뭉치기 시작했다. 놀랍게도 찰나의 순간 미하일의 실드가 폭발을 막았다.

"……이거 놓지?"

"아? 아……! 죄, 죄송해요."

그녀의 시선을 느낀 미하일이 얼굴을 붉히면서 황급히 세리카 로렌을 놓았다.

자신을 끌어안았다는 사실은 관심 없는 그녀는 옷을 털고 일어서며 말했다.

"너도 마법사야?"

세리카 로렌이 처음으로 그에게 한 질문이었다.

그의 두 손에 맺힌 풍진 속에 휘몰아치는 바람을 바라보며 세리카 로렌은 눈빛을 빛냈다.

전시(戰時)라는 것도 잊고 미하일은 기뻐서 어쩔 줄을 몰랐다.

"네!"

"마법사들은 다 쓰레기야. 그리고 지금 이 전쟁을 일으킨 놈들도 모두 똑같아."

"……."

그녀의 차가운 말에 미하일은 잠시 머뭇거렸지만 고개를 저었다.

"그렇지 않습니다."

"네가 어찌 알지?"

"적어도 제 마스터는 다르니까요."

"오글거리는 말을 잘도 하네. 네 마스터가 대마도사라도 되나 보지?"

세리카 로렌은 미하일의 말에 코웃음을 쳤다.

"아뇨. 그분은 검을 쓰시거든요."

"······나랑 장난해?"

그의 대답에 그녀가 살짝 인상을 찡그렸다.

"제가 장담하죠. 마스터는 검과 마법 모두 정점에 서실 분이세요."

미하일은 그녀를 향해 말했다.

"······하?"

어처구니가 없다는 듯 세리카는 코웃음을 쳤다.

"검과 마법을 동시에? 그런 인간이 어딨어?"

하지만 그럼에도 불구하고 그녀의 눈빛이 흔들렸다. 아이러니하게도 창술을 쓰는 그녀가 목표하는 것이 바로 그것이었으니까.

창과 마법. 두 가지의 정점에 도달하는 것.

"왜요? 궁금하세요? 직접 보면 놀라실걸요. 그분은 언제나 예상을 뛰어넘으시니까."

"흥······."

확인에 찬 미하일과 달리 세리카는 여전히 미심쩍은 눈빛이었다. 하지만 적어도 보기 힘든 미하일의 풍계열 마법만큼은 흥미로운 듯싶었다.

"미하일!! 당장 준비해!!"

그 순간.

캄마와 칼 맥이 두 사람에게 달려와 소리쳤다.

"어떻게 된 거예요? 여기에서 코브까지는 거리가 있잖아요. 프란이 전쟁을 시작한 건가요?"

"헉, 헉. 더럽게 힘드네! 그 반대다, 틀리가 먼저 군을 일으켰어. 그래서 코브에 당도하기 전에 이곳이 전장으로 변한 거지."

"아…….."

미하일은 그제야 이해가 간다는 듯 고개를 끄덕였다.

"시간이 없다. 우리는 화이트 벙커로 간다. 너희는 지금 당장 마스터가 있는 곳으로 돌아가."

"네? 지금이요……?"

"그래. 마스터의 명령이야."

"하지만 어떻게요? 지금 공국이 난리가 났는데……. 바다를 건너려면 코브로 가야 하잖아요. 강철 함대가 있는데 항구를 빠져나갈 수 있겠어요?"

캄마는 미하일의 옆에 있는 세리카 로렌을 바라보며 말했다.

"칼, 설마, 이 꼬맹이가 마스터가 말한 전력이라는 건 아니겠지?"

그의 말에 세리카가 인상을 찡그렸다.

열댓 살밖에 되지 않은 그녀는 나이를 떠나서 또래보다 작은 체구 때문에 더욱 여리고 어려 보였다.

"잘 봐. 우리가 데리고 온 전력이야말로 진짜 눈이 돌아갈 전력이니까."

촤아아아악……!!

캄마는 자랑스러운 듯 뒤를 가리켰다. 숲 언덕 아래 새하얀 물보라를 일으키며 파도를 가르는 배 한 척이 보였다.

칼 맥조차도 혀를 내두를 정도로 믿을 수 없는 조타술이었지만 그를 뛰어넘는 배의 속도.

"에이, 저희가 데리고 온 건 아니죠. 마스터가 저희를 위해 보내신 거죠."

칼 맥이 한마디 보탰다.

"하……!!"

미하일은 저 멀리 바다를 가로질러 질주하는 마도범선(魔道帆船)을 바라봤다.

그 안에 누가 있을지는 굳이 말하지 않아도 알 수 있었다.

그는 세리카 로렌을 향해 자랑스레 말했다.

"거봐요. 제 말이 맞죠?"

툭-

세리카 로렌이 신경질적으로 손에 쥐고 있던 뭔가를 그의 가슴을 때리다시피 건넸다. 그건 꼬깃꼬깃 접힌 쪽지였다.

"이건……?"

"그래. 네 말이 맞아. 확실히 당신 마스터가 이상한 놈이라는 것엔 동의해."

미하일은 그 쪽지가 처음에 그가 이곳에 와서 그녀에게 건넸던 카릴의 전언이 적힌 쪽지라는 걸 단번에 알았다.

"그리고 궁금하게 만든다는 것도."

그녀는 다시금 그 쪽지에 적힌 내용을 보면서 얼굴이 굳어졌다.

"안내해. 그 인간을 만나야겠어."

"……뭐. 이렇게 된 일입니다."

마도범선의 갑판에 앉아 있던 수안 하자르는 아쉬운 듯 말했다.

"잘했어. 정말 잘해줬어. 네가 아니었으면 제때 그들을 배에 태우지 못했겠지. 튤리가 먼저 프란을 치다니……. 그건 나도 예상하지 못한 일이었으니까."

"캄마와 칼 맥은 화이트 벙커에서 가장 가까운 해안에 내려주긴 했는데……. 무사히 갔을지 걱정이네요."

카릴은 수안 하자르의 말에 피식 웃었다.

"캄마 그 노인네라면 괜찮을 거야. 너도 알잖아? 그 인간이 얼마나 질긴지."

"하긴……."

그의 말에 수안도 고개를 끄덕였다.

"아참, 이건 캄마가 마스터께 전해 드리라는 전갈입니다. 음…… . 전에 얘기했던 꼬리를 찾게 되어서 화이트 벙커로 가겠으니 이후의 일은 맡겨달라더군요."

'드디어 우든 클라우드와 접촉을 했나 보군.'

기다렸던 소식이었다. 캄마가 화이트 벙커를 향했다는 얘길 들었을 때 어느 정도 예상했던 일이기도 했다.

'프란 루레인을 이용해서 내전을 벌이기는 했지만 그게 과연 우든 클라우드에 영향을 줄 수 있는지는 사실 미지수야.'

애초에 프란 루레인 자체가 우든 클라우드였으니까.

다행이라면 그가 야심가라는 것.

이번 내전을 통해 우든 클라우드가 단순히 공국을 위한 단체가 아니라는 것을 카릴은 확인할 수 있었다.

'과연…… . 어디까지 밝혀낼 수 있을까.'

우든 클라우드를 파훼해야 하는 이유는 단순히 대륙의 패권을 손에 넣는 데 방해가 되는 것도 있었지만, 그보다 후에 있을 신탁전쟁에서 광신도라는 괴물들을 만들기 때문이었다.

마물과 싸우는 것도 버거운 상황에서 인간끼리 전쟁을 벌이는 것은 최악의 수였기 때문이다.

'캄마라면 맡겨도 되겠지.'

카릴은 분명 그가 지금 같은 음지의 일이라면 흥미를 가질 것이 틀림없으리라 여겼다. 게다가 더욱이 그토록 가기를 원했던 공국에서 일어나는 일이었으니까.

"아니, 아무리 그래도 조금만 기다려 주시죠. 어떻게 저를 빼고 망령의 성을 공략하실 수가 있으십니까."

수안은 다른 누구도 할 수 없는 큰일을 해냈지만, 개인으로서는 아쉬울 수밖에 없었다.

결국 이번에도 카릴과 함께하지 못했기 때문이다.

"그래도 덕분에 저 둘을 데리고 올 수 있었잖아. 그게 망령의 성을 공략하는 것보다 내게는 어려운 일이야. 난 할 수 없는 일이니까."

카릴은 미하일과 세리카 로렌을 슬쩍 바라봤다. 마치 감시를 하듯 자신을 노려보고 있는 그녀를 보며 그는 가볍게 손을 흔들었다.

"……."

세리카는 콧방귀를 뀌며 고개를 돌렸지만, 그녀는 모를 혼자만의 재회에 카릴은 기쁜 얼굴이었다.

밀리아나와 세리카 로렌.

그들은 모르겠지만 옛 동료였던 신탁의 10인 중 두 명이 자신과 같은 배에 타고 있었으니 말이다.

그녀의 표정을 보니 쪽지를 읽은 것이 분명했다.

'궁금해 죽겠지. 하지만 조금만 기다려. 그 대가로 잔뜩 부려먹을 테니.'

카릴은 묘한 웃음을 띠며 생각했다.

"수고했어."

그러고는 수안의 어깨를 가볍게 쳤다. 빈말처럼 들릴지 모르지만 그는 수안이 마도 범선을 끌고 제시간에 와준 것만으로도 진심으로 감탄하는 중이었다.

아니, 오히려 자신의 예상보다 빨랐다. 해협을 건너 공국에 갔다가 남부의 끝자락까지 항해를 한 것이니 말이다.

그의 조타술이 없었다면 마도 범선의 능력만으로는 불가능한 일이었다.

"뭐……. 장벽에서 솟아오르는 연기 덕분에 쉽게 찾을 수 있었습니다. 한편으론 '아 끝났구나' 생각하기도 했구요. 어떻게 저만 쏙 빼놓고 또……. 너무 하신 것 아니십니까."

"이거."

카릴은 수안의 말에 피식 웃으며 그에게 뭔가를 건넸다.

"엘프의 보고에서 얻은 거야. 주로 활을 쓰는 종족이라 마땅히 네게 줄 게 없더라. 그래도 지금 쓰고 있는 것보다는 나을 거야."

그는 아무렇지 않은 표정으로 담담하게 말했다.

"네 말대로 너 빼고 우리끼리 공략한 것에 대한 사과니까. 그걸 받고 이해해 줘."

"에? 마스터…… 아니, 뭐 이런 걸 다……."

수안 하자르는 감동받은 듯 카릴이 준 건틀렛을 받아 들었다. 그러고 나서 낡은 건틀렛을 벗자 그 안에는 오래된 붕대가

감겨 있었다.

"와……."

에이단은 그걸 보고 낮은 탄성을 질렀다.

아무리 육체가 무기인 무투가라고는 하지만 수안은 확실히 다른 사람들에 비해 지금껏 사용하던 장비의 차이가 심했다. 심지어 자유군조차도 청린이 섞인 무기를 쓰는데 그는 낡은 건틀렛이 전부였으니 말이다.

[낫기는……. 그 정도가 아니잖아? 보고에 있는 무구들을 다 합쳐도 저것과 비교할 수 있겠나. 제대로 설명해 주지 않아도 괜찮나?]

라미느의 말에 카릴은 피식 웃었다.

'굳이 설명할 필요 없어. 훌륭한 무구에 어울리는 주인이 나타난 것일 뿐이니까. 수안이라면 저절로 알게 될 거야.'

전설 속 신수인 청귀(靑龜)의 이름을 딴 땅의 기운을 머금고 있는 칼두안의 너클(Kalduan's Knuckle)이었다.

"전에 내가 네 건틀렛을 부수고 난 뒤에 제대로 신경을 쓰지 못해서 계속 마음에 걸렸는데. 잘된 일이야."

수안은 그 말에 예전에 투기장에서 그와 결전을 벌였던 일을 떠올렸다.

벌써 수년 전의 일이 되어버렸다.

하지만 아직까지도 그때의 일이 생생하게 떠올랐다. 특히 드워프제의 건틀렛을 산산조각을 냈던 카릴의 위용은 잊으려야 잊을 수 없었다.

우우우우웅…….

건틀렛의 끈을 조이자 손등에 박힌 옥빛의 보석이 빛을 내다 사라졌다. 그러자 마치 건틀렛이 수안의 주먹에 맞춰지듯 크기가 줄어들었다.

"아무것도 안 한 녀석이 망령의 성에서 가장 값비싼 보물을 얻었군."

고든 파비안은 입맛을 다시며 말했다. 상관없다고는 했지만 아무래도 블레이더의 5대 무구는 그도 욕심이 안 날 수가 없었다.

꽈아악-

수안은 주먹을 쥐었다가 펴며 신기한 듯 바라봤다.

그러고는 기분 좋은 얼굴로 카릴에게 말했다.

"감사합니다, 마스터."

카릴은 고개를 끄덕이고는 앞을 바라봤다.

"수안, 혹시 오는 길에 제국의 소식은 없었나?"

"제국이요? 글쎄요……. 화이트 벙커만 들렀다가 바로 바다를 가로지르는 바람에 딱히 들은 건 없지만……."

그는 잠시 생각하다 뭔가 떠올랐다는 듯 말했다.

"아! 그러고 보니 코브에 갔을 때 길드에 있던 소식지에서 3황자의 건강이 좋지 않다는 얘기가 있던데……. 아직은 대외적으로 알려진 것은 아니고 제국의 수도인 황도에서만 퍼진 듯싶습니다."

"그래?"

"네. 저희 라바트 길드에서 보고된 것이니 틀리진 않을 겁니다."

갑판 위로 노을이 지기 시작했다.

"흐음……."

대륙의 끝, 망령의 성을 뒤로 한 채 그는 나지막한 목소리로 말했다.

이제 남부에서 해야 할 일은 모두 끝났다.

하지만 아직도 그가 수행해야 할 것들은 너무나도 많다.

이곳에서 가까운 동방국으로?

아니면 쿼니테가 말했던 그녀의 정령술이 숨겨진 장소?

혹은 사령술과 카이에 에시르의 동료를 알아내기 위해 불멸회의 대도서관으로 향할 수도 있다.

그것도 아니라면…… 모든 의혹의 중심인 나르 디 마우그의 레어로?

선택지는 많다. 하지만 카릴은 수안의 말에 다음 행선지를 마음속에 정해 두었다.

"에이단, 아무래도 동방국은 다음으로 미뤄야겠다."

"네?"

"가능하면 가까운 거길 들러서 네 일도 해결해 주고 싶었는데 말이야."

카릴의 말에 에이단은 깜짝 놀란 표정이었다. 본 드래곤을 잡았을 때 그가 동방국까지 가는 데 걸리는 시간을 물었던 것을 기억했다.

'그게 나 때문이었어?'

하지만 에이단은 이내 고개를 저었다.

'에이……. 아무리 마스터가 대단하신 분이지만 설마 초후술(超吼術)까지 알 리가 없지.'

그는 너무 과한 생각을 했다고 여기며 피식 웃었다.

"제국으로 간다."

그런 그에게서 고개를 돌리며 카릴은 나지막하게 말했다.

"네?"

수안은 자신의 귀를 의심했다.

"불청객이 되겠지만 장례식엔 참석해야지. 적어도 난 그래야만 하는 책임이 있으니까."

카릴의 말이 무슨 뜻인지 알고 있는 고든 파비안만이 역시쓴웃음을 지었다.

"장례식이요? 누가 죽기라도 했습니까?"

수안의 물음에 카릴은 담담한 목소리로 저물어 가는 노을을 바라보며 말했다.

"이제 곧."

"꽤나 즐거웠다. 다시 만날 날이 있겠지."

"물론이죠. 비공정의 시동석이 완성되면 찾아뵙겠습니다."

마도 범선의 갑판에서 고든 파비안은 마지막 작별 인사를 했다.

"내 생각에 그전에 볼 것 같은데. 안 그래? 부디 그날 조용히 지나가길 바라지만…… 힘들겠지."

"제가 터뜨리지 않아도 그들이 가만있지 않을 수도 있죠. 다들 호시탐탐 노리고 있는 기회일 테니까요. 좋은 의미로든 나쁜 의미로든."

"글쎄. 내 생각엔 그들이 아니라 네가 터뜨릴 것 같은데. 그것도 어마어마하게 말이야."

고든은 카릴의 말에 입맛을 다셨다.

"어쨌든 재회가 썩 유쾌한 장소는 아니겠어."

그가 말하는 사건이 크로멘의 죽음이라는 것을 알고 있기에 고든의 목소리가 가라앉았다.

3황자가 디곤과의 문제를 제대로 해결하지 못한 것엔 자신의 책임도 있었으니까.

"다음에 만나게 될 곳이 장례식장이니 말이야. 전에 말했던 무대라는 게 그곳이지?"

"그때 했던 말을 아직 기억하십니까?"

"나이를 먹으면 쓸데없는 것을 잘 기억하거든."

고든은 베스탈 후작의 영지에서 올리번이 크로멘에게 독을 먹이던 장면을 마르트에게 보이게 했던 날을 떠올리며 말했다.

"후회하십니까?"

카릴의 물음에 그는 쓴웃음을 지었다.

"전에도 똑같은 질문을 했듯이 내 대답도 변하지 않는다. 누가 황위에 오르던 남은 둘은 어차피 살아남지 못해."

단지 대륙의 강자로서 고든이 석연치 않은 부분은 자신은 살기 위해 망령의 성을 공략하기까지 했는데 어린 황자는 정세에 휘말려 희생양이 되어버렸다는 점이다.

"이번 일로 올리번의 가면이 벗겨질까?"

"아뇨. 단지 누군가는 가면을 알게 되고 누군가는 여전히 가면을 씌우려고 하겠죠."

"그걸 밝히기 위해 네가 움직이려던 게 아냐? 크로멘을 죽여서까지 말이야."

고든은 카릴의 말에 의아한 표정을 물었다.

"제국이 단 한 번으로 무너질 거라고 생각하십니까. 올리번이 크로멘을 죽인 범인이라는 걸 알게 되면 황제는 오히려 옳다구나 하고 황자들을 쳐내 버릴걸요."

"으음……."

고든은 카릴의 말에 고개를 끄덕였다. 타이란 슈테안의 성격이라면 충분히 그러고도 남을 사람이었으니까. 아들에게조차 자신의 자리를 물려주는 것을 용납하지 않는 정복왕이었으니.

"겨우 꺾인 황제의 날개에 힘을 실어줄 생각은 없습니다. 전 의심의 씨앗을 준 것뿐입니다. 지금은 그걸로 충분합니다. 제가 원하는 건 단순히 황자들의 몰락이 아니니까."

카릴은 마르트를 떠올렸다.

크로멘의 죽음 이후 과연 그가 어떻게 행동할까.

백작가의 첫째라고는 하지만 마르트는 어리다. 그가 할 수 있는 일은 생각보다 적었고 영향력도 크지 않다.

하지만 그의 아버지는 다르다. 올리번의 가장 큰 지지 세력이자 대륙제일검이라 불리는 크웰 맥거번.

'그저 올리번을 폐위하게 만들 거라면 처음부터 이런 번거로운 일을 계획하지 않았을 것이다. 내가 원하는 것은 단순히 녀석이 황위에 오르는 것을 막는 것이 아니라 그를 따르는 인재를 내 것으로 만드는 것.'

황가의 핏줄도 아닌 자신이 단순히 힘으로 제국을 흡수해서는 결코 그들을 얻을 수 없을 테니까.

'마르트를 통해 대륙제일검인 아버지를 내 편으로 만들게 된다면……'

그를 따르는 무수한 기사와 강자들이 모두 자신의 밑에 들어오게 될 것이다.

'그들이야말로 앞으로 있을 더 큰 전쟁인 신탁전쟁을 준비하는 발판이 될 권세다.'

카릴의 눈빛이 빛났다.

"도대체 몇 수 앞을 내다보는지……. 네가 하려는 일을 나는 이제 가늠할 수가 없겠다. 퇴물은 빠져줄 테니 알아서 날뛰어봐."

"퇴물이라뇨. 제 눈엔 괴물입니다."

고든의 말에 카릴은 옅은 웃음을 지었다.

"제대로 대화를 나눈 적은 없지만 크로멘의 마지막 가는 길엔 제국도 주지 못하는 선물을 줄 겁니다."

"선물? 이렇게 만든 장본인인 네가 잘도 그런 말을 하는구나. 그래, 기대해야 하냐 아니면 걱정을 해야 하냐."

고든의 말에 카릴은 옅은 웃음을 지었다.

"둘 다."

좌아아아악……!!

침묵이 흘렀다.

마도 범선이 정박한 뒤 자신을 마중 나온 교도 용병단의 부하들을 바라보며 고든 파비안은 이제 정말로 카릴과의 여정을 끝내야 할 때가 왔다고 생각했다.

웅성- 웅성-

그의 부하들은 처음 보는 엄청난 범선의 위용에 그저 바라보는 것만으로도 놀란 듯 입을 다물지 못했다.

"녀석들의 입단속은 내가 시킬 테니 걱정 마라. 하지만 조심하는 게 좋을 거다. 제국이 그 배를 알게 되면 눈독을 들일 테니까."

카릴은 고든의 말에 옅게 웃었다.

"어차피 저에게까지 신경을 쓸 겨를이 없을 겁니다. 내전이 터진 지금이야말로 공국을 치는 절호의 기회인 걸 알면서도 움직이지 못하고 있으니까요. 공국도 제국도 결국은 자기들 밥그릇 싸움에서 허덕이고 있으니 말이죠."

"그러는 동안 넌 조용히 세력을 넓히고? 하여간 무서운 녀석이야."

고든은 직접 남부의 패자라 불리는 디곤 일족의 여왕인 밀리아나가 이미 카릴을 따르고 있음을 확인했으니까. 명실공히 이제 카릴은 남부의 왕이라 불러도 과언이 아니었다.

그는 뭐라 한마디 더 하려는 듯 입술을 씰룩였지만 이내 고개를 저었다.

"수안 하자르라고 했던가? 제법 틀이 잡히긴 한 거 같은데 망령의 성에서 얻은 건틀렛을 쓸 때 조심하라고 전해라. 자칫 잘못하면 그 힘에 오히려 당할 수 있으니 말이야."

쓸데없는 걱정일지도 모르지만 어쩐 일인지 고든 파비안은 건틀렛에 새겨진 칼두안이란 이름이 못내 걸렸다.

"왜 그러십니까?"

"지금은 사라졌지만 칼두안은 마도 시대 때 정령왕 혹은 드래곤에 필적하는 힘을 가진 신수다."

카릴은 그의 말에 고개를 끄덕였다.

"어차피 과거의 전설일 뿐입니다. 신수가 사라진 지 이미 수백 년이니까요."

쿼니테가 만든 아공간에서 이미 칼두안을 봤던 카릴은 육안으로도 신수의 위용을 느꼈기에 동감했다.

"내가 말하고 싶은 건 신수가 살아 있을 가능성에 대한 것이 아니다. 청귀의 습성이지."

"습성이라뇨……?"

쿼니테에게서도 듣지 못했던 얘기였다.

카릴이 흥미로운 듯 고든을 향해 물었다.

"대지의 정령왕의 환생이라고 불리는 그 거북은 다른 위상들과 달리 특수한 조건으로 계약을 한다."

"조건?"

"손가락을 건다더라."

카릴은 그의 말에 피식 웃었다.

"무슨 애들 장난도 아니고. 정령왕급의 동물을 길들이는 데 약속이라도 하는 건가요."

카릴이 새끼손가락을 까닥거리자 농담을 했지만 고든은 여전히 진지한 표정이었다.

"그게 아니다, 녀석아."

"네?"

고든은 낮은 한숨을 내쉬고는 카릴에게 말했다.

"손가락을 건다는 건 그런 게 아냐. 청귀의 전설은 칼두안의 힘을 한 번 빌릴 때마다 계약자의 손가락을 대가로 정말 먹어

치운다는 의미다."

"……."

"뭐, 전설은 전설일 뿐이니까. 블레이더가 만든 무구가 설마 그런 괴상한 조건까지 전설을 따라 남기진 않겠지."

카릴은 다시 한번 건틀렛에 있었던 칼두안의 모습을 떠올리며 입맛을 다셨다.

"뭐, 어쨌든 강한 힘을 쓰는 데엔 분명 그에 대한 조건이 따르는 법이다."

그는 카릴의 허리에 있는 얼음 발톱을 가리켰다.

"너 역시 마찬가지지. 그 안에는 사자(死者)의 힘까지 녹아 있으니 말이야."

"명심하죠. 수안에게도 주의를 시키도록 하죠."

카릴은 고개를 끄덕였다.

"인연이 닿는다면 발본트에게 보이는 것도 좋겠지. 현시점에서 그 건틀렛을 가장 잘 다룰 수 있는 사람이니까."

"권왕 말입니까?"

"그래. 뭐, 괜한 걱정은 안 해도 된다. 그 인간은 무구에 대한 관심이 전혀 없으니까."

고든의 말에 카릴은 피식 웃었다.

그럴만했다. 소드 마스터의 반열에 오른 5대 강자 중에 유일하게 무기를 쓰지 않는 그는 오로지 자신의 육체가 곧 무기라고 말했으니까.

발본트의 정식 제자는 아니지만 그에게 태세를 배웠던 수안이 그와 참 닮았다는 생각이 들었다.

"어디에 계신지 아십니까?"

"글쎄. 워낙 자유분방한 사람이니 말이야. 하지만 몇 달 전에 날 찾아왔었다."

"당신을?"

"폐하의 명이 있기 바로 직전이었지. 듣자 하니 트라멜에 간다고 하더군."

카릴이 그의 말에 살짝 인상을 찡그렸다.

"트라멜이라면……. 그 고대 요새를 말하는 겁니까?"

"맞아. 마도 시대에는 주요한 거점이었지만 지금은 폐허에 불과하지. 그래서 도망친 노예들이 살고 있는 땅으로 변해버렸지만."

한때 요새로서 위용을 자랑했던 트라멜이지만 그건 과거의 영광일 뿐, 카릴에게 그곳은 다른 의미로 기억되었다.

비록 지금은 휴지기에 접어들어 닫혀 있지만 대륙에서 가장 큰 마굴인 선혈동굴이 있는 곳이기도 했다.

"……."

동굴은 수백 년간 활동이 멈춰 있어서 안전하다고 여겨졌던 곳이었는데 시간이 흘러 타락의 최초 거점이 되어 트라멜 전역이 죽음의 땅으로 변모했다.

"뭐, 유적이라고는 하지만 사실 거의 폐허에 가깝지. 그가 왜 거길 가려고 하는 건지는 모르겠군."

"다른 말은 없었습니까?"

"그 작자도 평범한 인간은 아니니까. 무슨 생각을 하는지 알 수 없지."

그 순간.

'역시⋯⋯.'

카릴은 기다렸다는 듯 고든 파비안의 말에 고개를 끄덕였다.

'때가 왔군.'

그는 수안 하자르의 스승으로 권왕을 염두에 두면서 항상 잊지 않고 있었다.

'권왕 발본트는 어떤 사건으로 인해서 제자를 두지 않게 되었다. 그로 인해 발본트 8태세가 소실되어 버렸지.'

카릴은 그것을 안타까워했다. 그렇기 때문에 이번에는 수안 하자르를 그의 제자로 두게 해야겠다고 마음먹었다.

하지만 사건이 일어난다는 것은 알지만 언제 어떤 일이 발단이 되는 것인지 까지는 몰랐다.

그전에 발본트를 만나 친분을 쌓을 수 있으면 좋겠지만 지금까지도 쉼 없이 계획을 진행했던 그였는데 권왕에게까지 신경을 쓸 시간이 없었다. 그렇다고 해야 할 일이 많은 자신의 수족인 수안을 미하일처럼 몇 개월씩이나 권왕이 나타날 것이라고 알고 있는 타지에 둘 수는 없는 일이었다.

'선혈동굴(鮮血洞窟).'

발본트가 트라멜을 향한다는 얘기를 듣는 순간 머지않아

카릴이 기억하는 '사건'이 발발할 것을 짐작할 수 있었다.

'하지만…… 권왕의 목적지가 선혈동굴이 아니라 트라멜인 건 어째서지? 거긴 정말 아무것도 없을 텐데.'

선혈동굴에서 일어난 사건에 발본트가 개입되었다는 것을 알고 있었지만, 그가 선혈동굴이 아닌 트라멜에 볼 일이 있었다는 것은 카릴도 모르는 일이었다.

'마굴 이전에 고대 요새에 뭔가 있는 건가…….'

카릴은 기억을 떠올려봤다. 하지만 전생에 그가 트라멜을 갔던 것은 딱 한 번뿐. 그것도 이미 선혈 동굴이 타락의 거점이 되어 마굴과 함께 트라멜을 파괴하기 위해서였다.

'그때에도 선혈 동굴만 갔었지 트라멜을 보지는 못했었어.'

어쩌면 자신이 놓친 뭔가가 있을지도 모른다는 생각에 호기심이 들었다.

'당분간 수안과 헤어져야 한다고 생각했는데 어쩌면 나도 함께 가야 할지도 모르겠군.'

그렇게 생각하자 카릴은 옅은 웃음과 함께 고개를 저었다.

'갈 곳이 한 군데 더 늘었군.'

생각지도 못한 새로운 정보에 카릴은 다시 한번 고든 파비안과의 만남이 자신에게 큰 수확이 되었다는 걸 상기했다.

"뭐, 내가 오지랖이 넓었군. 너와 별의별 일들을 많이 겪어서 그런가 보다. 쓸데없는 말까지 하는 걸 보니. 어쨌든 네 부하가 운이 따른다면 권왕과 인연이 닿을 수도 있겠지."

"그렇겠죠."

카릴은 그의 말에 고개를 끄덕였다.

'당신의 말과 달리 수안과 권왕의 만남은 운이 아니라 내가 그렇게 만들 거지만.'

"곧 보자. 나름 즐거웠다."

"고든."

카릴은 수통 하나를 그에게 던졌다.

툭-

"크루아흐의 배설물입니다. 한 번 더 마셔야 효과가 있을 겁니다."

"……."

아무렇지 않게 말하는 카릴과 달리 그의 말에 고든 용병단의 단원들이 당황스러운 눈빛으로 고든을 바라봤다.

"아오, 저 새끼……."

카릴은 그런 그에게 피식 웃으며 손을 들었다.

좌아아악……!! 좌아악……!!

마도 범선이 해협을 통과해 포나인의 강을 거슬러 오르기 시작했다.

"이제 곧 타투르입니다."

범선의 갑판 위에 팔짱을 낀 채로 서 있는 카릴에게 에이단이 다가와 말을 걸었다.

"포로들은?"

"아마 두샬라가 준비를 끝마쳤을 겁니다."

"그래."

카릴은 천천히 고개를 끄덕였다.

그러고는 고든에게 했던 선물을 떠올리며 그는 옅은 웃음을 지었다.

"4만의 목숨……. 그래, 최소한 황자의 장례식에 가져갈 조의품으로 이 정도는 돼야지."

그의 눈빛이 차갑게 빛났다.

"그런가……."

카릴은 두샬라의 보고에 고개를 끄덕였다.

"교단에서 최상급 사제가 파견되어 이틀 동안 정화 기도를 끝낸 다음 3일 간 국장(國葬)을 치른다고 하네요."

그녀는 목이 타는지 탁자에 놓인 물을 마시고서 말을 이었다.

"마스터의 말씀대로네요. 아직 어린데 결국 정치의 희생양이 되어버렸으니까요. 안타깝네요."

"천하의 두샬라가 죽음에 대해 안타까워하는 건가?"

"설마요. 단지…… 막사에서 남자들이 했던 말이 떠올라서요."

"흠?"

카릴이 의아한 눈으로 그녀를 바라보자 두샬라는 그저 어깨를 으쓱할 뿐이었다.

굳이 중요한 것이 아닌지라 카릴도 더 이상 신경을 쓰지 않고 고개를 돌렸다.

'크로멘.'

조금은 입맛이 썼다.

그의 죽음에 자신이 직접적으로 관여를 한 것은 아니지만 예견된 죽음을 알면서도 막지 않았으니까.

"그의 마지막은?"

"극비로 처리되어 정확히는 알지 못합니다만, 보초병들을 구워삶아 보니 끔찍했답니다. 숨을 거두기 직전 눈과 귀, 코, 입 할 것 없이 뭐, 몸의 구멍이란 구멍에서 피가 흘러나왔다네요."

두샬라는 고개를 가볍게 저었다.

"그런 지독한 독은 저도 처음 봅니다. 황후는 그 모습에 그대로 쓰러져 버리고……. 그 자리에 있던 2황자가 시체를 수습했다고 하더군요."

"크큭……."

두샬라는 자신의 보고에 웃긴 것은 없었는데 어깨를 떨 정도로 웃음을 터뜨리는 카릴을 의아한 눈빛으로 바라봤다.

"동생의 안위는 나 몰라라 했던 1황자와 달리 올리번의 주가가 더 오르겠어."

"그럼요. 가뜩이나 백성들에게 인기가 좋으니까요. 타이란 슈테안부터 루온까지. 제국 황가가 가지는 이미지는 냉혹 그 자체인데 올리번만은 다르니까요."

그녀는 쓴웃음을 지었다.

"다른 건 몰라도 크로멘을 안고 울던 모습만큼은 황도(皇都)의 시장 구석구석까지 소문이 파다한걸요."

"맞아. 확실히 다르지?"

"네. 정말 지독한 인간이네요. 무법천지인 타투르에서도 보기 힘들 정도로 말입니다."

두샬라는 낮은 한숨을 내쉬었다.

"자기가 죽인 동생을 위해 그렇게 우는 연기를 하다니 말이에요."

그 죽음이 올리번의 계획이라는 것을 알고 있는 두 사람의 평가는 황도의 백성들과는 극명히 달랐다.

"얼마나 걸렸지?"

"저희가 남부로 온 뒤로부터 한 달이 조금 넘었네요. 마스터께서 예상했던 보름보다 더 걸렸습니다. 뭐, 덕분에 저희도 시간이 있었구요."

카릴은 그녀의 말에 차갑게 말했다.

"어린 나이여도 신중함은 다르지 않나 보군. 내 예상보다 항상 좀 더 걸린단 말이지."

"……그거 칭찬인가요?"

그의 말에 두샬라는 눈썹을 찡그리며 말했다.

"글쎄. 그보다 포로들은?"

"이미 준비는 끝났습니다. 마스터께서 남부에서 이미 명령을 내리신 덕분이죠. 베이칸과 키누가 황도(皇都)의 북부 산맥에 포로들을 배치했습니다. 인원이 많아서 꽤나 어려웠지만, 다행히 하시르를 통해 이민족들만 아는 비밀 통로를 이용했습니다."

"고생했어."

"그럼요. 한 달 내내 걸린 작업이니까요."

"맞아. 네가 아니었으면 불가능한 일이었을 거야. 항상 믿고 있어."

"뭐, 뭐예요. 낯 뜨겁게……."

카릴의 칭찬에 두샬라는 살짝 얼굴을 붉혔다.

그녀는 벗어 둔 베일을 황급히 썼다.

"루온 쪽은?"

"음음, 보고에 의하면 브레라도에서 다시 출병 준비를 끝냈다고 합니다."

"출병은 무슨……."

차가운 그의 말에 두샬라도 피식 웃었다.

"네. 기다렸다는 듯 황도로 올라가겠죠. 이러지도 저러지도 못하고 있었으니까요."

"맞아. 그 녀석의 입장에선 오히려 두 팔 벌려 반길 일일 테니까. 남은 병력으로 트윈 아머를 다시 치는 것도 불가능한 일이었으니까."

"에이, 설마 그렇게 깨지고 또 같은 곳을 갈까요. 우회하긴 하지만 다른 길도 있잖아요?"

카릴은 옅게 웃었다.

"우습지만 그게 제국 황족의 자존심이란 거거든. 소국에게 겁을 먹어 우회한다? 그건 일을 완수하고 돌아와도 황제에게 책잡힐 일이니까."

"참 피곤하게들 사네요."

"동생의 죽음조차 이용하는 인간들이야. 크로멘의 장례식 장에서 과연 진심으로 슬퍼하는 자가 몇이나 될까?"

두샬라는 이해한다는 듯 고개를 끄덕이면서도 여전히 못마땅한 표정이었다.

"가족이란 말이 무의미하지. 그저 서로 적일 뿐이니까. 올리번도 루온도 편치 않을 거야. 작은 빈틈이라도 보이면 그대로 물고 늘어질 테니까."

카릴은 그렇게 말하면서 피 한 방울 섞이지 않은 맥거번가의 형제들을 떠올렸다.

적어도 그들은 서로를 형제라 불렀다.

어찌 보면 크웰 맥거번이란 남자는 그런 의미에서 제국의 황제보다 더 대단한 사람일지 모른다.

비록 자신은 함께하지 못했지만…….

'쓸데없는 감상이야.'

쫘악―

카릴은 얼음 발톱의 손잡이를 잡은 손에 힘을 주었다.

"두샬라, 제국으로 갈 시간이다. 수안에게 말해. 포로들에게 지급할 활을 모두 챙겨. 화살은 세 발씩이면 충분해."

그의 말에 두샬라는 그녀답지 않게 긴장된 표정으로 말했다.

"괜찮을까요? 포로라고는 하지만 4만이나 됩니다. 그런 자들에게 활을 준다는 건……"

"걱정 마. 병사 중에 귀족이나 기사는 없다. 모두 평민들이야."

"그게 무슨 상관인지……"

이해가 가지 않는다는 얼굴로 그녀가 되물었다.

"황궁에 있는 놈들보다 그들이 더 인간답다는 뜻이지."

"……네?"

"곧 알게 될 거야."

카릴은 낮은 목소리로 말했다.

"크로멘의 죽음에 대해 우리는 우리 나름대로 조의를 표해야 할 의무가 있으니까."

3황자 크로멘, 죽다.

황도를 떠들썩하게 했던 남부 원정의 패배에 대한 소문이 언제 있었냐는 듯 거리 곳곳에 울리는 비보에 도시의 분위기는 착 가라앉았다.

"대신들은?"

"아마 대부분의 제후가 집결했을 겁니다. 정화 의식이 끝났으니……. 오늘 밤 자정(子正)이 되어 3일째가 되면 바로 본식이 시작될 것입니다."

"흠……."

마차 안에 있던 루온 황자는 아지프의 보고에 낮은 한숨을 내쉬었다.

"거리에 사람 하나 없는 걸 보니 진짜로군. 보고를 받고 솔직히 믿기지 않았는데……. 고맙구나, 크로멘. 네가 마지막으로 내게 도움을 주었어."

지금껏 황궁으로 돌아올 핑곗거리를 찾지 못해 브레라도에 머물러 있던 루온은 이를 바득 갈며 낮게 말했다.

'모든 게 그놈 때문이다.'

자신에게 절망적인 패배를 안겨준 카릴을 떠올리면 지금도 분을 삭일 수가 없었다.

당장에라도 황궁으로 돌아오고 싶었던 그였지만 수만 명의 포로를 트윈 아머에 두고 온다는 것은 스스로 족쇄를 차는 것과 다름없는 일이었다.

'하나 올리번 역시 실패했고 유일하게 남부에 갔던 크로멘은 죽어버렸다.'

제국의 황자들로서는 꼴사나운 결과였지만 어쨌든 모두가

실패한 상황에서 루온은 이제야 돌아올 구실을 만들 수 있었던 것이다.

"……."

아지프는 그런 그를 물끄러미 바라봤다.

'루온 황자는 황궁의 생태를 누구보다 잘 안다. 당연히 3황자의 죽음이 석연치 않다는 걸 직감한 거겠지만……'

크로멘의 부고 소식을 받은 것은 이미 수일 전이었다.

자신의 영지인 브레라도엔 이동 마법진도 있어 바로 황궁으로 올 수 있었음에도 불구하고 루온은 마차를 타고 크로멘의 장례가 진행되는 도중에 황도에 도착했다.

'내가 사람을 잘못 본 것은 아닐까. 그저 위험을 피하기 급급한 것처럼 보이니……'

그는 트윈 아머에서 뒤도 돌아보지 않고 도망치던 루온의 모습을 떠올렸다.

하지만 이내 곧 그런 불충을 잊으려는 듯 고개를 젓고는 말했다.

"폐하께서 당분간 전쟁을 금하실 것으로 보입니다. 크로멘 황자의 애도의 기간을 두 달로 명하셨다는 보고입니다."

"두 달? 황위와는 상관없는 고작 3황자일 뿐인 녀석인데?"

"그것도 전시(戰時)이기 때문에 석 달로 명하시려던 것을 줄인 거라고 합니다."

"나 참, 언제부터 크로멘을 챙기셨다고……"

루온은 고개를 저었다.

애도의 기간. 황가의 핏줄이나 혹은 큰 공을 세운 위대한 자의 죽음에 대해 만인이 슬퍼하는 기간.

정화 의식과 함께 5일 동안 거행되는 장례 의식은 어찌 보면 짧게 느껴질 수 있었다. 하지만 실제로는 이 애도의 기간까지 장례식으로 포함을 해야 했다.

왜냐면 그 기간 음악과 노래가 일절 금해지며 심지어 전쟁까지도 멈추기 때문이다.

"아무리 국장(國葬)이라 하더라도 이런 시기에 두 달이나 손을 놓고 있으라니……. 정복왕이라 불리던 아버지까지 망령이 나신 게 틀림없군."

"……."

기간이 길면 길수록 큰 업적을 세운 자라고 할 수 있는 애도의 기간. 아무리 황자라 할지라도 그 어떤 공도 없으며 오히려 남부에서 수치를 받아 돌아온 크로멘에게 두 달의 시간은 길었다.

제국의 전(前) 황제가 승하하였을 때 애도의 기간 고작 한 달이었다는 것에서 확실히 황제의 결정엔 이질감이 있었다.

'자신의 아비마저 밟고 황좌에 오르신 분이다. 아비의 죽음보다 자신의 위엄을 알리고자 애도의 기간마저 줄였던 아버지께서…….'

루온은 냉소를 지었다.

타이란 슈테안이 자애로운 아버지로서 크로멘의 죽음이 슬퍼 그토록 긴 애도의 기간을 정했을 리가 없다고 확신했기 때문이다.

'두 달 동안 뭔가를 준비하시려는 게 틀림없다.'

루온은 그렇게 생각하면서 자신도 모르게 그의 목을 한번 쓰윽 만졌다.

'설마……. 아버지께서 크로멘을 죽이신 건 아니겠지.'

황궁으로 돌아가는 길을 바라보며 그는 생각했다. 집으로 돌아가는 그 길이 집이 아닌 저승이 될 수도 있다는 생각이 들었다.

"빌어먹을……."

루온은 생각하면 할수록 트윈 아머에서 자신에게 패배를 안겨준 카릴이 머릿속에 가시지 않았다.

'잘못하면 나도 죽는다.'

크로멘은 유약했지만 병약한 아이는 아니다. 황궁에서의 죽음에 이유가 없을 리 없다. 하지만 살아남은 자들은 그 이유를 찾지 않는다.

'이미 죽은 자를 기려봤자 의미 없으니까. 그 시간에 내가 살 방법을 찾는 게 낫지.'

사방이 적이다.

루온은 낮은 한숨을 내쉬며 먹구름이 가득 낀 하늘 아래 가까워지는 황궁을 바라봤다.

슈우우우우웅--!!

그때였다. 저 멀리 황궁 뒤편 산맥에서 하늘을 향해 쏘아 올려지는 불화살 한 발이 있었다.

"……?"

촤아아악--!!

의아한 루온의 표정은 경악으로 바뀌었다.

"……!!"

신호탄을 따라 마치 화염의 장벽이 솟구치는 것처럼 수만 발의 불화살이 일제히 하늘을 향해 날아가는 것이 보였기 때문이다.

"모두 위치로!!"

"당장 확인하라!!"

"예비 병력까지 모두 집결하라!!"

다다다닥……!! 다다닥……!!

창밖으로 보이는 수만 개의 화살에 황도에 있던 방위병들과 기사들이 소란스럽게 움직였다. 이런 상황에서 적의 습격이라도 받는 것인가 하는 불안과 제국을 공격하는 자가 누구인가에 대한 분노까지.

하지만 이상하게도 화살은 제국을 향한 것이 아닌 그저 하늘을 향해 쏘아질 뿐이었다.

챙그랑……!!

찻잔이 바닥에 떨어지면서 요란하게 깨졌다.

"괘, 괜찮으십니까?"

뒤에 있던 하녀가 황급히 달려와 깨진 그릇 조각들을 치웠다.

"미안, 미안하네."

정화 예식이 거행되던 이틀 내내 한숨도 자지 않고 자리를 지켰던 올리번이 비틀거렸다.

"그동안 너무 무리하셨습니다."

피곤한 기색의 그를 바라보며 황궁의 시종은 걱정스러운 목소리로 말했다.

올리번이 얼마나 비통히 울었던가. 모두가 그가 당장에 쓰러져도 이상하지 않은 일이라 여겼다.

빠드득……!!

하지만 그가 비틀거린 것은 피곤함도 슬픔도 아니었다.

쏴아아아아아앙--!!

요란한 소리와 함께 세 번째 화살이 다시 한번 상공을 향해 쏘아 올려졌다.

창밖을 바라보던 올리번의 얼굴이 구겨졌다. 호를 그리며 양옆으로 퍼지듯 날아가는 수만 개의 불화살이 마치 그를 향해 비웃는 것 같았다.

"어떤…… 개새끼가."

그 광경을 지켜보던 올리번은 자신도 모르게 욕지거리를 내뱉었다.

"마스터, 말씀하신 세 발의 화살을 모두 쐈습니다. 그런데……
이게 무슨 의미가 있을까요?"

밤하늘을 수놓은 장엄한 화살들이 사라지는 것을 기억하기
라도 하려는 듯 카릴은 정상 아래에서 천천히 눈을 감았다가
떴다.

"카릴, 잘 들어. 앞으로 우리는 끔찍한 전쟁을 수도 없이 치
러야 한다. 황궁이라 하더라도 영원히 안전하다 볼 수 없어."

신탁이 내려진 지 1년이 지났을 때 황궁의 성벽 위에서 올
리번은 카릴에게 말했다.

"타락이 이곳을 공격할 수 있을 가능성은 언제나 있다. 그
말은 나 역시 언제든 죽을지 모른다는 의미이기도 하지."

"그런 소리 마라."

검을 쥔 채 같은 하늘을 바라보던 카릴은 나지막하지만, 단
호히 말했다.

"황가의 핏줄이라면 알고 있는 것이 있다. 저기 끝에 보이는
세 개의 깃대가 보이지? 다들 그저 제국을 상징하는 장식이라
고 생각하지만 사실 아냐. 오래된 마법이 걸려 있다. 황궁에

비보가 있을 때 쏘아 올리는 포격대지."

'······.'

카릴은 올리번이 가리킨 곳을 바라봤다.

"쏘아지는 탄 역시 마법으로 만들어진 불꽃이야. 대륙 전역에서 이 불꽃을 볼 수 있을 거다."

"그래서?"

"만약 저 불꽃이 하늘에 솟아오른다면 네가 이곳으로 돌아와 나 대신 제국을 수호해다오. 내가 죽었다는 의미이니까."

"쓸데없는 소릴······."

고개를 저었지만 확실히 그의 말대로 그곳엔 높게 하늘을 향해 세워진 세 개의 깃대가 있었다.

"첫 번째 불꽃이 하늘 위로 솟구친다면 그건 황제의 병사(病死)를 뜻한다."

올리번은 천천히 입을 열었다.

"두 번째 불꽃까지 쏘아진다면 그건 황제의 전사(戰死)를 뜻한다."

"그걸 왜 내게 알려주는 거지?"

올리번은 천천히 고개를 돌려 카릴을 바라봤다.

"친우(親友)니까."

그는 옅은 미소를 지으며 말을 이었다.

"만약, 세 번째 불꽃까지 모두 하늘에 솟아오른다면······."

스으으으으……!!

카릴은 저 멀리 보이는 황궁을 바라보며 전생의 기억을 떠올렸다.

'비밀을 안다는 것은 참으로 잔혹한 일이야. 올리번. 너라면 내가 보낸 화살의 의미를 알겠지. 아니, 너뿐만 아니라 황궁에 있는 모두가.'

그는 천천히 입꼬리를 올리며 냉소를 지었다. 그러고는 나지막한 목소리로 말했다.

마치.

누군가에게 속삭이듯이.

그건 암살(暗殺)을 뜻한다.

►Chapter 4◄

　하늘로 쏘아진 세 발의 화살.

　밤하늘을 수놓았던 수만 발의 화살은 마치 지엄한 불꽃의 장벽이 세워지는 것 같았고 황도에 있던 사람들은 모두 그 광경을 지켜봤다.

　"허허, 저게 뭐람?"

　"장관이로군."

　"황자님의 넋이 하늘로 올라가시는구나."

　"편히 쉬시길⋯⋯."

　영문을 알 수 없기에 더욱 의문이 들 뿐이었다.

　그러나 대부분의 시민은 그저 크로멘의 장례식을 기리는 의식이라 생각할 뿐이었다. 거리로 나온 사람들은 하늘로 솟아오르는 불화살을 바라보며 성스러운 듯 저마다 무릎을 꿇고 곳곳에서 기도를 하기 시작했다.

하지만 황궁의 사람들은 달랐다.

"다들 보셨습니까?"

가장 먼저 운을 띄운 것은 재상(宰相), 브린 이니크였다.

성 밖의 어수선한 분위기와는 대조되게 늦은 밤인데도 불구하고 홀 안은 차가운 침묵이 흘렀다.

그들은 잠조차 잊은 듯 하나같이 근심 어린 얼굴이었다.

"황도에서 떨어진 곳이라고는 하나 도대체 그 불화살의 숫자는 뭐라고 설명하시겠습니까. 제국의 위엄이 어디로 갔는지……. 방위군들은 무엇을 하셨소."

재상의 말에 궁정마법사인 카딘 루에르가 총기사단장인 벨린 발렌티온을 바라보며 나무라는 듯 말했다.

금기사단의 단장이자 황실 친위대를 이끄는 그는 낮은 탄식을 뱉어냈다.

"북쪽 산맥은 겨울이 되면 통행이 금지되는 곳이외다. 설령 저곳에서 화살을 쏜다 한들 황도까지 닿지도 않소."

"통행이 금지된 곳에 저 정도의 사람이 잠입하는 동안 몰랐다는 것이 말이 됩니까."

"……황궁의 사정이 번잡했다는 것은 재상도 아시지 않습니까. 그래서 놓친 듯하오."

브린은 정작 이 자리에 황도방위사령관으로 임명되어 있는 흑기사단의 단장인 카이신이 없다는 것을 상기하며 쯧- 하고 혀를 쳤다.

금(金), 적(赤), 흑(黑). 세 개의 기사단이 황도의 수호를 맡고 있지만 자신의 금기사단은 황실친위대로 사실상 수도 방위를 맡은 기사단은 특임대인 흑기사단이기 때문이다.

"저들이 황궁을 습격했다면 어쩌려고 하셨습니까?"

"절대 그런 일은 없습니다. 게다가 지금 같은 상황에서 어떤 간 큰 작자들이 습격을 하겠습니까."

자존심이 상하는 일이었지만 벨린 발렌티온은 카딘 루에르의 말에 인상을 구겼다.

크로멘의 장례에 참석하기 위해 이미 각지의 제후들이 모여 있는 상태. 크웰 멕거번을 비롯하여 각 기사단의 단장이 모두 황궁에 집결하고 있었다. 아이러니하게도 여느 때보다 가장 많은 기사가 모여 있으니 지금이야말로 가장 안전한 상황이라 할 수 있었다.

"게다가……. 그렇게 잘 아셨다면 궁정 마법사단은 뭘 하고 있었소? 그대들도 수도 방위의 임무를 가지는 건 매한가지 아니오."

잘못을 서로에게 떠넘기기 바빴다.

그도 그럴 것이 제국의 4공작 중 소문만 무성할 뿐 정계에 얼굴을 보인 적이 없는 닐 블랑 공작을 제외하고 나머지 3명은 이미 지지하는 황자를 골랐기 때문이었다.

재상은 애초에 1황자를 지지함을 전면에 내세웠으나 나머지 둘을 달랐다.

중립을 표명했었지만 금기사단의 부단장인 아지프가 루온을 지지함에 있어서 벨린 발렌티온의 입김이 전혀 없을 리가 없었다.

반면 카딘 루에르는 여전히 스스로 중립이라 말하고 있으나 소문에 의하면 아카데미의 마법사들을 올리번을 위해 암암리에 준비하고 있다는 얘기가 있었다. 귀족들은 그 증거로 2황자를 지지하는 크웰 맥거번의 차남인 티렌이 그의 제자로 들어간 것이라 얘기했다. 기사와 마법사.

태생적으로 맞지 않는 자들이었기 때문에 서로의 입장 차이는 극명했다.

"지금은 그게 중요한 것이 아닙니다."

가만히 지켜보고 있던 재상 브린 이니크가 낮은 한숨을 내쉬며 말했다.

"하필이면 모든 대신이 모여 있는 날입니다. 현 황제께서 즉위하신 날 이후 이보다 많은 귀족이 모인 날은 없습니다."

"당연한 것 아니오. 3황자님의……."

벨린 발렌티온은 차마 장례란 단어를 입에 담을 수 없다는 듯 고개를 저었다.

"모인 이유가 중요한 게 아닙니다. 저 많은 사람이 지금 보았다는 것이 문제입니다."

브린 이니크는 고개를 저었다.

"세 발의 화살이 가지는 의미."

그의 한마디에 두 사람은 침묵했다.

"황궁에 있는 귀족 중에 저 의미를 모르는 자가 과연 몇이나 있겠습니까."

세 개의 불꽃. 첫발은 하늘로 곧장 솟아오르고, 두 번째는 사선으로 그리고 마지막은 호를 그리며 쏘아 올려지는 화염.

원래는 황제의 서거를 알리는 불꽃이었지만 지금은 그 불꽃이 누구를 위한 것인지 모두가 알고 있다.

'도대체 누구지? 어떤 놈이 이런 발칙한 짓을⋯⋯.'

250년 전 카이에 에시르가 만들었다는 황궁에 있는 포격대는 대륙 전역으로 그 불꽃이 보일 정도로 엄청난 위력이라고 하니 그것에 비할 바는 아니었지만 수만 개의 화살은 황도 안의 시민들과 귀족들의 눈을 사로잡기 충분했다.

3황자 크로멘, 암살되다.

이제 크로멘의 죽음은 정정되어 황궁 안에 이렇게 다시 퍼질 것이다.

"재상은 지금 저걸 믿는단 말입니까? 농간이오. 가뜩이나 어수선한 상황에서 혼란을 야기시키기 위한 짓거리가 틀림없소."

"그러십니까?"

성을 내는 카딘 루에르를 보며 브린 이니크는 비소를 지었다.

'당신네야말로 가장 의심되는 작자들이야.'

크로멘의 죽음은 여러 가지로 석연찮은 부분들이 있었다.

하지만 대부분은 그 원망의 화살을 남부의 야만족으로 돌렸다. 디곤 일족을 찾아간 그에게 야만족들이 독을 쓴 것이 틀림없다는 것이 정론.

자신의 하나뿐인 동생을 잃은 올리번 슈테안은 비통한 마음을 참고 더 이상 화친이 아닌 스스로 야만족 토벌에 선두에 서겠다고 말했다.

'애초에 남부 토벌은 1황자님께서 주도한 일이다.'

하지만 루온이 실패하고 돌아온 상황에서 다음 기회는 올리번에게 주어질 가능성이 컸다.

하지만 려기사단이 전멸된 상황에서 올리번을 지지하는 기사 중 쉽사리 병력을 뺄 수 있는 자들은 얼마 되지 않는다. 지금 상황에서 병력을 운용할 수 있는 황자는 루온뿐.

결국 올리번은 루온에게 손을 빌릴 수밖에 없는 상황.

지금 상황에서 트윈 아머에서 패배를 한 루온이 다시 실권을 잡기 위해서는 두 사람이 함께 남부 토벌을 수행하는 것뿐이었다.

지금이 무척이나 중요한 상황이었다.

'크로멘 황자의 죽음 따위는 그저 조용히 넘어갔어야 할 사안이다. 양측 모두 다음을 준비할 시간이 필요했으니까.'

1황자파인 재상은 인상을 구겼다. 장례식을 통해 모인 루온파와 올리번파의 암묵적인 휴전을 깨뜨리는 어처구니없는 사태가 벌어지고 말았으니 말이다.

"범인이 누가 되었든……. 그 대가는 톡톡히 치러야 할 것입니다."

콰아아앙……!!

갑작스럽게 홀의 문이 세차게 젖혔다.

"소…… 송구하옵니다!"

세 사람의 시선이 밖의 병사에게 쏠렸다.

"말하게."

재상은 단도직입적으로 물었다. 이유 따위는 필요 없었다. 제국의 대제후들이 모여 있는 장소라는 것을 알면서도 문을 열었다는 것은 목숨을 걸 만큼 위급한 상황이라거나 중대한 사안일 테니까.

만약 그럴 가치가 없는 일이라면 그 자리에서 목을 베어버리면 그만이었다.

"지금 황궁으로…… 4만의 병력이 집결하고 있습니다."

"……뭐?"

"무슨 소린가! 그 많은 병력이 어디서……!"

"분명 북쪽 산맥을 확인하기 위해 기사들이 출진했을 터. 그들은 다 어디 가고!"

"그게……."

병사는 세 사람의 호통에 잠시 당황스러운 듯 말을 머뭇거렸다.

하지만 그들이 두려워서 그런 것이 아니었다. 보고를 해야 하는 그조차 이 상황을 어떻게 말을 해야 할지 몰라 난감했던 것이다.

"정찰을 나갔던 흑기사단이 그들과 함께 궁을 향하고 있다는 보고입니다."

"말도 안 되는……."

"누구의 병력이라는 말이더냐. 그만한 병력을 이끌고 올 수 있는 왕국이 지금 없을 텐데……."

병사는 벨린의 외침에 고개를 숙이며 떨리는 목소리로 말했다.

"그게…… 모두가 제국의 병사들입니다."

태양홀.

언제나 불이 꺼지지 않는 이곳이었지만 이런 밤에 이 정도의 사람들이 모이는 일은 극히 드물었다.

수많은 눈이 있었지만 그저 서로 눈빛을 교환할 뿐 갑작스러운 불청객에 의해 의문과 의혹으로 홀 안은 무거운 침묵으로 짓눌리고 있었다.

저벅- 저벅- 저벅-

'홀의 정문에서 황제가 있는 옥좌까지 300미터. 50미터 간격으로 천장엔 궁수들이 배치되어 있다.'

첫걸음을 뗀 순간 카릴은 쓰고 있던 가면을 고쳐 쓰고서 앞을 바라봤다.

'100미터 간격으로는 마법 함정이 설치되어 있으며 옥좌에 있는 기관을 누르면 발동한다.'

저벅- 저벅- 저벅-

다시 걸음을 떼고 걸어가던 카릴은 정확히 황금색 카펫 중앙에 멈추었다.

'허락된 자가 아니면 이 이상 가까이 갈 수 없다.'

그러고는 천천히 고개를 들었다. 황제와의 거리는 150미터. 구제국 시대부터 내려온 태양홀의 규율. 사람들은 그 거리를 가리켜 절대간극(絶對間隙)이라 불렀다.

결코 넘어 설 수 없는 황제만의 영역.

하지만 소드 마스터의 경지에 오른 강자라면 그 정도의 거리는 찰나에 불과하다. 그럼에도 불구하고 지금껏 제국의 역사상 그 간극이 깨진 적이 없었다. 그리고 지금 현 황제인 타이란 슈테안 역시 그 역사가 계속 이어지리라 확신했다.

"……."

카릴은 수백 미터 앞에서도 느낄 수 있는 날카로운 살기에 옅은 미소를 지었다.

그 이유는 황제의 옆에 서 있는 두 사람 때문이었다.

대륙제일검 크웰 맥거번 그리고 제국 기사단장인 벨린 발렌티온. 현존 최강의 소드 마스터와 소드 마스터는 아니지만 그에 준하는 연륜의 노기사라면 카릴조차도 단칼에 황제의 목을 베는 것은 어려운 일이었다.

게다가 그들뿐만이 아니었다. 적기사단의 단장인 자르반트와 려기사단의 단장인 캄 그레이 경까지. 무려 다섯 기사단의 단장이 한 곳에 모여 있었다.

'캄 그레이. 기사단이 전멸하고 난 뒤에 꽤나 마음고생이 심했나 보군. 창백한 피부가 더 하얗게 질렸어.'

눈이 푹 꺼지고 새하얀 얼굴을 가진 연녹색의 갑옷을 입은 기사를 보며 카릴은 생각했다.

제국에 내로라하는 무인들이 모두 자신을 바라보고 있음에도 불구하고 그는 어쩐지 큰 감흥이 없어 보였다.

'정문에서 포박이라도 당할 것이라 생각했는데……. 이렇게 무혈입성할 줄이야. 타이란 슈테안. 역시나 뱀 같은 작자로군.'

황제는 예상했던 모양이었다. 그 정도의 화살을 날릴 수 있는 병력을 움직일 수 있는 사람이 카릴 뿐이라는 것을. 그리고 누구보다 그가 날린 화살의 의미를 잘 알고 있는 사람 중 한 명이었다.

'조금 아쉬운걸. 그래도 꽤나 공을 들여 준비한 이벤트인데. 조금은 저 인간의 당황해하는 모습을 볼 수 있지 않을까 싶었는데.'

암살(暗殺). 수없이 많은 전쟁과 사건이 있었던 대륙에서 그것은 크게 놀라운 일은 아닐지 모른다. 하지만 그 단어가 의미를 가지는 장소가 어디냐에 따라 무게는 달라진다.

크로멘. 열 살도 되지 않은 어린 소년의 죽음이 참으로 많은 영향을 끼쳤다. 황제는 그의 증상이 과거 자신의 것과 닮았다는 것을 알았으며 루온은 황궁으로 돌아올 핑계를 얻었고 올리번은 다시금 남부 정벌을 위한 계기를 마련했다.

과연…… 이 안에 있는 자 중에 과연 그의 죽음을 슬퍼하는 자가 있을까.

"……."

카릴은 천천히 주위를 둘러보았다. 황제를 비롯해서 수많은 대신의 얼굴은 아이러니하게도 너무나 낯익어 지금 이 자리에 있는 자신이 자연스럽게 느껴질 정도였다. 그 얼굴들 속에 가장 그리운 자가 자신을 바라보고 있었다.

바로, 올리번 슈테안.

"후우……."

카릴은 감회가 새롭다는 듯 천천히 숨을 들이마셨다.

'참으로 오랜만이구나. 이 공기, 이 기운.'

여전히 욕망으로 엉킨 지독한 썩은 내가 진동했다.

"더 가까이 오라."

황제의 첫마디가 태양홀 전체에 울렸다.

"……!!"

단 한마디에 불과했지만 그의 말에 대신들은 경악을 금치 못했다. 황제와의 거리는 150미터. 홀의 정 가운데에서 있던 카릴은 황제의 말에 가면 속에서 옅은 미소를 띠고는 천천히 발걸음을 떼었다.

저벅- 저벅- 저벅-

카릴의 발걸음 소리가 가까워졌고 그가 다가올수록 황제의 옆에 서 있던 두 기사는 천천히 허리에 차고 있던 검의 손잡이에 손을 얹었다.

그러나 황제는 오히려 두 사람을 향해 손을 들어 막았다.

"하오나……."

벨린 발렌티온이 조심스럽게 말했다.

"검을 내려놓게."

황제는 담담한 얼굴로 카릴을 바라봤다.

이제 두 사람의 거리는 이제 100미터가 되었다.

카릴은 허리에 손을 가져갔다.

"네놈……!!"

그 광경에 벨린 발렌티온이 낮게 소리쳤다. 하지만 카릴의 허리에는 아무것도 없다. 그럼에도 불구하고 그에게서 뿜어져 나오는 날카로운 예기는 이곳에 있는 사람들 모두에게 검을 뽑는 것 같은 착각을 불러일으켰다.

촤아악……!!

그런 그들의 두려움을 비웃기라도 하는 듯 카릴은 그대로 한쪽 무릎을 꿇고 허리에 두었던 팔을 그 위에 엊으며 앉았다.

"폐하를 뵈옵니다."

카릴이 무릎을 꿇고 고개를 내리자 황제 역시 보란 듯 두 기사와 주위의 대신들을 향해 말했다.

'누구지?'

'도대체 폐하와 어떤 관계기에······.'

'그 어떤 신하도 절대간극을 깨고서 저렇게 가까이 간 적은 없다.'

그의 등장에 태양홀은 궁금증으로 가득했다. 제국 전역에 있는 대신들이 모두 모여 있는 자리임에도 불구하고 가면을 쓴 이 소년의 정체를 아는 사람이 없었으니 말이다.

"클클클······."

그런 신하들의 생각을 읽은 것일까.

타이란 슈테안은 낮은 목소리로 카릴을 가리키며 말했다.

"다들 무엇을 걱정한단 말이오. 저 아이는 크웰 맥거번의 아들인데 말이야."

웅성- 웅성-

그의 말에 대신들은 황제가 스스로 절대간극을 깬 것보다 더 큰 놀라움에 할 말을 잃고 말았다.

"아, 아들이 아니라 심복이던가."

마치 카릴을 놀리듯 타리안 슈테안은 이마를 가볍게 두들기며 기억을 떠올리는 듯 말했다.

"그게 뭐가 중요하겠느냐. 그의 양자이든 그의 심복이든……. 중요한 것은 제국의 사람이라는 것 아니겠느냐."

처음 헤임에서 카릴에게 했던 말을 똑같이. 놀랍게도 그는 카릴과의 첫 만남에서 1년 전 고블린 사건을 기억했던 것처럼 그로부터 또다시 1년이 지난 지금 헤임에서 자신했던 말을 토씨 하나 틀리지 않고 기억하고 있었다.

"건강은 어떠시옵니까? 폐하."

"덕분에 좋아졌다. 아주 가벼워. 이대로라면 수십 년은 더 이 자리에서 비키지 않아도 될 것 같구나."

황제는 웃으며 팔걸이를 가볍게 두들겼다. 그 모습에 대신들의 표정이 미묘하게 엇갈렸다.

"제국의 복이옵니다."

"나의 건강을 기꺼워하는 자는 자네뿐인 것 같지만 말이야."

타이란 슈테안의 건강이 악화되고 자연스럽게 제국은 황위 다툼의 시대로 넘어간다고 생각했었다. 하지만 헤임으로 갔던 그가 완쾌가 되어 돌아오면서부터 모든 혼란이 시작되었다 해도 과언이 아니었다.

"저자는 내 생명의 은인이다. 내로라하는 치유사들조차 내 병명조차 알지 못했는데 우연히 헤임에서 그를 만났다."

황제는 카릴을 대신들에게 소개했다.

"그가 내게 건강을 돌려주었으니 아직은 이 자리에 더 앉아 있으라는 것이겠지. 이 또한 신의 뜻이지 않겠는가."

"서, 성은이 망극하나이다."

대신들은 그의 말에 모두 허리를 숙이며 말했다.

'저 녀석인가……'

'도대체 무슨 일을 했기에.'

'우리도 찾지 못한 폐하의 병을 낫게 한 사람이……'

정체를 알 수 없는 소년의 등장이었지만 이미 그 자체로도 그들에게는 눈엣가시일 수밖에 없었다.

'게다가 크웰 맥거번과 관련이 있다고?'

'설마 저자가 또……'

'쓸데없는 짓을.'

대신들의 눈은 이제 카릴에게서 황제의 뒤에 서 있는 크웰에게로 옮겨갔다. 그가 양자들을 입양한다는 것은 이미 제국 내에서도 유명한 일이었으니 이상한 것은 아니었다.

마르트, 티렌, 란돌…….

그의 자식들은 모두가 뛰어난 재능을 가졌고 그것을 증명하듯 황궁 내에서도 이미 주목을 받는 아이들이었다.

'하지만……'

'이해를 할 수 없다.'

'굳이 왜……'

신하 된 도리로서 황제의 건강이 호전된 것을 기뻐해야 했으나 태양홀에 있는 대신들은 그렇지 못했다. 크웰 맥거번이 올리번을 지지하고 있다는 것은 공공연하게 모두가 아는 사실. 그런 상황에서 황제를 그가 도왔다는 것은 사실 이해가 가지 않았다.

그들이 아는 크웰은 충성심 가득한 반듯한 기사였지만 기사이기 이전에 더 백성들을 위하는 자였다.

정복왕(征服王) 타이란 슈테안. 그의 이명처럼 형제들 간의 황권 다툼에서 태자가 아닌 둘째임에도 불구하고 황위에 올랐으며 이후 수많은 전쟁과 영토 확장으로 제국의 부국강병을 이뤘다. 결과만 놓고 본다면 제국의 역사에서 손에 꼽힐 업적을 이뤄낸 영웅일 것이다.

하지만 신하들의 눈에 그는 정복왕이 아닌 다른 의미로 각인되어 있었다.

바로 폭군(暴君).

그렇기에 누구보다도 황위가 교체되기를 바라고 있었다.

'멍청한 짓을……. 크웰의 아들이 황제를 도왔다? 아비의 발목을 잡는 짓을 벌였어.'

'본분 없는 자들을 그렇게 들이더니…….'

'쯧쯧…….'

카릴을 바라보는 대신들의 표정만큼 지금 홀에 서 있는 크웰의 낯빛도 어두웠다.

'네가 어째서…….'

홀의 문이 열리고 가면을 쓴 카릴이 나타났을 때 크웰은 숨이 멎는 기분이었다.

때아닌 소란. 크로멘의 장례식이란 것을 떠나 황도 근처에서 활을 쏘아 올렸다는 사실은 당장 목이 날아가도 이상한 일이 아니었다. 그런데 그 소란을 피운 장본인이 지금 당당하게 홀 안으로 걸어 들어온 것도 모자라 황제와 인사를 나누고 있었다.

파앗-!!

크웰은 카릴의 눈과 마주치자마자 자신도 모르게 미약하게 어깨가 떨림을 느꼈다.

동시에 검을 잡지 못하는 대신 주먹을 꽉 쥐었다.

겁을 먹거나 그런 것이 아니다. 아이러니하게도 그의 떨림은 재회에서 오는 반가움에서부터 온 것이었고 주먹을 쥔 것은 카릴의 성장을 그 찰나에 느꼈기 때문이었다.

'풍기는 기운이 다르다. 고작 1년도 안 되는 사이에⋯⋯. 도무지 끝을 알 수가 없구나.'

크웰은 카릴이 카펫을 걸어오는 짧은 순간에 상상을 했다.

기세를 감추고 있어 완벽하게 알 수는 없지만 걸음걸이, 자세, 보폭 등으로 카릴을 살핀 그는 소드 마스터로서의 본능적 감각으로 상상 속에서 카릴과 검을 섞었다.

카릴이 한 걸음 한 걸음을 뗄 때마다 크웰의 머릿속엔 이미 수십 합, 수 백합을 나눈 상태였다.

그는 고개를 저었다.

재능이 뛰어난 아이들을 양자로 둔 크웰이었지만 소름이 돋을 정도로 뛰어난 재능은 실로 처음이었다.

물론 카릴 역시 그의 양자였으니 뿌듯해야 할 일이었지만, 아이러니하게도 자식 중에 정계의 한복판에서 모든 이의 이목을 받고 있는 사람이 카릴이라는 것에서 크웰은 오히려 근심만 커질 뿐이었다. 그가 원하는 카릴의 삶은 정계는커녕 황도에도 발을 들여놓지 않고 그저 한평생을 영지에서 조용히 지내기를 바랐기 때문이다.

"그 화살. 네가 한 짓이렷다."

"송구하오나 크로멘 황자님에 대한 병사들의 마음이라 여겨 주시기 바랍니다."

"어째서 세 발의 화살을 쏘았지?"

"장례가 거행되는 3일째가 되는 밤. 화살을 쏘아 그 영혼이 신의 땅으로 가는 길을 헤매지 않게 하는 것."

카릴은 황제의 물음에 마치 기다렸다는 듯 대답했다.

"제국의 오랜 전통이지 않습니까. 미흡하나 운이 닿아 그 마음을 담아 하늘에 불을 놓았습니다."

틀린 말은 아니었다. 확실히 제국에는 그런 풍습이 있었으니까.

그것이 평범한 사람의 죽음이었다면 누구도 의심하지 않을 것이다. 하지만 죽은 사람은 다름 아닌 황자다. 게다가 그 풍습은 기껏해야 그것은 한 발의 화살을 날리는 것이 다일 뿐이다.

도합 세 발의 화살이 하늘에 쏘아졌다.

'우연일까……. 설마 아니겠지. 저 아이가 황실의 비밀까지

알 리가 없어.'

크웰은 카릴을 바라보며 생각했다. 차라리 우연이길 기도했다. 그렇다면 이번 일은 비록 문책을 받긴 하겠지만 지금 그가 걱정하는 것에 비하면 가벼운 일이 될 테니까.

'황제의 당황하는 모습을 기대했는데 정작 그 표정을 찾을 수 있는 건 아버지에게로군.'

카릴은 쓴웃음을 지었다. 크웰이 생각하고 있는 두려움이 무엇인지 충분히 알고 있으니까.

'걱정하지 않으셔도 됩니다. 아버지가 걱정하시는 일은 일어나지 않을 테니.'

크로멘의 죽음 그리고 독살. 그것을 알리는 화살.

크웰의 우려대로 모든 진실을 알고 그가 벌인 일이지만 대신들이 모여 있는 이 자리에서 그것을 스스로 말하는 것만큼 어리석은 짓도 없을 것이다.

그것이야말로 범인이 그라는 것을 밝히는 꼴이니까.

이곳이 어디던가.

수많은 암투와 모략으로 가득 차 있는 제국의 황궁이었다.

행동은 신중하게.

천천히 움직이되 상대의 목은 확실히 조여야 한다.

"쏘아 올린 화살의 수가 몇 개더냐."

황제가 물었다.

"4만입니다."

웅성…… 웅성…….

짐작은 하고 있었지만 그 정도의 숫자가 황도 근처에 어떻게 잠입을 할 수 있었는지 사람들은 놀라지 않을 수 없었다.

"클클클……. 모두 들었는가. 역시 대륙제일검이라 불리는 크웰가의 아이다. 그 행동 하나도 결코 평범하지 않구나."

콰아앙--!!

"네놈……!!"

태양홀의 문이 활짝 열리며 외침이 들렸다.

"분명 네놈이렸다!! 트윈 아머에서 나를 방해했던 놈이!!"

악에 받친 얼굴로 카릴을 가리키며 소리치는 사람은 다름 아닌 루온 슈테안이었다.

모두의 시선이 그에게 쏠렸다.

"오랜만에 황궁으로 돌아온 1황자는 어째 아비보다 저 이방인이 더 반가운가 보구나."

붉으락푸르락해진 얼굴로 거칠게 소리치는 루온의 외침에 비해 황제는 마치 이 상황을 즐기는 듯 차분히 말했다. 카릴은 그런 그를 바라보며 가면 뒤에서 옅은 미소를 지었다. 사방이 적이라는 말이 바로 이런 것을 두고 하는 말이 아닐까.

"아버님, 저자이옵니다. 저자가……!"

"크로멘의 장례 날이다. 너는 지금 자신의 무능함을 알리기 위해 이곳에 온 것이냐. 그게 아니라면 적어도 네 동생에게 먼저 예를 올리는 게 맞지 않느냐."

"소…… 송구하옵니다."

루온은 차가운 그의 말에 떨리는 목소리로 대답했다.

"너는 크로멘을 위해 화살을 올렸느냐."

"……예?"

"네가 욕하는 저자는 3황자를 위해 4만의 불꽃을 하늘에 올렸다. 넌 그 아이를 위해 무엇을 가지고 왔지?"

"폐하!! 그 병사들은……!!"

루온은 억울한 듯 소리쳤다. 하지만 그의 말은 끝까지 이어지지 못했다. 그저 분노를 담은 눈빛으로 카릴을 노려볼 뿐이었다.

'이제야 알겠군. 황제가 어째서 크로멘의 장례에 있어 애도의 기간을 이토록 길게 잡았는지.'

빌미로 삼기 위해서. 그가 크로멘의 장례에 신경을 쓰면 쓸수록 그런 동생을 보필하지 못하고 돌아온 두 형의 무능함은 더 크게 보일 테니까.

이참에 그는 두 황자에게 책임을 물을 것이다.

'애초에 황제는 남부 토벌에 성공했다 하더라도 둘 중의 한 명을 노렸을 것이다. 하지만 이번에 모두가 실패하고 크로멘까지 죽었으니 황제로서는 두 사람을 몰아세우기에 아주 좋은 기회 일터.'

카릴은 자신이 만든 판에서조차 목적을 달성하려는 황제의 모습에 확실히 쉬운 상대가 아니라는 것을 다시 한번 느꼈다.

"안다. 트윈 아머에서 네가 버리고 돌아온 병사들이라는 것은 이미 짐작했다. 그리고 너는 그동안 아무것도 못 했지만, 그는 저 4만의 목숨을 다시 고향으로 데려왔다."

"아닙니다!! 저자가……. 아니, 저놈이 트윈 아머에서 제국군을 습격하였습니다. 그뿐만이 아닙니다!"

"보고는 이미 충분히 받았다. 마굴이 생성되고 튀어나온 몬스터들에 병사들을 버리지 않았느냐. 게다가 포로로 삼았던 국경지대에 살던 이들까지 모조리 생지옥에 놔두고."

"그…… 그건……."

"입 다물거라! 네 패배를 내가 안 지가 몇 달이 되었는데도 너는 황도로 돌아오지도 그렇다고 포로들을 협상하지도 않고 나 몰라라 했다! 그러고도 무엇이 당당해서 네 동생의 죽음을 애도하는 자리에서 언성을 높이느냐!!"

"……."

루온은 황제의 일갈에 이를 바득 갈았다.

"하나, 진실은 밝혀야 하는 법."

모두의 귀추가 주목되었다.

"카릴, 방금 한 루온의 말이 맞느냐. 네가 트윈 아머에서 제국군을 습격하였느냐."

'드디어 화살이 내게 왔군.'

황자를 문책할 때보다 더 숨이 막힐 듯한 긴장감이 태양홀에 가득했다.

"맞습니다."

카릴은 기다렸다는 듯 대답했다.

"······!!"

너무나 당당히 말하는 그의 모습에서 대신들은 할 말을 잃은 듯 그를 바라봤다.

"하나 이 모든 것은 1황자를 살리기 위함이었습니다."

"뭐?! 무슨 그딴 개소리를!!"

루온은 카릴의 말에 화를 참지 못하고 소리쳤다. 황태자로서의 모습이라 할 수 없는 가벼운 언행에 대신들의 낮은 탄성이 터져 나왔다.

"카릴."

"예, 폐하."

"대답에 따라서 나는 네게 상을 내릴 수도 벌을 내릴 수도 있다. 무엇이 되었든 그 대가가 클 것이니 황자의 목숨을 구한 것이 사실이라면 그 상으로 마땅히 네가 원하는 것을 들어 줄 것이며 그 반대라면 네 목을 치겠다."

"지당하신 말씀이옵니다."

카릴의 대답에 황제의 눈빛에 이채가 서렸다.

"그러나 네 미천한 목숨보다 지금은 크로멘의 장례가 더 중요한 법. 상벌은 그 이후에 논할 것이다. 지금은 모두 다 3황자에게 예를 올리거라."

"······!!"

태양홀에 있는 모든 사람은 그저 카릴을 물끄러미 바라볼 뿐이었다.

'저 녀석까지?'

'어째서⋯⋯?'

대신들은 갑작스럽게 나타난 카릴을 당장에 감옥에 가두어도 시원찮을 판에 오히려 장례식에 참석하라는 황제의 명령에 이해할 수 없다는 얼굴이었다.

"⋯⋯."

모두가 놀라기는 마찬가지였지만 그들 중에서도 크웰은 다른 의미로 어쩔 줄을 몰라 긴장한 듯 식은땀을 흘렸다.

"그러니⋯⋯."

황제는 기다렸다는 듯 카릴을 향해 나지막한 목소리로 말했다.

"가면을 벗어라."

두근- 두근- 두근⋯⋯!!

"자네."

"⋯⋯!!"

"왜 그러나. 몸이라도 안 좋은겐가."

"아, 아닙니다."

황제의 뒤에 서 있던 벨린 발렌티온의 말에 크웰 맥거번이 고개를 저었다.

"폐하의 앞이네. 주의하게."

"죄송합니다."

"무슨 관계인지는 모르겠지만 별난 놈을 데리고 있었군."

벨린은 못마땅한 표정으로 말했다. 하지만 애초에 루온파인 그의 감상 따위는 중요한 것이 아니었다. 오히려 카릴이 나타난 덕분에 루온의 입장이 더욱 곤란해진 것이 사실이었으니까.

그러나 지금 중요한 것은 그에 아니었다.

꿀꺽-

크웰은 이 짧은 순간 오만가지 생각을 했다.

뛰쳐나가 그를 막아야 하는 걸까.

그런 짓을 했다가 오히려 올리번 황자에게 폐를 끼치는 결과를 초래해 가뜩이나 지지 세력 중 하나인 려기사단이 사라진 상황에서 상황을 악화시키게 되는 것은 아닐까 불안했다. 자신의 양자와 자신이 따르는 황자 사이에서.

그는 결정을 내리지 못했다.

"뭐 하고 있느냐!! 폐하께서 명하시지 않느냐!!"

"무례하다!!"

대신 중 몇몇이 소리쳤다.

"가면을 벗는 것은 상관없습니다. 하나 제 얼굴을 보고 놀라시지 않을까 심려스럽습니다."

"너는 나를 무엇으로 보느냐. 짐은 대신들이 말했듯 제국의 황제다. 이 자리가 그리 쉽게 보이느냐."

"그럴 리가 있겠사옵니까."

철컥-

카릴은 쓰고 있던 가면의 버클을 풀었다.

모두가 숨을 죽이고 그의 행동 하나하나에 주목했다.

가면 속에 가려졌던 얼굴이 서서히 드러났다.

"……!!"

그의 얼굴을 본 순간 그 안에 있던 모든 사람이 놀라지 않을 수 없었다.

"눈동자의 색이……."

"네 눈……."

모두가 넋을 잃은 표정으로 그를 바라보며 한결같은 말을 내뱉었다.

하지만 그중에서도 카릴의 얼굴을 보고 경악을 한 사람은 두 명이었다.

한 명은 그의 아버지인 크웰 맥거번이었고 또 다른 사람은 바로 1황자 루온 슈테안이었다. 모두가 카릴의 눈을 보고 할 말을 잃었지만 그 둘은 나머지 사람들과는 전혀 다른 의미로 놀라고 있었기 때문이다.

'……검은색이 아니다?!'

"갈색이 아니잖아?!"

한 명은 그 물음을 입 밖으로 내지 못했고 다른 한 명은 놀란 목소리로 소리쳤다.

타오를 것 같은 붉은색. 마치 잿빛을 머금고 용암이 들끓는 것처럼 검은빛을 띠는 눈 안에 영롱한 붉은빛을 뿜어내는 눈동자가 두 사람을 바라보고 있었다.

"저런 눈동자는 처음 보는군……."

"허허……."

"도대체 무슨……."

대신들은 카릴의 눈동자에 놀란 듯 혼잣말을 중얼거렸다. 그런 자들의 쓸모없는 말들은 차치하고서 카릴은 방금 소리쳤던 루온을 바라보며 그 말을 기다렸다는 듯 고개를 끄덕였다.

"폐하, 기억하십니까. 폐하의 명령으로 제가 염룡(炎龍) 리세리아의 레어인 화룡의 거처에 갔던 것을."

"물론이다. 내가 내린 명령인데 잊어버릴 리가 있겠는가. 클클……. 그 정도 노망이 들었다면 이 자리에 앉아 있으면 안 되지."

"사실 그곳에서 폐하의 약과 함께 한 가지 힘을 얻게 되었습니다."

"흐음?"

"다만, 송구스럽게도 그 힘을 제대로 통제하지 못하여 일전에 미리 고하지 못했음을 용서하옵소서."

"힘이라……. 그게 네 눈과 관련이 있다는 얘기겠지."

"맞습니다."

"그 힘이 무엇이지?"

화륵……!! 화르르륵……!!

카릴의 주위로 마치 붉은 화염 줄기가 나선을 그리며 솟구쳐 올랐다. 갑작스러운 불꽃에 기사들이 검을 뽑고 신하들이 화들짝 뒤로 물러났다.

"네놈……!!"

"지금 무엇 하느냐!!"

기사들의 외침에 카릴은 담담한 목소리로 말했다.

"무례를 용서하시옵소서. 단지 말로 설명을 드리는 것보다 눈으로 보여 드리는 것이 나을 듯싶어서 그런 것입니다."

"흐음."

놀란 대신들과는 달리 황제는 그 이름에 걸맞게 카릴의 불꽃을 보고서도 놀란 기색이 없었다.

"나는 마법을 잘 모른다. 하지만 그 정도의 불꽃이라면 상당한 마력이 소모될 터. 그런데 어째서 네게 마력이 느껴지지 않지?"

황제의 물음에 크웰은 떨리는 눈으로 카릴을 바라봤다. 경악스러운 이 자리에서 놀랍게도 황제와 카릴 두 사람만은 마치 정원에서 대화를 나누는 것처럼 여유로운 표정이었다.

"역시 현안(賢眼)이시옵니다. 폐하. 제국인이라면 당연히 마력을 감지해야 하는 법. 하나, 이 힘에서 마력이 느껴지지 않는 것은 이것이 마법이 아니기 때문입니다."

"마법이 아니다? 그럼 그게 무엇이더냐."

"정령."

카릴의 말에 다시 한번 홀이 술렁였다.

"5대 정령왕 중 하나인 폭염왕(暴炎王) 라미느의 힘이옵니다."

"······!!"

그의 말에 신하들은 경악을 금치 못했다. 갑작스럽게 나타난 어린 소년이 하는 말은 그 한 마디 한 마디가 실로 놀라움의 연속이었다.

"저······ 정령왕?"

"그게 가능한 일이야?"

"정령은 이제 거의 사라졌다고 알려져 있지 않아?"

대신들은 황제의 앞이라는 사실조차 잊은 듯 카릴의 충격적인 말에 술렁이기 시작했다. 아이러니하게도 카릴의 힘이 밝혀짐과 동시에 걸림돌이라 생각했던 그를 바라보는 시선이 순식간에 바뀌었다.

'그냥 정령이 아니라 그것도 정령왕이라니······. 이거야말로 전대미문의 일이지 않은가.'

'대륙에 유일무이한 사람이라 해도 과언이 아니다.'

'하필 크웰의 자식이라니······.'

'가능성은 있다. 폐하를 돕고 있지 않은가. 어쩌면 다른 길을 걸을 수도 있어.'

'무슨 수를 써서라도······ 우리 쪽으로······.'

그들의 눈빛의 의미를 황제도 카릴도 예상할 수 있다는 듯두 사람은 차가운 비소를 지었다.

"카딘 경, 공작의 고견을 듣고 싶네만."

황제의 말에 모두가 궁정 마법사인 카딘 루에르를 바라봤다.

"확실히……. 그에게서 마력이 아닌 다른 이질적인 힘이 느껴집니다. 그 힘이 무척이나 강맹하고 강대하여 마력이 가려진 듯싶습니다."

"흐음, 그래? 그럼 카릴의 마력을 확인할 수 없다는 뜻인가."

"송구하옵니다. 마력 측정기로 마력의 양은 측정할 수 있으나 강한 화염의 기운 때문에 그의 속성이 무엇인지는 확인하기 어려울 듯싶습니다."

"그래. 경의 말이 그렇다면 그러한 것이겠지."

마법에 대하여 제국의 대마법사인 카딘의 의견을 반박할 수 있는 자는 없었다. 하지만 아직은 조금 부족했다.

결정적 쐐기.

"폐하, 거짓을 고하는 것이 아니라는 건……."

카릴이 고개를 돌렸다.

그러고는 누군가를 바라보며 씨익 웃었다.

"……."

하지만 그의 시선이 닿은 사람은 마치 사신의 미소를 본 것처럼 얼굴이 창백해졌다.

"저자가 증인이 되어줄 것입니다."

"나…… 난……."

"안 그렇습니까? 유린 휴가르 경."

카릴의 말에 모든 사람이 동시에 그를 바라봤다.

"그렇지. 유린 경이 특별히 나를 위해 너와 함께 화룡의 거처에 가주었지."

황제는 그의 말에 호기심 어린 눈으로 유린을 바라봤다. 교단 출신인 그는 아직 제국 소속이 아니었기에 대신들이 있는 앞에서 유일하게 황제가 존대를 하는 자이기도 했다.

"율라를 모시는 교단의 사제는 절대 거짓 없이 진실만을 고할 것일 테니."

유린 휴가르는 두려운 눈빛으로 카릴을 바라봤다.

사실 염룡의 레어에서 그가 라미느의 힘을 얻었다는 것은 어찌 보면 중요한 일이 아니었다. 그보다 더 큰 일이 있었으니까.

자신 있게 수왕과 해왕을 처리했다고 황제에게 보고했는데 그것이 거짓으로 들통나는 것도 모자라 그 일이 카릴과 관련되어 있다는 것을 황제가 알게 된다면 이거야말로 큰일이 아닐 수 없었다. 두 괴수 때문에 1황자가 트윈 아머에서 대패를 하게 되었으니 말이다.

"⋯⋯!!"

그 순간 유린은 자신을 향해 카릴의 입이 살짝 움직이는 것을 깨달았다. 소리를 내지 않았지만 입 모양만으로도 충분히 그가 자신에게 무엇을 말하는지 알았다.

단 한 글자, 왕(王).

'제길⋯⋯. 저놈⋯⋯!! 다 알고 있었어!!'

마치 자신의 생각을 읽은 듯 카릴은 수왕과 해왕에 대한 이야기는 함구하겠다는 듯 손가락을 들어 자신의 입술에 갖다

댔다.

"그…… 그의 말이 사실이옵니다. 폐하. 일전에 알 수 없는 화염의 힘을 얻었으나 그것을 제어하지 못해 함께 제국으로 오지 못하고 저희가 먼저 보고를 위해 귀환하였습니다."

유린은 입술을 깨물며 말했다.

"그때 생긴 사고로 카릴…… 경의 눈동자의 색이 변한 것으로 아뢰옵니다. 다만, 그 눈동자의 색이 제국인의 것과는 이질적이라 가면을 쓴 것은 충분히 이해할 수 있는 일이라 생각됩니다."

확실히 눈치가 빠른 그는 카릴이 말하지 않은 부분까지 살을 붙여 황제에게 고했다. 기대했던 대로의 모습이라 카릴은 만족스러운 듯 고개를 끄덕였다.

"크웰 경."

"……예. 폐하."

"맥거번 가문의 가전 속성이 화염이지 않은가."

"그러하옵니다."

황제는 카릴의 불꽃을 바라보며 크웰에게 말했다.

"이것 참……. 오늘 같은 날과는 어울리지 않지만 자네에게 좋은 일이로군. 불꽃 중의 불꽃이라 할 수 있는 폭염왕의 힘을 받은 아이라……."

황제는 말을 이었다.

"크웰, 자네 식솔들이 모두 뛰어난데 그중에서도 저 아이가 단연 으뜸이로구나. 이것은 핏줄을 떠나 율라가 자네의 가문을 가호하는 것이 틀림없다."

"황공하옵니다, 폐하."

그러고는 다시 카릴을 바라봤다.

"하나. 아직 네게 물어야 할 것은 많다. 그 힘과는 별개로 크로멘의 장례가 끝나는 즉시 트윈 아머에서의 일에 대한 조사를 치를 것이다."

"명심하겠습니다."

"그 이전까지 너는 자중하며 대기하라."

"예. 폐하."

크로멘의 죽음은 황궁을 술렁이게 만들었다. 하나 카릴의 등장은 그의 죽음에 비할 바가 못 될 정도로 실로 더 큰 파문을 일으키는 것이었다.

"……"

카릴은 황궁에 들어왔던 것처럼 다시 한번 크게 숨을 들이마셨다.

그의 눈빛이 빛났다. 물결이 파도가 되어 그들을 휩쓸 때까지 끝난 것이 아니었으니까.

[용케도 성공했구나.]

카릴은 피곤한 듯 침대에 누웠다. 감옥이 아닌 황궁의 별실에 자리를 내어 준 것만으로도 그는 만족스러운 듯 웃었다.

'조심하는 게 좋아. 이곳은 대마법사의 반열에 오른 자가 있는 곳이니까. 지금도 우릴 감시하고 있을 거야.'

라미느의 목소리에 카릴은 대답했다. 수십, 수백 명이 있는 황궁 내에서 유일하게 마음 편히 대화를 나눌 수 있는 존재가 사람이 아닌 정령이라는 것이 우스울 따름이었다.

[흥……. 아무리 뛰어난 마법사라 하더라도 정령력이 없으면 나의 목소리를 들을 수 없다. 아니, 정령력이 있다 한들 정령왕인 내가 허락하지 않은 자는 알지 못하지.]

라미느는 흥미로운 듯 이어서 말했다.

[이민족의 증거라는 검은 눈동자. 외부의 마법으로는 변화시킬 수 없지만, 용의 심장을 먹어 마력이 생긴 너는 바꿀 수 있지. 지금까지는 변환마법으로 눈과 머리카락의 색을 바꿨지만…….]

황궁 안에는 궁정 마법사인 7클래스의 대마법사 카딘 루에르가 있다. 아직 5클래스에 불과한 카릴의 마법을 그라면 단번에 알아차릴 수 있을 것이다. 그렇기 때문에 생각해 낸 방법이 바로 라미느의 힘을 빌리는 것이었다.

[그리고 내 정령력으로 네 마력혈을 감싸 마력을 숨긴다.]

'맞아. 게다가 다행이지. 지금 내 마력의 근간인 비전력이 흔한 5대 속성의 마법이 아닌 빛과 어둠의 힘으로 이뤄지는 것이라서 말이야.'

제아무리 카딘 루에르라 할지라도 라미느의 냄새가 짙게 깔린 그 안에서 카릴의 마력을 감지하는 것은 쉬운 일이 아니었다. 게다가 5대 속성이 아닌 지금은 존재하지 않은 마력이니 더더욱 어려운 일이었다.

그뿐만 아니라 카릴의 용마력 자체가 속성이 없기 때문에 라미느의 화염에도 이질감 없이 오히려 두 힘이 쉽사리 융합될 수 있었다.

[제아무리 뛰어난 인간 마법사라도 네가 용마력을 가졌다는 건 알지 못할 거다. 지금 네 마력을 알아볼 수 있는 사람은 대륙에서 단 한 종족밖에 없겠지.]

카릴은 천천히 몸을 일으켰다. 그러고는 창가에 다가가 가려진 커튼을 치웠다.

성 밖에서는 크로멘의 장례 준비로 불야성을 이루고 있었다.

'그게 누군데?'

카릴이 나지막하게 물었다.

그의 물음에 라미느는 속삭이듯 대답했다.

[드래곤(Dragon).]

'드래곤?'

[그래. 그들은 대륙 그 어떤 존재보다 뛰어난 마력을 가졌으며 정령과도 친화력이 높지. 만약 이곳에 드래곤이 있다면 같은 마력을 가진 네 본질을 꿰뚫어 볼 것이다.]

카릴은 라미느의 말이 피식 웃었다.

'난 또……. 그런 거라면 걱정하지 않아도 될 것 같은데. 여기가 어딘데. 다른 곳도 아니라 바로 황궁이야.'

[하나 조심해서 나쁠 건 없다.]

생각지 못한 그의 말에 카릴은 잠시 머뭇거렸다. 전생에 있어서 카릴은 신탁을 수행하는 과정에서 대류에 남아 있는 대부분의 드래곤을 만났었다. 하지만 그의 머릿속에 드래곤이라 한다면 역시나 단 한 명만이 가장 떠올랐다.

백금룡(白金龍), 나르 디 마우그.

'단지…….'

걸리는 사실이 딱 하나 있긴 했다. 그가 자신에게 용의 심장이 아인헤리에 있다는 것을 알려줬었던 그때 나눴던 대화.

[그냥. 가벼운 호기심이었다. 네 아비를 비롯해서 대류 3강이라 불리는 자 중 과연 누가 가장 강할까. 정세니 뭐니 하는 말로 그치들이 직접 붙을 리는 없고……. 내가 직접 그들을 찾았었지.]

대류 3강(强). 검과 마법 그리고 무투의 정점에 도달한 3명을 칭하는 영예로운 말.

자신의 아버지인 크웰 맥거번과 여명회의 수장이자 상아탑의 주인인 대마법사 베르치 블라노 그리고 마지막으로 권왕 발본트까지.

그 당시 나르 디 마우그는 그 셋을 만나기 위해 딱 한 번 세상에 나온 적이 있었다고 말했다. 그는 크웰 맥거번을 만나기 위해 저택을 방문했었다고 했다.

[네가 조금만 더 어렸다면……. 아니, 어렸을 때 네 아비가 너를 내게 소개했었더라면. 네 아버지가 아닌 대륙 3강과는 비교하는 것 자체가 우스웠을 텐데.]

그리고 그 당시를 회상하고는 카릴의 검을 평가하며 아쉬워했었다.

"……."

카릴은 과거를 떠올리며 고개를 저었다.

'그 당시 나르 디 마우그는 저택을 방문했었다고 했다. 하지만 시기상으론 이미 지난 일이다. 솔직히 처음에는 그를 만나기 위해 저택에서 머물까도 생각을 했었지만…….'

만약 그렇게 기다렸다면 지금보다 더 빨리 나르 디 마우그를 만날 순 있었을지 모른다.

하지만 그동안은?

드래곤의 도움을 받는다면 지금보다 더 강해질 수 있을지도 모르지만 저택에 머물기만 했다면 자신은 타투르, 아조르의 마법 길드 그리고 남부의 세력뿐만 아니라 더 나아가 이스트리아 삼국의 귀족들, 그리고 고든 파비안과의 인연도 없었을 것이다.

'만약 그랬다면 이민족인 내가 황궁에 발을 들여놓는 것 자체도 불가능한 일이었겠지.'

허무하게 보내는 시간이 너무 아깝다. 지금에 와서는 자신의 선택이 현명했다고 스스로 생각하고 있었다.

개인의 강함이 아닌 자신의 권세가 필요했으니까.

게다가 시간이 흐를수록 쌓여가는 나르 디 마우그를 둘러싼 의혹들이 아직 풀리지 않았기도 했다.

다만 라미느의 말에 그가 불현듯 걸리는 점이 있다면.

'신탁이 내려지고 난 뒤 유일하게 인간을 도운 드래곤이 바로 그였다는 것이다.'

카릴은 고개를 가로저었다.

'아냐. 그렇다고 해도 지금 나르 디 마우그가 황제와 관련이 있다고 보기는 힘들다.'

카릴이 확신하는 이유는 그가 백금룡에 대해서 잘 알고 있기 때문이 아니었다. 반대로 그가 아닌 황제인 타이란 슈테안의 성향을 알기 때문이었다.

'만약 드래곤이 제국과 관련이 있다면 그 뱀 같은 작자가 가만히 있을 리가 없어. 어떻게든 이용해 먹었을 테니까.'

가뜩이나 대륙의 최강자로 군림하고 있는 제국이 수호룡까지 있다면 황제는 그것을 이용해서 대대적으로 나머지 두 세력을 압살했을 것이다.

맹약을 맺는 과정에서 규율을 수호해야 하는 드래곤들은

비록 타국을 공격할 수는 없지만 자신의 왕국을 지키는 데 최선을 다해야 한다.

'그것만으로도 충분하지. 제국이 가진 군사력을 수비에 쓰지 않게 되는 것만으로도 힘은 몇 배가 된다.'

마도 시대에는 이따금 왕국과 맹약을 하여 수호룡이 되는 드래곤들이 있어 그들로 하여금 인간의 전쟁이 곧 용족전쟁을 방불케 했었다.

하지만 지금은 드래곤의 모습조차 보기 힘든 상황이니 그들이 인간사에 관여할 리가 없었다.

[모르는 일이지. 정령계와 인간계가 끊어진 지가 몇백 년이다. 그런데 지금 내가 너와 함께 있지 않으냐.]

'우린 다르지. 솔직히 나 역시 네 존재를 몰랐으니까.'

[너 역시 모든 인간을 다 아는 것은 아니지.]

"……?"

카릴은 라미느의 말에 의아한 듯 고개를 갸웃거렸지만 그의 말은 거기에서 그쳤다.

똑- 똑- 똑-

방문을 두들기는 소리가 들렸기 때문이다.

"들어오십시오."

카릴은 살짝 긴장한 목소리로 답했다. 과연 자신을 찾아올 첫 문객이 누구인지 궁금했기 때문이다.

"음?"

문이 열리고 모습을 드러낸 사람은 의외로 자신이 알지 못하는 병사였다. 그는 긴장된 얼굴로 카릴에게 경례를 했다.

"실례하겠습니다."

"무슨 일이지?"

"네. 크웰 경께서 조용히 카릴 님을 모셔 오시라는 명이 있으셔서……."

병사의 말에 카릴은 낮은 한숨을 내쉬었다.

'하필 가장 불편한 자리부터인가.'

자신의 아버지인 크웰은 가능하다면 가장 마지막에 만나고 싶었던 사람이었다. 왜냐하면 그 이전에 궁내에 있을 마르트를 먼저 만나고 싶었기 때문이었다.

'하긴 솔직히 힘들지.'

황궁은 루온, 올리번뿐만 아니라 제국의 4공작 중 3명이 모두 모여 있는 자리였으니까.

내로라하는 사람들이 있는 이곳에서 마르트가 카릴을 보러 온다는 것은 쉬운 일이 아니었다.

'그러고 보니 올리번 녀석. 분명 그 자리에 있었는데 한마디도 하지 않았지.'

카릴은 대신들 사이에 조용히 서 있던 그를 떠올렸다. 주의를 기울이지 않았더라면 그가 황자라는 것조차 모르고 지나쳤을지 모른다.

'녀석은 이미 알고 있었던 거지. 그런 자리에서 괜히 입을 열

었다가는 도리어 손해라는 것을.'

"······."

카릴은 방문의 문고리를 잡고 잠시 머뭇거렸다.

순간적으로 드는 의문. 황제가 비록 자신을 감옥에 가두지는 않았지만 분명 자중하라 하였다. 그 말은 곧 크로멘의 장례가 남은 3일 동안 누구와의 만남도 허락하지 않는다는 뜻이었다.

'아버지가 과연 폐하의 명령을 어기고까지 나와 만날 사람일까.'

아니다. 하지만 지금 그가 가는 곳에 크웰이 없는 것은 아닐 것이다.

"쓸데없이 머리를 쓰는군. 녀석."

자신을 기다리는 사람이 누군 인지 알 것 같았다.

황제의 명이 있었으니 혹시라도 독대를 거절할 경우를 대비해서 자신의 존재를 밝히지 않은 그 사람을 떠올리며 카릴은 비소를 지었다.

끼이익-

천천히 문을 열며 그나 조용히 복도를 걸었다.

'그래, 아까는 한마디도 못 했으니······. 오랜만에 네 목소리를 들어보지.'

"이렇게 보니 실로 아름다운 눈이로구나."

카릴은 고개를 들었다. 복도 맨 끝 방에는 그의 예상대로 올리번이 자신을 기다리고 있었다.

그리고 그의 뒤에 서 있는 두 사람.

크웰 맥거번과 카딘 루에르.

카릴은 그들을 바라보며 생각했다.

'전생대로 카딘이 올리번파에 합류를 했구나. 그럼 브린 이니크와 벨린 발렌티온이 루온파의 중추일 테고……. 그들이 날 부르지 않은 이유야 뭐, 일단 나를 만나는 것보단 돌아온 루온의 입지부터 살릴 방도를 찾기 위함이겠지.'

카릴은 머릿속으로 상황을 정리했다. 격변의 시기지만 전생에 이미 제국의 사건들을 경험했던 그였으며 애초에 그들은 자신이 만들어놓은 판 위에서 움직이고 있는 말에 불과했다. 일반적으로 제국의 4공작 중 2명이 있는 루온파가 더 우세할 것으로 보이지만 현실은 다르다.

검과 마법. 크웰과 카딘 이 두 사람을 모두 자신의 것으로 만든 올리번이야말로 루온파는 비교할 수 없는 권세를 구축했다고 볼 수 있었으니까.

'이미 총기사단장인 벨린보다 아버지를 따르는 기사들이 많고 여명회 출신인 카딘의 뒤에는 상아탑의 마법사들이 있다.'

굳이 변수를 따진다면…… 4공작 중 나머지 한 명인 닐 블랑 공작. 하지만 그는 소문만 무성할 뿐 제국 안에서도 그의 얼굴을 본 사람이 없었다.

'애초에 존재하는 사람인지도 확인할 수 없었고 전생에도 그를 아는 자가 없었다.'

카릴 역시 닐 블랑을 본 적이 없었다. 어쩌면 황제가 공작 간의 균형을 맞추기 위해 만들어 낸 가상의 인물일지도 모른다. 최소한 공작이라면 그만의 공작령이 주어져야 할진대 닐 블랑 공작은 영지조차 알려지지 않았기 때문이다.

"황공하옵니다."

카릴은 올리번의 말에 눈 주변을 가볍게 쓸었다. 신탁의 10인에는 제국인을 제외하고 야만족인 밀리아나가 있긴 했지만 그녀 역시 마력을 가지고 있었기에 검은 눈이 아니었다.

이단(異端)의 증거.

아이러니하게도 누구보다 신탁을 이행하는 데 있어서 앞장섰던 그였지만 어떤 성과를 보여도 사람들은 이민족이라는 색안경을 끼고 자신을 바라봤다.

묘한 기분이었다. 평생을 살면서 자신의 눈을 아름답다 칭한 자는 없었으니까.

그 최초의 칭찬이 아이러니하게도 자신을 죽이려 했던 자에게서 나왔다.

"자네의 무운은 이미 태양홀에서 들었네. 트윈 아머에 있던 4만의 포로는 폐하께도 근심이 될 수 있었는데……. 이리 와 주니 고마울 따름이야."

"아닙니다."

"단지 대수롭지 않게 여겼던 일이 하나 있는데 말이야. 이상하게 자네를 보니 피아스타에서 있었던 일이 떠올라서 말이지."

올리번은 카릴을 향해 말했다.

"노예왕(奴隸王)."

그의 목소리가 방안에 잔잔히 울렸다.

"몇 년 전, 내가 그자를 피아스타에서 잡았었다. 그는 타투르의 관리자로서 노예뿐만 아니라 때로는 이민족까지 도망치는 것을 돕는 바람에 제국으로서 꽤나 골칫거리였다."

카릴은 올리번의 눈이 자신을 주시하고 있음을 느꼈다.

"그런데 그자가 감옥을 부수고 도주를 했다지."

"……."

"하하, 별일 아니네. 크웰 경의 말을 듣자 하니 지금 타투르에 있다고 해서 말이야. 혹시 그에 대한 얘기를 들은 게 아닐까 해서 말이야."

올리번은 옅은 미소를 지었다.

'내가 수안을 데리고 나온 걸 알고 있군.'

만약 자신이 당혹스러운 표정을 지었다면 올리번은 그것을 물고 늘어졌을 것이다. 하지만 카릴은 이미 충분히 그가 알 거라는 가능성을 열어 두고 있었다. 그 당시 타투르에 있던 올리번의 눈은 에이단 한 명만이 아니었으니까.

'주크 디 홀드.'

카릴은 오랜만에 잊고 있던 그녀의 얼굴을 떠올렸다.

'타투르에서 헤어진 이후 보지 못했었는데 아직 동방국으로 돌아가지는 않았을 테니 어쩌면 지금 이곳에 있을지도 모르겠군.'

하지만 다행이라면 다행일까. 올리번의 말에서 그가 아직 자신이 남부의 군주로 군림한 것까지는 모르는 것 같았다.

'남부의 일을 올리번에게 보고를 하지 않았다는 건……. 그녀가 에이단과 만남 이후 심경의 변화가 생긴 걸까.'

자신의 쪽으로 와준다면 나쁘지 않다. 주크의 재능은 뛰어났고 에이단과 함께라면 능력은 배가 될 것이니까.

하지만 지금은 그녀가 중요한 것이 아니었다.

"크웰 경에게 들었네. 크웰의 양자라지? 알다시피 자네 아버지는 나를 섬기고자 하네. 그리고 내가 자넬 부른 이 자리가 무슨 의미인지 잘 알 거야."

두근…… 두근…….

황자에겐 절대간극(絶對間隙)이란 없다. 올리번과 자신의 거리는 불과 50미터도 되지 않는다. 이대로 검을 벤다면 크웰 맥거번이 있다 하더라도 자신은 확실히 올리번의 목을 벨 수 있다.

"……."

전생의 그 날이 떠오른다. 억겁의 시간이 지났다 한들 어찌 잊을 수 있겠는가. 믿었던 황제가 자신을 죽이려고 했던 그 날을.

"후우……."

하지만 카릴은 낮은 숨을 토해내며 본능적으로 끓어 올랐던 살기를 갈무리했다.

아직은 아니다.

조금 더…… 때를 기다려야 한다. 그 말대로 억겁을 기다려 왔는데 흐트러진 감정으로 실수할 순 없는 일이다.

"글쎄요. 아버지께서 섬기고자 하시는 사람은 백성을 위한 왕이 아닐까요."

카릴은 차갑게 말했다.

당돌한 그 한마디에 방 안에 분위기는 순식간에 얼어붙었다. 당혹스러워하는 크웰의 얼굴이 보였지만 카릴은 아랑곳하지 않았다.

"동이 트고 있습니다. 황자님. 어제와는 다릅니다."

그는 나지막하게 말했다.

"이제 새로운 날입니다."

►**Chapter 5**◄

　크로멘의 장례식은 남은 3일 동안 순탄하게 진행되었다. 사실 순탄하다는 말이 무색하리만치 황궁 내의 분위기는 복잡했다.

　"카릴? 그자에 대한 모든 정보를 모아와!"

　"시간이 없다! 장례식이 끝나기 전까지 수를 써야 한다. 녀석이 올리번에게 넘어가는 것만은 막아야 해!"

　"우리 편으로 만들 수 없다면……. 최소한 그의 약점이라도 찾아!"

　별궁에서 벌어지는 소란은 다름 아닌 루온 황자의 세력에서 일어나는 일이었다. 그들은 트윈 아머에서의 일 때문에 이미 카릴이 자신들과 손을 잡기 어렵다는 것을 직감했다.

　'루온 황자의 대군을 막은 것만이 아니라 크웰 맥거번의 양

자다. 그런 자가 우리와 함께할 리가 없지. 게다가……'

태양홀에서 황제와 대화를 나누던 카릴을 봤을 때 이미 두 사람이 모종의 관계가 있다는 것을 재상 브린 이니크는 알아차렸다.

'크로멘 황자님의 장례식이 끝나는 시점에서 황궁은 녀석으로 인해 거센 소용돌이에 휘말리게 될 것이다.'

남은 시간은 고작 하루. 재상은 이제 최대한 카릴로 인해 올 피해를 줄이는 쪽으로 계획을 잡았다.

반면 예상과 달리 당연히 카릴을 자기편으로 끌어들였을 것이라 여겨지는 올리번파 역시 바쁘기는 매한가지였다.

"그자의 소재를 낱낱이 밝혀!"

"어떻게 해서 타투르의 주인이 된 것인지!"

"트윈 아머에서의 일을 아는 자를 당장 찾아내!"

'새로운 날이라……. 그게 무슨 의미지?'

'지켜봐 주시기 바랍니다, 저하.'

카릴은 말을 아꼈다. 그의 대답에 크웰은 난감한 얼굴이었지만 오히려 그 말이 올리번의 흥미를 끄는 듯싶었다.

'기대하지.'

마치 지기 싫다는 듯 올리번 역시 말을 아끼긴 마찬가지였다.

어쨌든 그날 밤 카릴의 등장은 모든 진형을 혼란에 빠지게 만들기 충분했다.

"……."

그런 그들의 심경과 달리 카릴은 그저 거행되고 있는 크로멘의 장례식을 창밖으로 조용히 관람할 뿐이었다. 장례는 24시간 이어졌고 각 영지에서 쉴 새 없이 조의품이 들어 왔고 조문객이 몰려왔다.

특이하게도 타국의 조문객은 없었다. 공국은 내전으로 정신 없었으며 이스트리아 삼국은 당연하게도 이번 남부 토벌 과정에서 트윈 아머에서의 격전으로 두 세력 간의 관계는 지금 냉전 체제였기 때문이다.

이유야 어쨌든 대륙 최강이라 불리는 제국의 황자의 죽음 앞에서 그 어떤 나라도 참가하지 않았다는 것은 어찌 보면 제국 역사상 최악의 불명예일지 모른다.

'남부의 야만족들이라도 오게 했어야 했나.'

카릴은 그런 생각을 하며 쓴웃음을 지었다.

자신이 남부의 패자라는 것은 아직 아무도 모르는 일이었으니까.

'재밌어. 하필 남부에서 나를 만난 유일한 황자가 크로멘이 니 말이야. 디곤과 나와의 관계를 아는 사람은 여전히 아무도 없는 거지.'

게다가 지금도 그때도 가면을 쓰고는 있다지만 유일하게 디곤에서 자신의 모습을 본 사람인 란돌 역시 이곳에 없었다.

'가면을 바꾸긴 했지만⋯⋯. 이런 거야 눈 가리고 아웅 하는 격이지. 만약 란돌이 여기에 있었다면 아무리 그가 둔하다 하더라도 내게서 이상함을 느꼈겠지.'

단순히 운이 좋았다고 하기엔 아귀가 딱딱 맞아떨어졌다.

카릴은 만족스러운 듯 고개를 끄덕였다.

"슬슬 나가볼까."

황제는 자신에게 크로멘의 장례식이 끝나는 동안 자중하라고 했지 감금을 명령하진 않았다. 그런 결정을 내린 이유에 가장 큰 영향을 끼친 것은 크웰 맥거번이었겠지만 대륙제일검의 양자라는 것 이상으로 카릴이 가지는 존재 자체의 의의도 컸다.

'타이란 슈테안도 속으로는 놀랐겠지. 원래대로라면 나와의 약속을 어기고 독단을 취한 것이니까.'

하지만 그는 갑작스럽게 등장한 자신을 보고도 오히려 당혹 감보다는 기회라 여겼을 것이다.

'태양홀에서 아버지를 자신의 옆에 둔 것은 단순히 호위를 위함이 아니다. 내게 보이기 위함이지.'

황제는 하늘로 쏘아진 화살을 보며 이미 카릴이 벌인 짓이라는 것을 가늠한 것일지 모른다.

카릴은 차가운 웃음을 지었다.

'그런 점에서 역시 아직은 황제가 위야.'

올리번 역시 똑같이 크웰 맥거번을 빌미로 자신에게 다가왔지만 두 사람의 입장은 완전히 달랐다.

두 사람이 카릴에게 다가온 방식은 완전히 다르다.

'크웰 맥거번이 택한 자이니 나도 따르라는 말보다 자신은 크웰 맥거번을 죽일 수 있으니 허튼짓을 하지 말라고 말하는 게 내게 더 먹히는 말이니까.'

그 의미로 황제는 크웰과 함께 옆에 벨린 발렌티온을 함께 세워두었다.

'하지만 그런 황제조차 자신이 독에 중독되고 있었다는 걸 몰랐으니…… . 올리번, 너는 다른 의미로 황제를 뛰어넘었다. 대단하군.'

올리번이 썼던 미명(未明)은 북부의 이민족 중 하나인 잔나비 부족만이 다루는 극독이었다.

'녀석이 과연 어떻게 이민족의 독을 얻었는지도 알아볼 일이야.'

카릴은 이번 기회에 자신이 생각하고 있던 계획들을 빠르게 행해야겠다고 마음먹었다.

'첫날에는 나를 찾아 왔지만 마지막 날인 오늘은 내가 직접 너희들을 찾아가지.'

오늘이 지나면 황제의 문책이 본격적으로 시작될 것이다.

그 이전에 카릴은 미리 작업을 해두어야 한다고 생각했다.

쿠그그그……

비라도 오려고 하는 것인지 어쩐지 하늘에서 천둥소리가 들리기 시작했다.

화르르르륵……!!

장례의 마지막 날인 오늘 황가의 핏줄이라는 걸 떠나 열 살도 채 되지 않는 아이의 죽음을 애도하는 백성들은 크로멘의 영혼을 달래기 위해 저마다 굴뚝에 연기를 피웠다. 마치 먹구름처럼 검게 몰려오는 연기를 보며 카릴은 생각했다.

'그래도 사랑을 받았던 황자로군. 아니면…… 백성들의 눈에도 불쌍한 아이였던가.'

카릴은 하늘을 바라봤다. 황궁 내에서 솟구치는 연기만 수천이 넘었으며 자욱하게 피어오르는 연기는 마치 검은 먹구름처럼 오랜 시간을 황궁 위에 머물렀다.

툭…… 툭…… 툭…….

창문에 물방울이 떨어지기 시작했다. 애도하던 검은 연기마저 하늘에서 내리는 비에 서서히 흩어지기 시작했다.

"끝났군."

카릴은 나지막하게 말했다.

탈칵-

방문을 열자 복도에 서 있는 병사들이 그를 주시했다. 평범한 갑옷을 입고 있지만 그들에게서 풍기는 기세는 범상치 않았다.

'기사들이군.'

예상은 했던 일이기에 그다지 놀랍지 않았다. 그뿐만 아니라 만일을 대비해서 복도 주위로 감시 마법까지 걸려 있었다.

"본궁으로 가고자 하는데……. 괜찮습니까?"

"저희가 대동하겠습니다."

"그러죠."

카릴의 실력이라면 감시 마법이 울리기도 전에 보초를 죽일 수도 있겠지만 그럴 필요는 없었다. 애초에 그가 가고자 하는 목적지는 몰래 만나야 할 루온과 올리번이 아니었으니까.

그때였다.

"멈춰라. 이곳이 출입금지라는 걸 몰랐더냐."

"죄, 죄송합니다!"

복도 끝에서 소란스러운 목소리가 들렸다.

그 소리에 카릴은 걸음을 멈추고 고개를 돌렸다.

이십 대 초반으로 보이는 남자. 햇빛을 보지 않은 듯한 하얀 피부와 깔끔하게 머리를 뒤로 넘긴 모습은 누가 봐도 그를 지독한 책벌레로 생각하게 만들기 충분했다.

"아카데미에 가는 길이 이쪽이 지름길이라……. 금지구역인지 몰랐습니다."

"나 참, 며칠 전 난리가 났었는데 모르느냐."

"아카데미 도서관의 책들을 정리하다 보니……. 제가 일주일 만에 나오는 거라……."

남자의 말에 보초는 기가 막히다는 모습이었다.

"넵둬. 몰라? 이 녀석, 도서관의 서기인데 궁 내에서는 유명해. 궁정마법사께서도 특별히 허락을 해준 자야."

"왜?"

"글쎄, 아카데미의 마법학도들이 보는 책을 혼자서 정리한다니까."

"……뭐? 그 많은 걸 전부다?"

하루에도 수백, 수천 권의 책이 오고 가는 도서관을 혼자서 정리한다는 말에 보초는 다시 한번 어이가 없다는 듯 남자를 바라봤다.

"……."

카릴은 보초들 사이로 보이는 남자의 얼굴을 유심히 바라봤다.

'재밌군. 널 여기서 볼 줄은 꿈에도 생각지 못했는데…….'

보초 앞에서 어수룩한 얼굴을 하고 있는 남자와 달리 그를 바라보는 카릴의 눈빛은 빛났다.

"잠시."

카릴은 그들이 있는 곳으로 걸어갔다.

"당장 돌아가겠습니다."

보초병들에게 사과를 하며 숙였던 고개를 들던 남자는 저 뒤에 보이는 카릴과 눈이 마주쳤다.

그 순간 어수룩하게만 보였던 남자의 얼굴이 차갑게 변했다가 풀어지는 걸 카릴은 깨달았다.

찰나였다. 그러나 그 변화가 무엇을 의미하는지 알 수 있었다.

'길을 잘못 든 게 아니야.'

예전부터 지금까지 자신의 권세에 부족한 한 가지를 채우지 못하고 있다고 여겼었다. 그리고 아직도 대안을 찾지 못해 앞으로도 꽤나 고생을 하지 않을까 생각했다.

바로 책사(策士)였다.

지금에서 두각을 나타내는 자는 우선 티렌 맥거번일 것이다. 전생에서도 그는 몰락한 귀족이었음에도 불구하고 크웰의 배경과 자신의 능력이 합쳐져 결국 제국의 재상의 자리까지 오른 자이니까.

'아마 이번 생에도 그렇게 되겠지.'

하지만 자신이 이미 제국의 패권을 쥐고 나서라면 모를까 제국에 검을 드리워야 하는 상황에서 티렌이 그에게 온다는 것은 말이 안 되는 일.

'그래서 차선책으로 생각했던 것이 앤섬 하워드였다.'

그러나 이스트리아 삼국이 제국에 멸망하고 망명한 사람이라고 알고 있었던 그는 실상 루레인 공국의 프란의 사람이었다.

'내 예상이 맞다면 루레인 공국 내전 이후 앤섬 하워드는 사령관 직위를 박탈당하고 비올라 왕녀가 있는 펜리아 왕국으로 망명하게 된다.'

하지만 생각해 보면 그는 거기서 펜리아 왕국으로 부국강병을 이루고자 했던 것은 아니었다.

'처음에는 비올라 왕녀를 보고 그 가능성을 높게 친 것은 맞을 터.'

하나 앤섬 하워드는 제국으로 가서 1황자인 루온파에 든다.

'그자도 깨달은 것이겠지. 아무리 인재가 있다 하더라도 그 위가 맑지 않으면 불가능한 일.'

펜리아 왕국의 왕은 무능하다. 그리고 나머지 이스트리아 삼국의 왕들 역시 마찬가지였다.

'아무리 비올라 왕녀라 할지라도 반역을 하는 것은 상상하지 못할 일. 그녀는 뛰어나지만 결국 온실의 화초에 불과해. 하지만 바로 잡기 위해서는 때로는 힘의 윤리도 필요한 법.'

카릴은 옅은 미소를 지었다.

그녀가 처음 자신을 찾아 왔을 때 그가 비올라를 거칠게 대했던 이유가 바로 이 때문이었다. 마굴을 토벌하고 자신의 자유군의 힘을 보여주면서 비올라는 세상을 바라보는 안목이 바뀌게 되었다.

앤섬 하워드는 하지 못했지만 카릴은 해냈다. 어쩌면 이번에야말로 펜리아 왕국에 최초의 여왕이 탄생할지도 모른다.

'생각해 보니 그자의 인생도 참 기구하군. 코브의 사령관에서 평민으로 전락해 결국 마지막 선택까지 실패하고 죽었으니 말이야.'

왕좌지재(王佐之才)라 평가받으며 뛰어난 책략가였지만 그가 선택한 모든 왕은 결국 죽고 말았으니까.

'공국 내전에서 프란이 패배하고 앤섬 하워드가 펜리아로 망명하게 될 때 비올라가 왕위에 올라와 있다면……'

카릴은 지금껏 자신이 염두에 두어뒀던 책략가들이 모두 자신과 연이 없음에 계속해서 그 자리를 비워뒀었다.

'어쩌면 이번 생에서는 앤섬 하워드의 운명까지도 바뀌게 될 수도 있다.'

하지만 그렇게 된다면 앤섬은 카릴이 아닌 비올라를 따르게 될 것이다. 아쉬운 결과일 수도 있다.

하지만 괜찮다. 오히려 나중에 비올라와 앤섬 하워드 두 사람을 모두 자신의 것으로 만들면 되니까.

그런 결정을 지금 이 짧은 순간에 내리게 된 이유는 바로 이것이었다.

"반갑습니다."

카릴은 자신의 앞에 서 있는 남자를 바라보며 생각했다.

'당신을 이곳에서 만날 줄이야.'

그조차도 생각지도 못한 일이었다.

애초에 자신과는 인연이 없을 거라고 생각해서 처음부터 포기했었던 남자. 그런데 그런 남자가 지금 도서관의 서기를 하고 있다는 것이 실로 놀랄 노자가 아닐 수 없었다.

'앤섬 하워드와의 만남이 어긋난 게 어쩌면 당신을 만나기

위함이었을지도.'

카릴은 스스로 이런 생각을 하는 것이 우습게 느껴졌지만 자신의 앞에 있는 남자를 바라봤다.

"반갑습니다."

그러고는 남자를 향해 손을 내밀었다.

그야말로 우연이자 운명이었다.

만약, 지금 그가 황궁에 오지 않았더라면 이 남자가 아직 고작 서기에 불과하다는 걸 몰랐을 테니까.

'내가 갖겠다.'

카릴은 눈빛을 빛냈다.

바로 제국 7강 중 한 명이자 역사상 가장 뛰어난 책략가로 평가되는 제국 사령관.

'브랜 가문트.'

"……."

어색한 침묵을 깨고 먼저 입을 연 것은 브랜 가문트였다.

"에……."

하지만 그는 뭐라고 말을 이어가야 할지 몰라 난처한 표정으로 카릴을 바라봤다가 애꿎은 책들만 뒤적였다.

"여기에 계셔도 괜찮습니까?"

"상관없습니다."

브랜은 카릴의 말에 떨떠름한 표정을 짓고는 문밖에 서 있는 병사들을 바라봤다. 기세가 범상치 않은 것을 봐서는 평범한 보초가 아닌 황실 친위대가 아닐까 하는 생각.

그렇다면 지금 자신의 앞에 있는 사람도 그만큼의 가치가 있는 사람이란 의미였다.

혹은 그만큼의 위험 요소를 가진 사람이란 뜻이기도 했다.

그런 두 사람이 있는 곳은 다름 아닌 거의 사람들이 찾아오지 않는 아카데미 뒤편에 있는 창고였다. 폐기 처분된 책들이 쌓여 있기도 하고 더 이상 사용되지 않는 마법 무구들도 어지럽게 너부러져 있었다.

"어디…… 가시는 길이 아니셨습니까?"

"맞습니다."

카릴은 표정 하나 변하지 않고 담담한 표정으로 말했다.

"폐하를 뵈러 가는 길이었습니다."

쿵!!

사다리에 올라 찬장 위에 올리려던 책을 떨어뜨리며 브랜이 할 말을 잃은 듯 그를 바라봤다. 카릴이 떨어진 책을 주워 브랜에게 건네자 그는 황급히 책을 얹어놓고는 말했다.

"죄송합니다. 제가 귀한 손님을 모셔놓고……. 아직 할 일이 끝나지 않아서 말이죠."

브랜은 서두르기 시작했다.

하지만 그 모습에 오히려 카릴은 피식 웃었다. 정말로 귀한 손님이라 생각한다며 할 일도 제쳐두고 자신을 먼저 맞이했을 테니 말이다.

"괜찮습니다. 황자의 장례식이라 하더라도 모두가 애도만 하고 있다면 나라가 어찌 유지되겠습니까."

카릴은 쌓여 있는 책 중 한 권을 꺼내 펼치면서 말했다.

"지금도 누군가는 살기 위해 일을 하고 누군가는 밥을 먹고 있을 텐데요."

그의 말에 브랜은 묘한 눈빛으로 카릴을 슬쩍 바라보고는 고개를 돌렸다.

"황자라는 말을 아무렇지 않게 쓰시네요. 조심하시는 게 좋습니다. 이곳에선 경어를 쓰지 않다가는 목이 날아갈 수도 있으니까요."

"그러는 그쪽도 마찬가지 아닙니까?"

탁-

카릴은 펼쳤던 책을 덮었다. 인사치레는 이 정도면 되었다고 생각을 했던 걸까. 그는 단도직입적으로 물었다.

"아무리 도서관에 박혀 있었다고 하더라도 몇 달 동안 이어졌던 제국의 정세를 아예 모를 리는 없을 터."

"……."

"게다가 황자의 장례식이라면 일주일이 아닌 그보다 더 전부터 요란스럽게 준비하고 있었을 테니 황자의 죽음이야 당연히 알 테고……."

브랜이 사다리에서 천천히 내려와 카릴을 바라봤다.

"백번 양보해서 내가 며칠 전 피웠던 소란에 대해서는 모른다고 해도 당신이 날 이곳에 데리고 온 것에서 이미 끝났다고 보입니다만."

"허허……."

"어떻습니까. 직접 날 보니까. 당신의 평가를 듣고 싶은데."

"그게 무슨 말씀이신지……."

브랜은 카릴의 말에 난감하다는 표정으로 되물었다.

"길을 잘못 들었다? 설마…… 당신이 그럴 리는 없다고 생각되는 건 내 착각일까?"

일면식도 없는 자신을 어떻게 그렇게 단정을 짓는지 브랜은 당혹스러운 얼굴이었다.

"게다가 감시를 달고 있는 나를 이런 낡은 창고에 데리고 온 것은 편하게 이야기하고 싶어서가 아닐까 싶은데."

"편하게 이야기라니요. 창밖으로 보초들이 버젓이 서 있고 이곳은 아카데미입니다. 마법사의 반열에 오른 학생들이 수두룩하며 전 지역에는 궁정 마법사인 카딘 루에르 경의 마법이 걸려 있습니다."

"여긴 아니지."

"……네?"

브랜 가문트는 카릴의 말에 놀란 표정으로 그를 바라봤다.

"당신 말대로 뒤에 보초는 있지만 여긴 황궁 내에서 유일하게 감시 마법이 없는 곳 아냐? 굳이 따지자면 궁내에서 당신이 갈 수 있는 가장 안전한 곳. 사람의 눈은 속일 수 있지만 마법은 속이기 어려우니까."

하지만 반면 카릴은 여전한 태도로 일관했다.

"예? 제가요? 죄송하지만 전 카릴 님에 대해서 아무것도 모릅니다만……."

"내가 말을 잘못했군. 나에 대해서 궁금한 것보다 다른 게 더 궁금했을 테니까."

카릴은 옅은 미소를 지었다.

"과연 4만의 포로가 어떻게 제국 안으로 몰래 들어왔는지."

"……."

"그래서 날 보러 온 거겠지. 그런 대담한 짓을 한 사람이 어떤지 얼굴이라도 보고 싶은 마음에 말이야. 안 그래?"

카릴의 말투가 변하는 순간 브랜 가문트는 자신도 모르게 소름이 돋는 기분에 참지 못하고 입꼬리를 히죽거렸다.

"하하……. 카릴 님의 날카로운 안목에 두 손을 들었습니다. 아마 황궁에 있는 사람이라면 모두가 카릴 님을 궁금해할 겁니다."

"아니면 이게 궁금했나? 가문트가가 멸문하고 고아가 된 당신을 거두어준 아지프 경의 발목을 어떻게 잡았는지. 트윈 아머에서 있었던 일. 과연 어디까지가 내가 벌인 일인지 말이야."

"……."

"혹은 자신이 마음속으로 점찍어놓은 왕과 비교를 해보고 싶었던 것은 아니고?"

카릴의 물음이 이어질수록 미소를 띠었던 브랜의 얼굴이 딱딱하게 굳어졌다.

그런 그의 모습을 보며 카릴은 담담하게 말했다.

"나도 당신을 보고 궁금했거든. 언제까지 서기에 머물러 있을지 말이야."

"하하……. 저 같은 게 무슨. 이 자리에 있는 것만으로도 만족합니다."

"그래?"

이제 겨우 첫 만남에 불과했다. 카릴은 첫술에 그의 마음을 사로잡을 수 있을 거라고는 생각하지 않았다.

다만…… 이 만남은 브랜 가문트의 마음이 동할 미끼를 던져 놓기 위함이었으니까.

"다른 건 기밀이라 얘기하기 어렵지만 첫 번째는 말해줄 수 있어. 어차피 곧 폐하께도 고하려고 한 일이기도 하고 수감 되어 있는 포로들이 이미 말했을 수도 있지."

그러고는 그는 브랜에게 말했다.

"혹시 지도가 있나?"

"아, 네."

카릴의 말에 브랜은 품 안에 있는 지도를 꺼냈다. 얼마나 접었다 폈다를 반복했는지 접은 부분이 너덜너덜해 보일 지경이었지만 지도 자체는 꽤나 최신 것이었다. 받아 든 지도를 보며 자신의 기대대로라는 듯 카릴은 피식 웃었다.

"항상 지도를 가지고 다니나 보지?"

"별건 아닙니다. 과거의 전술들을 지도를 펼쳐놓고 그려보는 게 취미라……."

"좋아. 과거의 유명했던 전투를 복기하는 것은 전술가로서 훌륭한 일이니까."

"과찬이십니다. 그저 아카데미의 서기에 불과한걸요."

브랜은 그렇게 말했지만 카릴이 고작 서기에게 관심을 가질 리가 없다는 것을 그 역시 알고 있었다.

"250년 전, 구제국이 처음 건국이 되었을 당시 황도를 건설한 것이 대마도사인 카이에 에시르라는 걸 알고 있겠지."

"물론입니다. 그리고 150년 전에 현재의 제국이 세워졌고요. 현제국의 초대 왕이신 막스 슈테안께서는 구제국의 뜻을 이어받는다는 의미로 수도를 바꾸시지 않으셨죠."

"맞아. 그 이후 황궁을 새로 건설하고 황도의 장벽을 새로 새웠지."

"그런데 그거 알아? 구제국 시대의 황도는 지금의 3배는 되었다는 것을."

카릴의 말에 브랜은 쓴웃음을 지으며 고개를 끄덕였다.

"네. 최초의 용 사냥꾼인 카이에 에시르 경을 필두로 그야말로 황금시대라 불리며 막대한 부와 강력한 힘을 증명하던 시절이지 않습니까."

황도의 면적만 하더라도 수백 킬로미터였다. 그에 3배라면 실로 엄청난 크기가 아닐 수 없었다.

"현재의 황도는 구제국 시절의 황도 위에 새로이 지어진 것. 위에 보이는 것들은 완전히 달라졌지만 지하는 250년 전 그대로야."

"설마……."

카릴은 고개를 끄덕였다.

"맞아. 지금의 황도는 도시를 건설할 때 이미 구제국 시대에 만들어놓은 상하수도 시설을 그대로 사용하고 있지."

그러고는 천천히 황도에서 화살을 쐈던 북쪽 산맥을 손가락으로 이으며 말했다.

"구제국 시절에 만들어진 지하의 하수도 시설 중에는 북쪽 산맥을 관통해서까지 이어져 있는 것들이 있지."

브랜은 그의 말에 눈동자가 흔들렸다.

"하지만……! 아무리 그래도 불가능합니다. 황도 내에 있는 상하수도 시설은 엄격하게 관리되고 있습니다."

"맞아. 그렇지. 하지만 몇몇 입구는 그렇지 않아. 이미 버려진 곳이거든."

카릴은 다시 한번 손가락으로 황도 주변을 크게 돌아 북쪽을 가리켰다.

"설마……."

"이민족이 살고 있는 이곳은 다르지. 이미 버려진 폐허라서 여기까진 제국군의 손이 닿진 않거든."

"그 말은 지금 4만이나 되는 병력을 북쪽으로 이동시켜 구제국 하수도를 통해 북부 산맥으로 이동시켰다는 겁니까?"

"맞아."

"어떻게……."

"이동은 육로가 아닌 배를 타고 해협을 따라 이동했거든."

"바다로요?"

브랜은 카릴의 말에 이해가 가지 않는다는 듯 인상을 찡그렸다.

겨울인 지금은 주로 북쪽에서 남쪽으로 바람이 분다. 그렇기 때문에 제국보다 남쪽에 위치한 타투르에서 바다로 북상을하는 것은 어려운 일이었다.

"어쩐 일인지 운이 좋게도 파도가 제국을 향해 불더라고. 신기하지?"

항해에서 바람이 중요한 이유는 파도를 타기 위함이었다. 하나 해협에 살고 있는 해왕이 물살을 일으킨다면 불어오는 바람과 상관없이 포로를 실은 배들이 빠르게 이동할 수 있었다.

하지만 이런 사실을 알 리가 없는 브랜으로서는 카릴이 한 모든 것이 마치 마법처럼 느껴졌다. 4만이란 엄청난 숫자를 아무도 모르게 제국의 앞마당에 둔다는 것은 진짜 마법이라 해도 믿을 수 있는 일이었으니까.

카릴의 말에 브랜은 자신도 모르게 탄성을 질렀다. 구제국 하수도를 통해 황도를 관통한다는 발상 자체가 놀랍기도 하면서 자칫 이 길이 전쟁에 사용되었다면 어땠을까 하는 두려움마저 들었다.

'전생에 내가 알고 있는 황도의 비밀은 이것 말고도 많다. 가지고 있던 패 하나를 보이는 건 아쉬운 일이지만…….'

패는 가지고만 있다고 끝이 아니었으니까. 그보다 더 큰 걸 얻기 위해서는 패를 던질 줄 아는 용기도 필요했다.

"허……."

카릴은 브랜을 향해 말했다.

"이건 백날 지도를 본다고 알 수 있는 게 아냐. 역사서엔 더더욱 남아 있지 않지. 비단 하수구뿐만이 아냐. 자랑스러운 제국인들이야 이민족들이나 아는 샛길을 무시하지만……."

그는 나지막하게 말했다.

"내 말이 무슨 뜻인지는 네가 더 잘 알 거야. 곧 우린 샛길이 아닌 당당히 대륙의 길을 걸을 것이다. 자, 두 번째, 세 번째 답변도 필요해?"

꿀꺽-

마른침을 삼키는 소리가 창고 안에 울렸다.

"브랜 가문트. 과거를 살피는 것은 훌륭한 자세지만 책상에만 앉아 있어서는 결코 위로 올라갈 수 없다."

그런 그를 바라보며 카릴은 브랜의 어깨에 가볍게 손을 얹었다.

"직접 부딪혀야지. 상상해 봐. 네 손끝에서 움직이는 수만의 대군을 내려다보는 광경을. 그건 결코 과거의 역사엔 없는 거야."

"……."

"네가 역사에 새로이 쓸 일이니까."

카릴은 창고의 문을 나서기 전에 마지막으로 속삭이듯 말했다.

"난 네게 그것을 해줄 수 있다."

쿠그그그…….

문밖으로 나가기 전 카릴은 마치 비밀이라는 듯 손가락을 입으로 가져가며 살짝 눈짓을 주었다.

털썩-

브랜은 다리에 힘이 풀린 듯 주저앉았다. 이토록 숨이 막힐 듯 몰아치는 대화를 나눈 것이 언제였던가. 그는 자신도 모르게 손바닥이 땀으로 축축하게 젖어 있음을 깨달았다.

"카릴 맥거번……."

그가 떠난 뒤에도 오랫동안 브랜은 멍하니 지도를 바라봤다.

"고개를 들라."

황제의 낮은 목소리가 홀 안에 울려 퍼졌다.

아카데미 뒤편에 있는 창고에서 나온 카릴은 그대로 본궁으로 향했다. 자신을 안내한 두 보초는 그가 궁 안으로 들어간 것을 확인한 뒤에 곧바로 사라졌다.

아마 각자의 세력에 보고를 위해 달려간 것이 틀림없었다.

카릴 맥거번이 브랜 가문트를 만났다.

그들은 그 말을 할 것이고 어떤 이는 의아해할 것이며 어떤 이는 의심할 것이다. 한낱 황궁 도서관의 서기를, 황제를 만나기 전에 만났다는 것은 충분히 혼란스러운 일이었으니까.

'브랜 가문트가 금기사단의 부단장인 아지프의 먼 친척이라는 건 전생에 알고 있었던 사실이다. 문제는 아지프가 브랜의 재능을 어디까지 알고 있느냐가 중요하겠지.'

아직까지 그를 서기에 머무르게 둔다는 것은 아지프가 그의 번뜩이는 재능을 알아차리지 못했거나 혹은 브랜이 교묘하게 그를 거절하고 있는 상황일 수 있다.

'후자일 가능성이 높겠지. 왜냐면 브랜 가문트는 올리번이 황위에 오르기 전에 이미 그의 측근이 되어 있었으니까.'

사실 전생에는 카릴의 양형제인 둘째 티렌 맥거번이 정계에 진출한 시기는 지금보다 훨씬 늦었다.

'고블린 습격으로 인해 티렌과 란돌이 황궁에 오게 된 것은 내가 만든 현세의 변화.'

티렌이 궁정마법사인 카딘 루에르의 제자로 들어간 지금 같은 상황이라면 올리번의 양옆에는 최고의 군사가 둘이나 있게 되는 것이었다.

'그렇게는 안 되지.'

애초에 자신의 방 앞에 세워 둔 보초들이야 루온과 올리번의 사람들이라는 것을 예상하고 있던 카릴로서는 브랜과의 만남이 그들의 귀에 들어가도 크게 놀랄 일도 아니었다.

'중요한 것은 지금.'

두 황자가 자신을 감시하기 위해 병사를 대기 시켜 놓았다 하더라도 그들이 이곳까지 들어올 수는 없었다. 그리고 이곳에서의 일이야말로 브랜 가문트뿐만 아니라 모두가 주목하고 있는 일일 테니까.

"폐하를 뵈옵니다."

대신들이 모여 있는 태양홀이 아닌 오직 황제의 허락 없이는 들어 올 수 없는 본궁.

카릴은 타이란 슈테안을 향해 무릎을 꿇고서 얘기했다.

"너는 제국의 절대간극을 아느냐."

태양홀과는 달리 소박한 의자 위에 앉아 있는 황제가 그를 향해 물었다. 그 역시 카릴이 본궁을 향하던 도중 브랜을 만났다는 것을 알고 있었다. 하지만 그는 그런 사소한 것에 개의치 않는다는 듯 그것에 관해 묻지 않았다.

"네. 구제국 시대부터 내려온 불문율이지 않사옵니까."

본궁의 실내는 화려한 황궁의 모습과 다르게 깔끔하고 단출했다. 언제나 빛나는 모습만을 보였던 타이란 슈테안과 어울리지 않아 보이는 방 안의 장식들. 하지만 신기하게도 황제는 어느 때보다 평온한 얼굴이었다.

"태양홀에서 황제를 영접하는 거리는 지위의 고하를 막론하고 150미터를 깰 수 없다, 라는 것입니다."

카릴은 막힘없이 대답했다.

"맞다. 250년간 그 규율을 깬 것은 아마 손에 꼽히는 일일 터. 또한 현 제국에서는 네가 유일할 것이다."

'유일하진 않지.'

그런 황제의 말에 카릴은 생각했다.

현 제국에서 눈앞에 있는 타이란 슈테안, 그가 태양홀에서 황좌에 앉아 있는 자신의 아버지의 목을 직접 베었던 일화는 유명하니까. 게다가 그는 전(前) 황제의 피가 묻어 있는 황좌를 바꾸지 않고 그대로 쓰고 있었다.

스스로 절대간극을 깨버린 자이니 어쩌면 그에게는 그런 규율이 크게 중요하지 않은 것일지도 모른다.

"영광이옵니다, 폐하."

카릴은 타이란 슈테안을 바라보며 쓴웃음을 지었다.

"내가 왜 너를 규율조차 어기고 그 날 너를 짐의 가까이에 오게 했는지 말해보거라."

황제는 이미 자신의 물음에 카릴이 답을 알고 있을 것이라 생각하며 말했다.

"폐하의 위엄을 보이기 위함이 아닌지요. 태양홀에 있던 모든 대신은 저에 대해 모릅니다. 저를 그 자리에 세웠다는 것은 여전히 폐하께서는 수많은 대신도 모르는 일에 관여하고 있다는 것을 보여줌으로써 황권이 건재함을 보이시려 하는 것이 아닌지요."

"클클클……."

카릴의 대답에 황제는 웃었다.

"역시 너는 내가 생각한 대로다. 내 두 아들보다 너야말로 이 자리에 어울리는 자로구나."

"과찬이십니다."

황제는 눈빛을 빛냈다.

"만약 내가 이 자리를 네게 주겠다 약속하고 나를 도우라 한다면 너는 따르겠는가."

"……."

아무렇지 않게 말했지만 황제의 입에서 나온 말은 다른 사람들이 듣는다면 경악을 금치 못할 일이 아닐 수 없었다.

"약속이라……."

하지만 카릴은 파격적인 그의 말에도 여전히 담담한 표정이었다.

"이미 약속을 어기신 분께서 하시는 약속을 제가 어찌 믿을 수 있겠습니까."

"……뭐?"

황제의 얼굴이 굳어졌다.

"태양홀에 왔을 때 폐하의 뒤에 벨린 경과 크웰, 두 기사를 동시에 자리에 두셨더군요. 제가 분명히 크웰 경을 폐하의 곁에 두라 청하였을 텐데요."

"클클클……. 네 말대로 정치가 쉬운 줄 아느냐. 당장에 총기사단장인 벨린을 실권시키고 크웰을 친위기사로 명한다? 그런 북부 국경? 애초에 말이 안 되는 얘기였다."

"그렇습니까?"

카릴은 황제의 반발에도 감정을 흐트러뜨리지 않고 계속해서 말을 이었다.

"뭐, 상관없습니다. 폐하께 크웰 경을 곁에 두라 했던 것은 폐하의 안위를 위한 것일 뿐 그 이상의 의미는 없습니다."

"……."

"그럼, 저와의 약속은 어찌 생각하십니까. 분명 제국이 삼국을 치는 일이 없도록 부탁드렸습니다. 하나 약속과 달리 루온 황자는 7만이란 대군을 이끌고 트윈 아머를 쳤습니다."

"어쩔 수 없는 일이다. 때로는 제국의 위상을 위해 결정을 내릴 수밖에 없는 일도 있는 법이니까. 제국이 군을 일으키지 않고 사신만 보낸다면 이 또한 남부의 야만족들이 우습게 볼 터."

황제의 대답에 카릴은 고개를 끄덕였다. 그와 제국의 입장을 이해하겠다는 친절한 제스처가 아니었다.

잡설은 됐다는 의미였다.

"어느 것 하나 약속을 제대로 지키지 않으셨는데…… 제가 어찌 폐하와 또 약속을 할 수 있겠사옵니까."

카릴의 말은 자칫 목이 날아가도 할 말이 없는 도발적인 말이었다.

천하의 황제 앞에서 약속을 운운하다니…….

"하지만 네가 루온의 일에 관여하지 않았더냐. 결과적으로는 이스트리아 삼국은 살아남았고 루온의 무능함을 보였으며 너는 내일이 되면 4만의 포로를 돌려보낸 공으로 내게 상을 받겠지. 안 그러냐."

하지만 황제는 화를 내기는커녕 턱을 괴고는 재미있다는 듯 말했다.

"채찍이 아니라 당근을 주시기로 결정하신 것이옵니까? 폐하."

카릴의 말에 황제는 피식 웃었다.

"그건 지금 네가 하는 답에 따라 달렸지만."

황제는 어쩐 일인지 눈앞의 소년과 대화를 나누는 것이 지극히 즐거웠다.

"너는 황자에게 반기를 든 적이 될 수도 제국을 위한 영웅이 될 수도 있다."

카릴이 언젠가 자신의 목에 검을 드리울 거라는 것을 본능적으로 알고 있으면서도 아이러니하게도 그는 황좌에 다시 돌아온 이래로 자신의 아들들보다 카릴이란 소년이 더 뇌리에 남아 있었다.

그는 이제 카릴이 어떤 대답을 할지 기대하는 눈빛으로 바라봤다.

"그럼 한 가지만 여쭈어도 괜찮겠습니까."

"말하거라."

"원래 폐하께서 바라셨던 장례는……. 셋 중 누구였습니까."

그 순간 황제 타이란 슈테안의 얼굴이 굳어졌다. 하지만 그것은 당혹감 때문이 아니었다.

"클클……. 말한다면……."

오히려 기대하는 눈빛으로 그는 카릴에게 말했다.

"네가 이루어줄 수 있느냐."

저벅- 저벅- 저벅-

카릴은 본궁은 나와 복도를 걸었다. 복도에는 각종 감시 마법들이 걸려 있었지만 다행이라면 생각을 읽는 정도의 고위 마법은 걸려 있지 않다는 것이었다.

그 말은 곧 마음껏 생각을 정리할 수 있다는 뜻이었다.

"흐음……."

게다가 처음과 달리 황제의 명령으로 더 이상 그를 감시하는 병사도 없어 자유로웠다. 카릴은 고작 이틀밖에 되지 않았는데 답답했던지 그는 크게 기지개를 켜고서 주위를 바라봤다.

'황제는 역시 두 황자에게 황위를 물려줄 생각이 없는가.'

그렇다고 막무가내로 둘을 모두 죽일 생각은 아니었다. 그는 무능한 이스트리아 삼국의 왕들과 다른 제국의 황제였으니까.

'꼭두각시가 필요한 것이겠지. 황위를 물려주고 난 뒤에도 자신의 말을 따르는.'

하지만 황제의 피를 이어받았기 때문일까. 아이러니하게도 루온과 올리번은 꼭두각시가 되기에는 너무 영특했다.

'올리번이 타이란 슈테안이 가장 사랑했던 아들이 크로멘이었다고 내게 말했었는데……. 왠지 그 이유가 가장 다루기 쉬운 사람이었기 때문이 아닐까 하는 생각이 드네.'

카릴은 두 달이나 되는 긴 애도의 기간을 둔 황제의 결정에서 애정이라는 것은 사실상 없던 게 아닐까 하는 생각에 씁쓸하게 느껴졌다.

'이제 만날 사람은 한 명인가.'

지금까지는 생각대로였다. 하지만 그조차도 딱 하나 가늠을 할 수 없는 불안 요소가 있었다.

바로 마르트 맥거번.

'과연 그가 움직일지…….'

지금쯤 크로멘의 암살에서 올리번을 의심하고 있을 유일한 사람.

'결행은 내일이다.'

카릴이 제국을 향하기 일주일 전.

크로멘의 죽음을 보고 받고 두샬라와 대화를 나눌 때였다.

"두샬라, 일전에 너희들이 남부로 향하기 전에 내가 하시르에게 시켰던 일이 있다."

두샬라는 그의 말에 고개를 끄덕였다.

트윈 아머의 일이 끝나고 디곤 일족의 영토에서 카릴을 기다리던 그녀는 카릴이 당도하는 시점에서 하시르가 자신을 찾아왔던 것을 기억했다.

"네. 생각나네요. 북부에 다녀왔었죠? 그다음에 남부에서 베스탈 후작령 조사하고 나서 저와 함께 타투르로 올라왔으니까요."

그녀는 살짝 어깨를 으쓱하며 말했다.

"지금은 포로들을 이송시킬 때 쓸 북부 산맥의 통로를 확인하러 갔구요."

"아마 지금은 산맥에 없을 거야. 이민족이 있는 곳에 가 있을 거다."

"에? 또 어딜 갔어요?"

카릴의 말에 두샬라는 입술을 씰룩였다.

"그럼, 이제 남부가 아니라 북부에 눈을 돌려야 할 때니까. 앞으로 그가 해야 할 일이 많아. 그리고 덩달아 너 역시."

카릴은 피식 웃었다.

'원래의 역사대로라면 이 시기에 제국의 2차 이단섬멸령이 시작된다. 그리고 동시에 황제의 죽음으로 백성의 지지를 업고 루온과의 전쟁에서 승리한 올리번이 황위에 오르고.'

그가 황좌에 올라 처음으로 한 업적이 이단섬멸령을 철회하는 것.

대륙에 남아 있던 인종 차별을 없앤다는 것은 처음에는 귀족들과 제국인들의 반발도 있었지만, 제국인 내에서도 노예와 하인이 분명 존재했기에 시간이 지나면서 오히려 엄청난 지지를 받았다.

'그 때문에 우리는 널 위해 목숨을 바쳐 싸웠지.'

선왕 올리번을 위해.

카릴은 쓴웃음을 지었다. 하지만 지금은 자신의 개입으로 인해 지금 황제가 살아 있다. 그리고 크로멘의 죽음으로 이단섬멸령 자체가 일어나지 않아 전생보다 더 많은 북부 이민족을 살리게 된 결과를 낳았다.

'이번 남부 여정을 통해 디곤의 15만 군세까지 나를 따르게 되었다. 대초원의 4부족과 남부 5대 일가 그리고 디곤 일족을 모두 합치면 약 45만의 가까운 병력이 된다.'

제국의 80만 대군에 비한다면 아직은 양으로나 질적으로나 부족할지 모르지만 전쟁을 치른다면 불가능한 숫자도 아니었다. 이제 남부의 힘은 대륙 3강 체제와 맞먹는 힘을 가졌다 해도 과언이 아닐 것이다.

'여기서 끝이 아니다.'

카릴은 눈빛을 빛냈다.

'북부의 이민족.'

남부와 달리 이민족은 소규모 부족으로 그 규모 자체에서 약세지만 개개인의 능력은 결코 떨어지지 않는다.

'마력을 가진 디곤을 제외하고 4대 부족이나 5대 일가와 비교해도 부족함이 없다.'

육체적인 능력은 제국인들보다 뛰어나다는 것은 이미 증명된 사실이었다.

실제로 카릴 그 자신이 전생에 그것을 보였으니까.

'마력이란 단점만 보완한다면 이들은 제국군보다 더 뛰어난 힘을 가진 군사가 될 수 있다.'

카릴은 이미 그 해결책으로 마광산과 청린에서 찾았다.

'남은 건 하시르가 얼마나 많은 북부인을 소집할 수 있느냐는 것이다. 그중에서도……'

가장 중요한 부족. 극독 미명(未明)을 쓰는 잔나비들.

'믿어주십시오. 실망시키지 않겠습니다.'

남부에서 떠날 때 하시르는 카릴에게 그렇게 말했다. 구두로 하는 약속이란 참으로 보잘것없이 가벼울 수 있으나 카릴은 그의 말에 고개를 끄덕였다.

'너라는 사람을 누구보다 내가 잘 아니까. 널 믿는다. 이번 결행의 모든 열쇠는 네가 가지고 있으니까.'

카릴은 눈빛을 빛냈다.

'그가 일을 잘 처리하게 되면……. 제국 역사상 가장 재밌는 일이 황궁에서 벌어질 것이다.'

카릴은 두샬라와의 대화를 회상하고 난 뒤 천천히 감았던 눈을 떴다.

저 멀리 북부 산맥을 바라봤다.

당연한 일이지만 아직은 이렇다 할 변화는 보이지 않았다.

'타이란 슈테안.'

자신의 재판이 있을 내일. 그의 계획대로라면 모두가 생각지도 못한 일이 벌어질 것이다.

'당신의 생각대로 나 역시 딱히 황자들을 위할 마음은 없어.'

복도를 걷는 그의 발걸음에 힘이 들었다.

'그런데 당신을 위할 생각은 더더욱 없지.'

카릴은 입꼬리를 올렸다.

'기대해도 좋아.'

"……."

카릴은 벽에 걸린 시계를 바라봤다.

밤 11시 55분. 이제 크로멘의 장례식 끝나는 마지막 날이 고작 5분밖에 남지 않았다.

그리고 동이 트기까지는 앞으로 4시간.

과연 이 4시간 동안 얼마나 많은 사건이 동시다발적으로 일어날지 카릴은 흥미로운 눈빛으로 밖을 바라봤다. 그중에서도 자신과 가장 연관성이 있으며 지금 누구보다 안달이 나 있을 한 사람이 있었다.

'올 때가 되었는데…….'

지금이 아니면 더 이상의 기회는 없다. 유일하게 그를 자유롭게 볼 수 있는 시간이 바로 이 동이 트기 전 4시간이었으니까.

똑…… 똑…….

문을 두들기는 소리는 아주 작게 울렸다. 그러고는 천천히 문손잡이가 돌아갔다. 일부러 문을 잠그지 않았던 카릴은 열리는 문을 바라보며 자신이 기대했던 사람이라는 것을 확인하고는 조용히 입꼬리를 올렸다.

"카릴."

자신을 향해 굳은 얼굴로 서 있는 남자.

바로 크웰 맥거번이었다.

"드세요."

카릴은 크웰에게 찻잔을 건넸다. 차를 한 모금 마시고는 크웰은 살짝 놀란 표정을 지으며 말했다.

"네게 이런 재주가 있는지 몰랐구나. 네 엄마보다 훨씬 낫겠어."

"제 어머니는 찻잎을 다루는 법도 모르십니다. 독초를 구분하는 것이라면 모르겠지만."

크웰의 말에 카릴은 차갑게 대답했다.

자신을 거둬준 양아버지인 크웰은 인정하지만, 이사벨 에시르는 다르다. 전생에서도 다른 자식들과 달리 그에게만큼은 거리를 두었고 이번 생에는 더더욱 그녀와 연이 없었으니까.

'하지만 그녀가 카이에 에시르의 핏줄이라는 것에는 감사해야겠지.'

덕분에 아인헤리에서 용의 심장을 얻을 수 있었으니까.

그에 대한 보답이라고 한다면 우습겠지만 카릴은 그녀에 대해 가진 감정이 부정도 긍정도 아니었다. 카이에 에시르가 뛰어난 것이지 이사벨 에시르가 대단한 것은 아니니까.

"그렇겠구나. 카릴, 넌 북부가 그리운 것이냐?"

"딱히 그렇진 않습니다. 하지만 언젠가 북부와 함께하는 날이 올 거라 생각합니다. 제가 살아왔던 것과 앞으로 살아감에 있어서."

카릴은 크웰의 말에 여러 가지 의미를 담아 대답했다. 자신이 북부의 힘을 얻고자 한다는 것과 언젠가 그곳으로 돌아가겠다는 의미.

혹은…… 자신이 이곳에 있다면 그들의 삶이 차디찬 북부가 아닌 이곳 중앙으로 옮겨질 수 있다는 뜻이었다.

"아이러니하게도 넌 차디찬 북부의 겨울과는 다른 힘을 얻었다. 어쩌면 네 미래는 제국에서 찾을 수 있을지 모르겠구나. 이렇게 얘기한다면 우습게 들릴지 모르나……. 네가 구한 힘이 맥거번가의 화염과 같은 것은 어쩌면 운명일지 모른다."

카릴은 크웰의 말에 차분히 대답했다.

"불꽃은 언제나 존재합니다. 태초부터 인간을 이롭게 하기 위해서. 물론, 모든 불꽃이 그 사명을 다하는 것은 아니겠지만요."

그러고는 천천히 창밖의 태양홀이 있는 곳을 가리키며 말했다.

"슈테안의 상징 역시 맹렬하게 타오르는 업화(業火)이지 않습니다. 불꽃이 너무 강렬하면 때론 사람을 잡아먹기도 합니다."

그의 말에 크웰의 얼굴이 순간 굳어졌다.

"한 가지 여쭤봐도 괜찮겠습니까."

말을 잇지 못하는 크웰에게 카릴이 먼저 선수를 쳤다.

"말하거라."

"저를 찾아오신 이유가 올리번 황자님의 명령입니까. 아니면 아버지의 결단이십니까."

"무엇이 차이가 있지?"

"너무나 큰 차이가 있지요. 전자라면 저는 거절을 할 것이고 후자라면 반대로 요구를 할 것이니까요."

크웰은 카릴을 바라보며 기가 막힌다는 표정을 지었다.

"기가 막히는군. 감히 네가 아버지께 요구를 한다고? 죽음에서 건져준 은인에게 배은망덕한 놈……. 이래서 이……."

"그만."

뒤에서 들려오는 목소리에 크웰이 나지막하게 말했다. 이 이상 말해서는 안 될 단어가 있었으니까.

카릴 역시 위를 올려다봤다.

날카로운 눈으로 자신을 바라보고 있는 남자. 크웰과 함께 온 둘째 티렌 맥거번이었다.

'디곤에 있을 때도 직접 보지는 못했으니…… 실제로 보는 건 2년 만인가. 이제 제법 내 기억 속의 얼굴이 되었군.'

어느새 티렌의 나이도 열아홉이었다. 그를 처음 만났을 때만 해도 갓 성년식을 치렀던 열일곱이어서 아직 소년티가 났지만 이제는 확연히 어른의 태가 났다.

"네가 폐하와 연이 닿아 있다는 것은 그전부터 알고 있었다. 그리고 우리가 하지 못한 명령을 완수하기도 하였고."

"원망스러우십니까. 폐하의 건강을 되찾게 도와드린 것이?"

차마 입에 담지 못할 말이었기에 크웰은 쓴웃음을 지으며 고개를 저었다.

"폐하는 제국의 기둥이시다. 나와는 비교할 수 없는 많은 업적을 이루어 내신 분이시니까. 그분의 건강을 바라는 거야 신하 된 도리로서 당연한 일."

그의 말에는 위선이 느껴지지 않았다. 카릴 역시 그것이 진심이라는 것을 알기에 아무 말 하지 않고 그를 바라봤다.

"다만……. 폐하께서 황위를 물려주시는 시기가 조금은 빨리 오기를 바랐던 것은 사실이다."

크웰은 생각을 굳힌 듯 카릴에게 말했다.

"이단섬멸령의 사령관인 내가 이런 말을 하는 것이 네게 이중적으로 보일 수 있겠지만……. 내가 올리번 황자님을 모시는 가장 큰 이유가 바로 이단섬멸령을 철회할 수 있는 사람이 오직 그분이시기 때문이다."

"……아버지."

티렌이 크웰의 말에 살짝 인상을 찡그렸다.

"그리고 그 생각은 지금도 다르지 않다. 현 황제이신 타이란 폐하는 물론이거니와 그분의 성향을 가장 닮은 루온 황자님도 마찬가지다."

"……."

카릴은 그를 바라보며 옅은 웃음을 지었다.

'당신의 신념이 올곧다는 것은 누구보다 내가 잘 알고 있습니다.'

기사 중의 기사. 크웰 맥거번은 죽기 전까지 모든 백성의 존경을 받은 사람이었다.

'하지만 신념의 대상이 잘못되었어.'

분명 그의 믿음대로 이단섬멸령은 올리번이 황위에 오르고 나서 철회된다.

'하지만 그보다 더 잔혹한 짓을 녀석이 했지.'

올리번은 '이단섬멸령에서 살아남은 이민족들을 제국인들과 똑같이 대우하겠다'고 공표했다.

카릴의 얼굴이 차갑게 굳어졌다.

'그래, 같은 대우였지. 병사라는 이름으로 소속되었으니까. 녀석은 이민족의 뛰어난 신체 능력을 높이 산다는 말로 이민족들로만 구성된 검병부대 야뢰(野雷)를 창설했었다.'

처음으로 가져본 선왕에 대한 신념으로 이민족은 제국이 대륙을 통일하는 동안 항상 최전방에서 싸웠다.

그게…… 그저 제국군의 손실을 막기 위한 방패막이에 불과하단 걸 깨달았을 땐 너무 늦어버린 뒤였다.

"아버지."

카릴이 크웰을 그렇게 부르자 티렌은 못마땅한 눈빛으로 그를 노려봤다.

"그래. 말하거라."

"아버지께서 절 살려주신 이유가 저의 친부인 칼리악과의 관계 때문이라는 건 알고 있습니다. 어떤 사이인지는 모르나…….
아버지께서 이민족을 적대하지 않음을 압니다."

그의 말에 크웰의 낯빛이 어두워졌다.

"또한 제국의 기사로서 폐하의 명을 수행해야 한다는 것 역시 납득하는 바입니다."

'뭐지, 저택에서 봤을 때만 해도 날카롭게 날이 세워져 있던 녀석이……'

티렌은 차분하게 말하는 카릴의 모습이 의아한 듯 바라봤다. 2년이란 세월은 충분히 사람을 바뀌게 만들 수도 있는 시간이다.

하지만 그가 평가한 카릴은 이렇게 유하게 변할 사람이 아니었기 때문이었다.

"그 말을 칼리악이 듣는다면 기뻐할 것이다."

티렌의 걱정과 달리 크웰은 카릴의 말에 반색을 하며 말했다.

"저 역시 아버지의 생각과 같습니다. 현 황제이신 타이란 폐하께서 집권을 하신다면 이단섬멸령은 끝나지 않을 것이라는 걸. 루온 황자 역시 마찬가지겠죠."

"그 말은……."

크웰이 기쁜 듯 카릴을 바라봤다.

두 사람이 아니라면 남은 선택지는 하나였기 때문이었다.

"해서 만약 조금 전 제 물음에 대한 아버지의 대답이 후자라면 드릴 청이 있습니다."

"그게 무어냐."

카릴은 차갑게 웃었다.

"마르트 형님을 내일 저의 재판이 있을 태양홀에 참석하게 해주십시오."

그러고는 마지막으로 준비한 말을 꺼냈다.

크로멘의 장례가 끝나고 바로 다음 날.

카릴의 트윈 아머 재판 건으로 인해 태양홀은 분주하기 시작했다. 아침부터 모여든 대신들은 어쩐지 3황자의 장례식 때보다 더 많은 수가 참석한 것 같았다.

두 패로 갈려진 무리는 이미 누가 누구를 지지하는 것인지 단번에 알 수 있었다.

"트윈 아머에서 루온 황자님을 방해한 게 크웰 맥거번의 양자라니……. 그럼 말 다한 거 아니야?"

"이미 2황자파에서 손을 썼던 거지."

수군거리는 말들이 많았지만 크웰은 상관하지 않는 듯 태양홀의 문 앞에 서 있는 카릴에게 말했다.

"트윈 아머의 일은 이미 포로들의 증언을 모았다. 마굴이 생성되었다는 정황도 확인했고 네가 그것을 공략했다는 것도 알았으니 별일 없을 거다."

크웰은 카릴을 안도시키기 위해 말했지만 애초에 카릴의 얼굴에는 불안감이란 없었다.

오히려 그는 당당하게 홀 안으로 걸어갔다.

'이 순간이야말로 지금까지 내가 복잡하게 준비해 놓은 계획의 마지막이니까.'

비록 자신의 재판이라고는 하지만 카릴은 반대로 기쁠 따름이었다.

쿠그그그그…….

홀의 문이 열리고 기다리고 있던 길게 늘어선 대신들의 시선이 카릴을 향했다.

황좌에는 타이란 슈테안이 앉아 있었으며 그의 양옆으로는 루온과 올리번이 있었다.

"폐하를 뵈옵니다."

카릴은 정확히 홀의 중간에 서서 무릎을 꿇고 예를 올렸다. 이로써 두 번째 방문이었지만 처음과는 완전히 다른 분위기였다.

"고개를 들어라. 사안이 사안인 만큼 거두절미하고 바로 시작하라."

황제의 말이 끝남과 동시에 대신들이 발언을 하기 시작했다.

"폐하, 저자는 트윈 아머에서 이스트리아 삼국의 편에 서 제국군을 막아섰고 수많은 사상자를 냈습니다."

"무슨 소리! 오히려 마굴의 위험에서 제국군을 구한 사람이오!"

"그의 방해가 없었다면 빠르게 트윈 아머를 뚫고 남부로 향했을 것이오!"

"전장을 경험하지 못한 티를 내시는구려. 트윈 아머가 하루 이틀에 무너뜨릴 수 있는 곳이라 생각하십니까?"

"무어라……?! 지금 그 말은 제국군의 힘이 고작 이스트리아 삼국의 요새 하나 무너뜨리지 못한다는 말이오!"

양쪽으로 세워진 대신들은 기다렸다는 듯 서로를 향해 말을 쏟아내기 시작했다.

대부분은 카릴의 기억에도 없는 자들이었다. 그 말은 곧 하급 귀족에 불과한 자들일 테고 자신을 몰아세우는 쪽은 모두 재상이 손을 쓴 게 틀림없었다.

'어차피 분위기를 몰아가려는 것뿐.'

그런 자들에게는 관심이 없다는 듯 카릴은 재판이 한창임에도 불구하고 주변을 한번 훑으며 생각했다.

'고든은 오지 않은 건가.'

교도 용병단의 단장인 그는 망령의 성에서 헤어질 때 다시 만날 것을 약속했다. 하지만 장례식이 끝난 어제까지고 결국 고든은 참석하지 않고 모습을 보이지 않았다.

'내 마음대로 해보라는 뜻인가.'

카릴은 고든의 의중을 파악하고는 피식 웃었다.

웅성- 웅성-

그런 그의 모습에 홀 안의 사람들이 술렁이기 시작했다. 카릴은 태양홀에 있는 신하들을 천천히 훑었다.

'있군.'

그리고 그들 중에 한 사람을 찾아내자 카릴은 천천히 고개를 끄덕였다.

'어차피 이 재판의 결과는 뻔하다. 하지만 그 뻔한 재판을 뒤집어 버리는 게 지금 내가 원하는 것이지.'

불안한 얼굴로 자신을 바라보고 있는 남자는 다름 아닌 마르트 맥거번이었다.

'자, 과연 내가 낚은 게 날뛰는 대어가 될지……'

카릴 역시 굳은 얼굴을 하고 있는 맥거번가의 첫째를 마주했다.

'아니면 끝내 웅크린 미꾸라지가 될지는 이제부터 지켜봐야겠지.'

그러고는 눈을 돌리며 담담한 표정으로 황제를 바라봤다.

"폐하."

그 순간 그의 목소리가 홀 안에 울렸다. 모두가 카릴을 바라봤다.

그는 가슴에 손을 얹고서 황제에게 말했다.

"저 스스로를 변호하여도 괜찮은지요."

"물론이다."

황제의 허락이 떨어지자마자 장내는 순식간에 조용해졌다.

"감사하옵니다, 폐하."

"이번 남부 원정은 결과적으로 제국으로서 큰 아픔과 슬픔을 감내해야 할 일이 되었습니다. 그 이유는 여기 계신 모든 분이 다 잘 아실 거라 생각합니다."

카릴은 잠시 숨을 골랐다.

웅성- 웅성-

"루온 황자님께서 말씀하셨다시피 저는 트윈 아머의 격전지에 끼어들었습니다. 하지만 이는 모두 제국을 위함이었습니다."

"무례한 놈!! 뭘 위한다고? 네가 내게 검을 겨눈 것은 제국군이 모두 아는 사실이다!!"

"맞습니다."

"그 당시 저에 대하여 아는 자는 전무(全無). 지금 이곳도 폐하께서 말씀해 주시지 않았다면 아무도 제가 맥거번가의 양자라는 것을 알지 못할 것입니다."

카릴은 루온을 바라봤다.

"생사가 오가는 격전지입니다. 정체도 모르는 자가 군세를 거두라고 한다면 그 누가 그 말을 들을까요. 저라도 불경죄로 목을 베었을 겁니다."

"익…… 이익……!!"

"과감한 결단이 필요했습니다. 왜냐."

이번에는 황제를 바라봤다.

"황자님을 살려야 했으니까요. 그리고 그와 더불어 황자님의 명예까지."

"흐음……."

황제는 계속하라는 듯 카릴을 향해 손짓했다.

"트윈 아머의 국경지대에 살던 2천 명이 넘는 백성들. 그들이 만약 희생되었다면 제국의 황자로서 크나큰 불명예를 안게 되셨을 겁니다. 이유는……. 저하께서 더 잘 아시리라 생각됩니다."

빠득-

루온은 카릴의 말에 자신도 모르게 이를 갈았다.

그들을 거래의 조건으로 쓰려다 마굴이 생성됨과 동시에 버리고 도망친 것은 비난받아 마땅할 일. 만약 그들이 모두 죽었다면 트윈 아머에서의 승리가 아니고선 사람들의 입에 그 일이 오르내리지 않게 할 수 있는 방법은 없었을 것이다.

"전쟁에 있어 후퇴는 언제든 있을 수 있는 일이나 죄 없는 백성들을 버리고 가는 과오를 저지르셨다면 폐하께서도 용서치 않으셨을 겁니다."

카릴은 대신들을 향해 말했다.

"저는 마굴을 공략하여 그 문을 닫고 국경지대의 백성들을 살리기 위해서 어쩔 수 없이 트윈 아머의 병력의 도움을 받을 수밖에 없었습니다."

그는 이제 대신들 사이에 있는 아지프 경을 가리켰다.

"그 당시의 무례를 용서하십시오. 아지프 경. 당신에게 묻겠습니다. 마굴이 생성되었을 때 제국군은 무엇을 하였습니까."

"그건⋯⋯."

아지프의 표정이 어두워졌다.

"그리고 제가 개입한 결과 국경지대의 백성들은 지금 어떻게 되었지요?"

"⋯⋯."

그는 카릴의 말에 아무런 말도 하지 못했다.

아지프의 침묵은 생각보다 크게 카릴에게 무게를 실어주었다.

'조금 의외인데. 루온을 두둔하는 말을 할 거라고 생각했는데 말이야. 뭐, 잘된 일이지. 무슨 핑계를 대도 모두 맞받아칠수 있게 준비를 했었는데, 시간 낭비를 하지 않아도 되겠어.'

그날의 일을 겪고 난 뒤 아지프의 심경에 변화가 있었다는 것까지는 카릴도 알지 못하는 일이었다.

"폐하, 게다가 마굴이 아니었어도 제국군의 후퇴는 불가피한 상황이었습니다. 갑작스럽게 나타난 수왕과 해왕이 있는 곳이 바로 제국군이 거점으로 삼은 곳이었습니다. 급박한 상황에서 때로는 무례를 무릅쓴 강경책이 효과를 발휘할 때도 있는 법."

카릴은 옅은 미소를 지었다.

"확신이 있었습니다. 저하께서 남겨놓고 가신 포로들은 제가 확실하게 제국으로 돌려보낼 수 있다고."

손을 펼쳐 창밖을 가리켰다.

"그리고 그 결과가 어떻습니까. 제국의 중요한 4만의 목숨구하고 뿐만 아니라 전장에서 부당하게 이용당하고 희생될 뻔했던 국경지대의 백성들까지 살렸습니다."

"미친놈……!! 이 모든 게 날 살리기 위한 연극이었다? 네게그런 말 같지도 않은 소리를 믿으란 말이냐!!"

루온은 지금 이곳이 수많은 대신이 있다는 것을 잊고 소리쳤다.

"카릴."

황제가 말을 하자 순식간에 홀 안이 조용해졌다.

난리를 치던 루온조차 지금은 입을 다물 수밖에 없었다.

"예, 폐하."

"너는 루온을 살리기 위해 그런 조치를 취했다 하였다. 하나, 몬스터가 나타나기 전에 트윈 아머를 함락시킬 수 있었던 가능성도 있지 않느냐."

카릴은 고개를 저었다.

"폐하, 외람되오나 트윈 아머를 지키는 사령관은 이스탄의 방패라 불리는 마르제입니다. 물론, 루온 황자님의 뛰어난 군략으로 함락을 믿어 의심치 않으나 많은 시간이 소요됐을 것입니다."

"그전에 마굴이 생성될 것을 확신했다는 뜻이렷다."

"예, 폐하."

"어째서?"

"마굴이 생성되기 위해서는 그전에 전조가 반드시 일어납니다."

"너는 마굴이 생성될 시기를 알고 있었다는 말이군."

"네. 나머지 3개의 마굴을 제가 소탕했습니다."

웅성…… 웅성…….

장내가 술렁였다.

"트윈 아머에서 생성된 것은 미노타우르스의 마굴. S급 이상의 마굴입니다."

그도 그럴 것이 지금껏 S급 마굴이 나타난 것은 250년 전 이래로 손에 꼽힐 정도였기 때문이다. 더욱이 남부에 현존하는 S급 마굴은 소탕하지 못한 채 외부로 나오는 몬스터들만 처리하는 수준이었으니까.

"그뿐만 아니라 외부에 생성된 미노타우르스는 무려 두 마리. 그런 상황에서 트윈 아머의 병력과 싸운다는 것은 어불성설입니다."

"이게 모두 네놈의 탓이 아니냐!! 네놈이 그 이전에 마굴을 소탕하지 않았다면 미노타우르스의 마굴이 생성되는 시간도 늦춰졌을 것이다!!"

"……."

카릴은 루온의 말에 아무런 대답도 하지 않았다. 대신 싸늘한 눈빛으로 그를 바라볼 뿐이었다.

"정녕 진심으로 하시는 말씀이십니까, 황자님."

"……뭐?"

"저 역시 마지막 마굴의 생성지가 트윈 아머라는 걸 알진 못했습니다. 생성된 마굴을 따라가다 보니……. 안타깝게도 그곳이었습니다. 하지만."

카릴이 목소리에 힘을 주었다.

"S급 마굴이 생성되기 전까지 전조로 만들어지는 마굴은 3개. 그것들을 그냥 둔다고 마굴이 사라지는 것은 아닙니다. 오히려 그렇게 되면 대륙 전역에 더 많은 몬스터가 범람하게 되게 됩니다."

그러고는 무척이나 안타깝다는 듯 가슴에 손을 얹고는 낮은 탄식과 함께 카릴은 말했다.

"그리된다면 죄 없는 사람들이 죽게 됩니다."

"네…… 네놈……!!"

"부디 제국의 황자로서……. 폐하의 제국이 곧 대륙을 통일하는 데에 있어 보일 위엄을 위해서라도 황자께서는 비록 타국이라 할지라도 대륙의 백성들을 포용할 마음을 갖추셔야 할 것입니다."

"으음……."

황제는 마치 기다렸다는 듯 카릴의 말에 숨을 토해내며 고개를 끄덕였다. 자신을 높이고 황자를 낮춘다.

아들이 궁지에 몰리는데도 불구하고 그는 만족스러운 표정이었다.

카릴은 지금 상황이 어이가 없어 웃음이 나올 것 같았지만 참았다. 이 자리에서 무고한 백성들을 누구보다 가장 많이 죽인 사람이 바로 황좌에 앉아 있는 타이란 슈테안이었으니까.

"그렇다면……!! 네가 분명 연막 속에서 나를 죽이기 위해 검을 뽑았던 것은 어찌 설명할 것이냐!"

그는 고개를 돌렸다.

"아지프!! 뭘 하고 있느냐! 그때의 일을 상세히 고하여 천인공노한 저 위선자를 감옥에 가두게 하라!!"

"그게……."

루온의 외침에 아지프는 뭐라 말을 해야 할지 몰라 난감한 표정을 지었다.

"경은 저놈과 검을 섞지 않았던가! 그래, 그것까지 거짓말이라 하진 못하겠지. 네가 내 기사들을 죽였다!"

"저하의 말씀이 맞습니다. 하지만 조금 전 말씀 드린 것과 같은 맥락입니다. 저의 신분을 밝힐 수 없는 상황에서 어쩔 수 없는 선택이었습니다."

카릴은 루온의 말에도 담담한 목소리로 말했다.

"그리고……."

그는 황자의 말이 같잖다는 표정으로 고개를 돌렸다.

"아지프 경에게 묻겠습니다. 제 검을 받아 보신 기억을 떠올리며 정확하게 답해주시기 바랍니다."

"……알겠소."

아지프가 고개를 끄덕였다.

"황자님께서는 제가 황자님을 시해하려고 했다고 계속 말씀하시는데……. 제가 정말 진심으로 황자님을 시해하고자 했다면"

카릴은 입꼬리를 올렸다.

"지금 이 자리에 과연 살아 계실 수 있었을까요?"

"무, 무례한 놈!!"

"지금 그게 무슨 말이냐!!"

대신들이 카릴의 말에 득달같이 일어섰다.

"모두 조용히 하라."

황제의 한마디에 모두가 조용해졌다.

"아지프 경은 가감 없이 고하라."

"카릴…… 님의 검술은 실로 기사에 견주어도 모자람이 없습니다."

아지프는 카릴을 부를 호칭에 대해서 잠시 고민을 하다 크웰 맥거번을 슬쩍 바라보고는 말했다.

"아니, 그 이상. 그 실력은 충분히 저를 상위 한다 할 수 있습니다. 아마 제국 기사 중 단독으로 그를 상대할 수 있는 실력자는 손에 꼽힐 것입니다."

웅성…… 웅성…….

금기사단의 부단장인 아지프가 카릴의 실력을 인정했으니 이보다 더 확실한 것은 없었다. 성인도 되지 않은 소년이 소드 익스퍼트를 뛰어넘는다는 말에 대신들은 하나 같이 놀란 눈치였다.

"그토록 뛰어난 실력자란 말이더냐."

"예, 폐하."

"그렇다면 오히려 기쁜 일이로구나. 제국에 이런 인재가 나타나다니. 크웰, 자네가 소드 마스터가 된 것이 성인이 되고 난 뒤가 아닌가."

"맞습니다, 폐하."

"허허허……. 어쩌면 이 아이는 성년이 되기도 전에 그 경지에 도달할 수도 있겠구나."

타이란 슈테안의 말에 카릴은 속으로 웃었다.

이곳에 고든이 없다는 게 다행이라는 생각이 들었다. 이미 소드 마스터의 경지에 도달한 지 오래였으며 고든의 대지 마법을 부숴 버린 그였으니까.

"아버지!!"

루온이 결국 황제를 향해 소리쳤다.

그러나 뒤에 서 있는 대신 중 재상 브린 이니크는 낮게 고개를 저었다. 여기서 더 이야기를 해봐야 루온의 무능함만을 더 보일 뿐이었기 때문이다.

'저 녀석을 이용해서 크웰과 올리번 황자에게 타격을 주려 한 것은 애초에 욕심이었어.'

황자의 제국군을 공격한 것은 벌을 받아 마땅할 일. 하지만 카릴이 백성을 걸고넘어졌으며 황제가 그에게 힘을 실어주고 있으니 더 이상 방도가 없었다.

'어차피 이번 소란을 통해서 루온 황자님의 트윈 아머에서의 패배가 어쩔 수 없는 결과라는 것만 보여도……'

속이 쓰리긴 했지만 소기의 목적은 달성한 셈이다.

결국 카릴의 방해로 인해서 루온이 후퇴를 할 수밖에 없었다는 것은 증명되었으니까.

'이대로 끝나도 손해는 아니다.'

브린은 빠르게 머리를 굴리고는 낮은 한숨을 내쉬었다.

그 순간.

"폐하, 하나 제가 무례를 무릅쓰고 황궁에 온 이유는 따로 있습니다."

"그게 무슨 뜻이지?"

"제가 타투르에 있다는 것은 폐하께서도 아시는 일이실 겁니다. 그리고 그곳은 외람되오나 이민족을 비롯해 수많은 자유인이 사는 곳입니다."

"자유인이라니……. 갖다 붙이기는 잘하는구나."

재상 브린 이니크는 본능적으로 불안한 기운을 감지한 듯 카릴의 말에 으르렁거리듯 말했다.

"미천하나 마굴 토벌 위해 저는 병사들을 소집하였습니다. 당연하게도 그들의 구성 역시 제각각. 이민족도 있으며 야만족도 있습니다."

"흐음……. 그런데?"

황제 역시 의아한 눈빛으로 카릴을 바라봤다.

여기까지가 서로가 말을 맞췄던 일. 일전에 자신과의 독대에서조차 말하지 않은 이야기를 굳이 불필요하게 지금 왜 하느냐 하고 묻는 것 같았다.

"제 병사들에게……. 흥미로운 이야기를 들었습니다."

카릴은 눈빛을 빛냈다.

그러고는 품 안에서 작은 병 하나를 꺼내었다.

"이건 미명(未明)이라는 극독입니다."

장내가 술렁였다.

"무색무취(無色無臭). 게다가 다루는 자는 극히 일부이기에 알려진 정보도 적습니다. 오직 북부 이민족만이 사용하는 것이기 때문이지요."

"지금 그 독이 이 자리에 무슨 상관이 있단 말이지?"

"만약 트윈 아머에 대한 저의 불찰에 대가로 제가……. 3황자님의 죽음에 얽힌 비화를 밝힌다면…… 어찌하시겠습니까."

"……!!"

조금 전까지만 하더라도 난리를 치던 대신들이 이제는 너무 놀라 할 말을 잃은 듯 그저 눈을 동그랗게 뜨며 그를 바라봤다.

"크로멘의 죽음에 숨겨진 비화라니. 그의 죽음에 짐이 모르는 것이 있다는 말이냐."

"그렇습니다."

카릴은 심호흡을 했다.

"크로멘 황자는 독살당했습니다. 그리고 이것이 그에 사용된 독과 같은 것입니다."

"무어라!!"

이제 황제의 눈빛은 의아함에서 의문으로 바뀌었다. 하지만 신기하게도 목소리는 분노에 서려 있었지만 눈빛은 차가웠다. 그의 눈빛이 말하고 있는 말은 '범인이 누구냐'라는 것보다 어째서 일을 이렇게까지 '복잡하게 만드는 것인가'하는 의문이었다.

"그 범인을 네가 알고 있다는 말이렷다?"

"신하 된 자로서 직접 지명할 수는 없으나 적어도 이 독이 제국 내로 들어옴에 관련된 자를 말씀드릴 순 있습니다."

"그게 누구지?"

카릴은 멈추지 않았다. 그는 천천히 손을 들어 한 사람을 지목했다.

"1황자, 루온 슈테안입니다."

그때였다.

"……말도 안 돼!!"

조용했던 태양홀에 외침 소리가 들렸다. 당연히 루온에게서 나올 말이라고 생각했던 그 말은 예상치 못하게 뒤에서 터져 나왔다.

마르트 맥거번이었다.

"죄…… 죄송…… 합……."

그는 자신도 모르게 소리친 것에 스스로 놀란 듯 입을 다물고 한 걸음 뒤로 물러섰다.

의아한 눈빛으로 모두가 그를 바라보는 찰나 카릴의 입꼬리가 올라갔다 내려간 것을 눈치챈 사람은 아무도 없었다.

"너…… 지금 무슨 개소리를 지껄이고 있는 거냐."

루온의 이글거리는 눈빛으로 으르렁거리듯 카릴을 향해 말했다.

무슨 개소리냐고?

'이제부터가 내가 계획안 무대의 시작이다.'

맞아. 개소리지.

'그래서 넌 내 개소리에 진실을 얘기할 수 있을까? 마르트 맥

거번.'

카릴은 자신을 향해 소리치는 루온에게는 관심도 없는 듯 저 멀리 서 있는 그를 바라봤다.

'아니면 이대로 침묵을 한 건가.'

자신을 바라보고 있는 카릴의 시선을 알아차린 걸까.

마르트는 자신도 모르게 고개를 돌렸다.

카릴은 어쩐 일인지 이 순간 자르카 호치가 깨어나 이 광경을 봤으면 좋겠다는 생각이 들었다.

'어쭙잖은 연극이 아니라 이왕 할 거면 이 정도 스케일은 돼야지. 안 그래?'

그는 들릴 리 없지만 마치 질문을 하듯 시선을 옮겼다.

'그건 너도 마찬가지야.'

마르트와는 달리 표정 하나 변하지 않고 담담한 얼굴로 자신을 바라보는 한 사람. 올리번을 향해.

►Chapter 6◄

　장내는 혼돈의 도가니였다.

　청천벽력 같은 카릴의 말에 공작들을 비롯한 대신들 모두가 무슨 말을 해야 할지 몰라 당혹스러운 표정으로 일관할 뿐이었다.

　"이게…… 무슨 말도 안 되는……."

　총기사단장인 벨린 발렌티온마저 넋이 나간 얼굴로 화를 내지도 못한 채 크웰을 바라봤다. 하지만 크웰 역시 카릴의 행동을 예상하고 있었던 것이 아니었기에 놀라긴 매한가지였다.

　'카릴, 도대체 무슨 생각으로 이런 일을 벌이는 게냐. 루온 황자가 3황자님을 독살했다니. 있을 수가 없는 일이다.'

　루온은 세 명의 황자 중 가장 먼저 남부로 향했다. 그리고 최근 장례식이 있기 전까지 황궁에 없었기에 3황자와의 접점이 없었다.

그뿐만 아니라 그가 출병을 하기 전에도 크로멘의 건강이 나쁘지 않았다는 건 모든 대신이 알고 있는 사실이었기에 궁내에서 일어났을 가능성도 적었다.

"……."

그럼에도 불구하고 크웰은 아무런 말을 하지 못했다. 아이러니하게도 남부 이후 크로멘과 접점이 있는 사람은 루온이 아니라 올리번이었기 때문이다. 자칫 잘못하면 그 누명을 그가 모시는 올리번이 뒤집어쓸지도 모른다는 우려에 크웰은 그저 이 상황을 지켜볼 따름이었다.

"왜 그러느냐."

그는 자신의 옆에서 식은땀을 흘리는 마르트의 안색을 살피며 나직하게 물었다.

"아, 아닙니다."

유난히 상태가 좋아 보이지 않은 그를 보며 크웰은 의아한 생각이 들었다.

'어째서 카릴이 마르트를 이 재판에 참석시키길 원했던 걸까. 그의 재판에 증인으로 참석하는 것도 아닌데……'

전날 재판이 있기 전에 크웰이 마르트에게 이런 사실을 알렸지만 자신 역시 카릴이 자신을 부른 이유를 모르겠다고 말했다.

그럴 수밖에.

마르트 역시 그가 크로멘의 독살에 관한 얘기를 꺼낼 거라고는 상상도 하지 못했으니까. 아무에게도 얘기하지 못한 베스탈 후작령에서부터의 고민을 말이다.

"증거는? 네가 말한 이야기는 이제 다시 주워 담을 수 없다. 자칫 거짓이라면 그 목으로도 갚을 수 없는 죄일 터."

황제는 소란스러운 홀에서 조용히 말했다.

그는 아직 카릴의 계획이 무엇인지 감이 오지 않았다. 만약 카릴이 실수라도 한다면 이번 기회에 그에게 목줄을 채울 수 있을 거라 생각한 듯했다. 그는 만일의 경우까지 놓치지 않았다.

피이이이이잉--!!

대답 대신 태양홀 밖에서 마치 비명 같은 날카로운 소리가 터져 나왔다.

"……!!"

모두가 깜짝 놀라 고개를 황급히 돌렸다.

"걱정하지 않으셔도 됩니다. 흑철석과 적명석을 가루로 내어 폭발시키면 저렇게 폭음이 납니다. 바로 그 소리입니다"

카릴은 창밖을 바라보는 대신들에게 나지막하게 말했다.

"살상 효과는 없습니다. 마도 시대엔 아이들의 장난감으로도 쓰였다고 하더군요. 아, 박식하신 궁정 마법사께서는 아마 아실 듯싶습니다."

카릴은 넉살 좋게 붉은 로브를 입고 위엄 있게 서 있는 카딘 루에르를 향해 말했다.

"흥……."

단지 장내를 환기시키기 위함이라는 것을 알고 있었기에 카딘은 카릴의 말에 크게 반응하지 않았다.

'예사 놈은 아니라고 생각했지만……'

아직 성인도 되지 않은 소년이 이런 상황에서도 당황하지 않고 완급을 조절할 수 있는 여유를 가졌음에 놀랄 따름이었다.

"저기 연기가 보이십니까? 북부 산맥입니다. 신호를 보아하니 아마 성공한 듯싶습니다."

"성공?"

황제는 이제 이 상황을 즐기는 듯 물었다.

"이번 일과 관련된 것이더냐."

"물론입니다, 폐하."

"흐음……. 그래, 무엇을 준비했는지 보도록 하지."

그의 머릿속에서는 이미 1황자는 자신의 손바닥 위에 놓인 장난감이라 생각했다. 손해 볼 것이 없었다.

이참에 조금 더 루온의 목을 쥘 수 있다면 좋을 것이며, 혹여 반대되는 상황이 되더라도 카릴에게 죄를 물을 수 있을까.

'발칙한 녀석……'

황제는 당돌한 카릴이 썩 마음에 들면서도 한편으로는 오히려 두 황자보다 더 위험할 수 있는 사람이라고 직감했다.

"제가 포로들을 이송하는 과정에서 지금은 쓰지 않는 구제국의 길을 이용했다는 것은 폐하께서도 아실 겁니다. 아, 물론. 제가 알고 있는 지리 정보는 이번 일이 끝난 뒤 모두 제공할 예정이오니 방위사령관께서는 너무 잡아먹을 듯 절 보지 않으시길 바랍니다.”

“크흠……”

카릴의 말에 흑기사단의 단장인 카이신이 헛기침을 했다. 그는 크로멘의 장례를 기리기 위해 카릴이 쏘아 올린 4만의 불화살 때문에 며칠 동안이나 곤욕을 치르고 있는 중이었다.

화르르륵……!!

카릴이 손을 들었다. 그러자 맹렬한 불꽃이 그의 팔을 감싸고 피어올랐다. 몇몇 귀족들은 그 모습에 움찔거리며 뒤로 물러났다. 하지만 카릴은 아무렇지 않은 듯 화살이 쏘아졌던 방향이 있는 곳을 향해 화염구를 쏘아 올렸다.

팟-!!

그 순간. 화살 하나가 날아와 카릴이 있는 자리 바로 아래에 박혔다.

“저…… 저런……!”

“이곳이 어디라고 화살을……!!”

대신들은 그 광경에 여전히 으르렁거리듯 말했지만 누구 하나 그의 행동을 제지하는 자는 없었다.

“흐음.”

화살은 수십 킬로미터가 떨어진 북부 산맥에서 쏘아진 것과 달리 무척이나 가까운 곳에서 날아온 듯 보였다.

"……."

소리치는 대신들과 달리 기사들은 촉이 없는 화살임에도 불구하고 대리석 바닥에 정확히 박혔다는 것에 주목했다.

화살대엔 쪽지 하나가 달려 있었다.

카릴은 그것을 읽고는 다시 홀 안으로 들어와서는 말했다.

"미명(未明). 안개강아지풀과 잿가루잎 그리고 말린 눈물이끼를 갈아서 섞은 다음에 1년간 응달에서 썩힌다. 그다음 부족의 비약을 넣어 다시 1년간 양달에 말린 뒤 물에 섞으면 무색무취의 극독이 만들어진다."

"……."

그의 목소리가 장내에 울릴 때마다 모두의 시선이 그에게 집중되었다.

"하나 유일한 단점이라면 다른 것과 섞을 수 없으며 오로지 미명 자체만을 써야 하는데 미명은 육안으로도 마법으로도 확인했을 때 물과 전혀 다를 바 없기에 발견하는 것이 쉽지 않다."

카릴은 잠시 호흡을 가다듬고는 말을 이었다.

"대량의 미명을 단시간에 섭취했을 때는 몸 전체에 힘이 빠지며 몸속 혈액이 역류하여 더 나아가 전신의 구멍에서 피를 토하게 된다."

대신들은 미명의 증상을 들으며 아무런 말도 하지 못했다.

"반대로 소량을 오랜 시간 복용하면 미명이 뇌에 침투하게 되면 사고 능력이 저하되며 이따금 기억을 잃기도 하지만 그 변화조차 제대로 인지하지 못한다."

그 순간 조금 전 크로멘의 증상과 동일한 이야기를 들을 때에도 무표정이었던 황제의 얼굴이 굳어졌다.

'역시……'

카릴은 그 찰나의 변화를 놓치지 않았다.

"그 상태로 계속 미명을 복용하게 되면 뇌에 피가 쏠리게 되어 처음에는 눈이 충혈되고 그다음엔 입술이 마르며 식도를 타고 혈흔을 뱉게 되는 순간 치료할 수 있는 방법은 없다."

꿀꺽-

누군가 긴장 가득한 마른침을 삼키는 소리가 요란하게 들렸다.

"결과적으로 그 끝은 동일하니 양을 늘리게 되면 섭취하는 순간 죽게 만들 수도 아니면 천천히 말려 죽일 수도 있는 지독한 독이다. 아니, 미명은 단순한 독약이 아닌 자신이 원하는 순간에 상대를 죽일 수 있게 만드는 살해 도구다."

카릴은 쪽지를 읽자마자 구겨 바닥에 던지고는 말했다.

"폐하, 하루의 말미를 주시겠습니까. 그렇다면 제가 이 독을 다루는 잔나비 부족을 이곳에 대령하겠나이다. 이후에 모든 것을 소상히 밝히겠습니다."

웅성- 웅성-

대신들이 술렁이기 시작했다.

카릴은 확신에 찬 얼굴로 황제를 바라봤다.

이미 답은 나와 있었다.

'이상하다고 생각되겠지. 어디서 많이 본 증상이니까. 타이란 슈테안. 치사하게 혼자 이 무대를 즐기기만 하면 안 되지. 이 안에 있는 황가의 핏줄 중에 내가 여유롭게 놔둘 놈은 아무도 없어.'

뱀 같은 황제는 미명의 중독 상태가 자신이 겪었던 증상과 비슷했다는 것을 알 것이다.

물론 정도의 차이가 있으니 쉽사리 단정 짓진 못할 터.

그렇기 때문에 잔나비 부족을 데려오겠다는 카릴의 제안을 거절할 수 없었다.

"……."

타이란 슈테안은 굳은 얼굴로 루온을 바라봤다.

형제간의 싸움은 상관없다. 황위란 그만큼 피와 시체를 밟고 올라가야 하는 것이니까. 그 역시 그랬으니까.

하지만 그 검이 형제가 아닌 그에게 향한다면 달라진다. 자신을 죽이려고 했던 범인이 정말로 아들인 루온인가에 대해서 고민하고 있을 것이다.

'아들은 맞지. 하지만 첫째가 아니라 둘째지만.'

카릴은 옅은 미소를 지었다.

"카릴."

늦은 밤. 자신을 부르는 소리에 카릴은 기다렸다는 듯 고개를 돌렸다.

"오랜만이구나. 저택에서 본 뒤로 처음이로구나."

"잘 지내셨습니까, 형님."

"평생이 지나도 네가 날 형이라고 부르지 않을 것이라 생각했는데……. 세월이 흐르긴 흘렀나 보구나."

"저희가 이렇게 황궁에서 만난 것만 하더라도 많이 변하긴 했지요."

마르트는 낮은 한숨을 내쉬었다.

"괜찮으냐."

"네. 이런 방이면 호사를 누리는 것이죠. 다행히 폐하의 배려로 감옥에 가지는 않았으니 감사할 따름입니다."

카릴은 피식 웃었다. 태양홀에서 있었던 재판은 카릴의 요구대로 하루가 더 이어졌다. 황제는 루온과 카릴을 격리시켰으나 황자에 대한 처우를 위해 저번과 마찬가지로 감옥이 아닌 별궁에 가두었다.

'오늘 같은 날 날 찾아온다는 것은 위험을 무릅쓰고 해야 하는 일인데…….'

카릴은 마르트를 바라봤다.

'청기사단 소속인 그는 마음만 먹었다면 어젯밤 아버지와 함께 나를 찾아 왔을 수도 있다.'

하지만 그렇지 않았다.

'일부러 피한 것일 테니까.'

이유? 간단하다.

자신을 피한 것이 아니다. 아버지인 크웰 맥거번을 피하는 것이었다.

'혼란스러울 거야. 마르트는 지금 올리번을 지지하는 아버지와 함께하는 것이.'

그렇다고 자신이 가진 진실에 대하여 의문을 제기할 용기도 내지 못한다.

'크로멘이 죽은 지금 올리번에 대한 의혹은 커졌지만 그 의심을 얘기하는 순간 아버지와 적대가 되는 것을 감수해야 할 터.'

장남으로서 마르트는 절대 그런 짓을 하지 못할 것이다.

그렇기 때문에…… 카릴은 마르트를 바라봤다.

'위험을 무릅쓰고서라도 오늘 날 찾아온 것이겠지. 오늘뿐이니까. 크로멘을 죽인 진범으로 그는 올리번을 의심하고 있었다. 그런 와중에 내가 범인으로 루온을 지목했으니. 그것도…… 자신이 의심하던 독살의 증거까지 정확히 내세워서 말이야.'

머뭇거리는 마르트를 향해 카릴이 먼저 입을 열었다.

"형님께서는 기사 서임을 받은 지 얼마나 되셨습니까?"

"나 말이냐. 성인식을 치르고 나서 바로 기사가 되었으니……. 4년이 되었구나."

"기사 서약도 하셨겠군요."

"당연한 소리를 하는구나. 왜? 제국 기사에 관심이 있느냐. 대부분은 성인이 되고 나서 기사가 된다지만……. 란돌을 보면 꼭 그렇지도 않다. 네 공이라면 불가능한 것도 아닐 것이다."

마르트는 그렇게 말하다가 결국 입을 다물고 말았다. 몇 시간 전까지만 하더라도 그랬겠지. 하지만 이번에 이런 엄청난 사고를 터뜨리고선 제국의 기사는커녕 살아남기만 해도 다행이었다.

"걱정 마십시오. 기사엔 관심 없으니."

카릴은 마르트의 대답에 고개를 저었다.

제국의 기사? 웃기는 소리였다.

다시는 누구의 아래에 있지 않을 것이다.

"단지……. 우연히 서약의 비문에 꽤나 멋진 말을 보아 기억에 남아서 여쭈어봤습니다."

"……."

그 한마디의 마르트의 표정이 굳어졌다.

꿀꺽-

목젖이 움직이는 소리가 요란하게 들릴 정도로 마르트의 표정은 좋지 않았다.

"그런데 무슨 일로 오셨습니까?"

"아니다. 아무것도……."

그는 결국 이렇다 할 말을 한마디도 하지 못하고 그저 자리에서 일어섰다.

"내일 재판에서 보자꾸나."

그때였다.

카릴은 나가려는 마르트의 등에다 낮은 목소리로 한 문장을 읊조렸다.

"율라(Yula)에 맹세하노라. 나는 오직 신이 허락하는 진실된 명예를 지키기 위해 싸울 것이다."

기사의 서약. 자신 역시 전생에 했던 약속.

억겁의 시간 동안 파렐을 거슬러 오며 다시는 말하지 않겠노라 다짐했던 그 말을 내뱉으며 카릴은 쓴웃음을 지었다.

가장 원망해 마지않는 신에게 바치는 맹세.

"형님."

카릴은 문 앞에 멈춘 마르트를 향해 말했다.

"참 멋진 말이지 않습니까?"

"장관이로군."

"이런 일이 있을 거라고 예상이나 했어?"

"절대로."

"동감이야. 우리가 언제 북부를 내려다볼 것이라고 생각했겠어."

매서운 눈보라. 사람이 살 수 없을 것 같은 폭풍우와 같은 서리 바람 아래 몇몇 사람들의 대화가 이어졌다.

"그건 그렇고 오랜만인데."

베이칸은 한 여인을 바라보며 말했다.

"카일라 창."

그녀는 북부의 추위가 적응이 되지 않는 듯 남부에 서식하는 몬스터인 파이어 윙(Fire Wing)의 깃털로 만든 망토를 몸에 감고서도 가볍게 떨고 있었다.

"제길……. 더럽게 춥네."

망토를 여미며 카일라 창이 중얼거렸다. 남부 5대 일가의 수장이라 할 수 있는 창 일가의 여식인 그녀는 나락 바위에서 카릴을 만난 이래로 쭉 청린을 채취하는 일을 맡아서 하고 있었다.

"카일라, 나락 바위에서 편하게 지내다 오니 적응이 안 되지?"

키누 무카리는 그런 그녀를 바라보며 피식 웃었다.

"편하긴…… 누가 편했다는 거야?"

그도 그럴 것이 창 일가는 5대 일가 중에 가장 뛰어난 무력을 가졌음에도 다른 부족에 비해 호전적이지 않았다.

"나락 바위야말로 전쟁터라고."

하나 수장인 툴루 창과는 다르게 누구보다 전투에 목말라 있었던 카일라 창은 이번 북부의 명령을 받고서 뛸 듯이 기뻤다.

"그게 무슨 말이야?"

"청린을 채취하는 동안 거기서 흘러나오는 마력 때문에 몬스터들이 몰려온단 말이야. 매일매일 몬스터들이 습격하지.

처음에는 고블린 같은 하급 몬스터였는데 이제는 오크나 트롤 같은 녀석들이 나타나."

카일라 창은 기분 나쁜 듯 쯧- 소리를 냈다.

오크와 트롤의 전투력은 비슷하지만, 사냥법에는 차이가 났다. 특히나 말도 안 되는 재생 능력을 가지고 있는 트롤은 제대로 머리를 날리지 않는 한 어정쩡한 공격으로는 오히려 당하고 만다.

"엑……? 그런데 왜 보고를 안 했어?"

"했지. 마스터는 앞으로 더 강한 녀석들이 나올 거라면서 청린으로 된 무구를 가장 먼저 우리에게 지급해 줬다. 너흰 모르겠지만."

"허……"

카일라의 말에 두 사람은 황당한 듯 그녀를 바라봤다.

"그래 봐야 중급 몬스터야. 내가 사냥하고 싶은 건 S급 이상의 괴물들이라고. 너희들처럼 말이지."

그녀는 베이칸과 키누가 트윈 아머에서 미노타우르스의 마굴을 공략한 이야기를 듣고 누구보다 부러워했다. 개인적인 욕심도 있었지만 어쩐지 중앙 진출이란 원대한 계획에서 대초원의 4부족만 주요한 일을 하는 것 같은 생각이 들었기 때문이다.

'이번 기회에 5대 일가의 힘도 보여주겠어.'

카일라는 카릴이 4만의 포로를 이송하는 과정에서 창 일가의 병력을 이끌고 이들과 합류하라는 명령을 받았다.

북부 산맥. 그것도 제국의 수도인 황도와 가까운 곳이었으니 카일라로서는 떨릴 수밖에 없는 일이었다.

"그런데……."

그녀는 들리지 않게 낮은 목소리로 중얼거렸다.

정작 북부에 도착해 수행한 첫 임무가 이렇게 추운 곳에서 그저 대기를 하는 것뿐이라니…….

"실망스럽나?"

그런 그녀의 생각을 읽은 걸까. 두샬라는 우락부락한 사내들 틈에서 오랜만에 보는 동성이 반가운 듯 다가왔다.

"내 생각엔 다른데. 마스터께서는 오히려 창 일가를 꽤나 생각하고 있는 게 틀림없어. 이런 일에 너를 부른 것을 보면 말이야."

"그건 나도 알아."

카일라는 그녀의 말에 뾰로통한 목소리로 말했다.

"단지 검을 뽑지 못해 얼어버릴 것 같아서 마음에 들지 않는 것뿐이야."

의외로 카일라는 두샬라의 말에 토를 달지 않고 수긍을 했다.

"……."

산맥 아래 검은 물결이 보였다. 꽁꽁 언 골짜기에 물이 흐를 리가 없는데 물의 흐름은 시간이 갈수록 더 거세게 움직이고 있었다.

"저들이 모습을 드러내는 광경을 보지 못한다면 두고두고

후회했을 테니까."

검은 물결은 놀랍게도 협곡 아래를 달리는 무수한 사람들이었다. 그들은 하나같이 후드가 달린 망토로 얼굴을 가리고 있었다.

북부의 이민족들. 소규모의 군락으로 제각각인 그들이 어쩐 일인지 모두가 같은 망토 아래 똑같은 모습으로 제국을 향해 이동하고 있었다.

'마스터께서 말씀하신 게 이거였나……'

북부 산맥에 가장 마지막으로 도착한 두샬라는 눈 앞에 펼쳐지는 광경을 바라보며 전율을 느꼈다.

"두샬라, 일전에 너희들이 남부로 향하기 전에 내가 하시르에게 시켰던 일이 있다."

두샬라는 그의 말에 고개를 끄덕였다. 남부 원정 첫 단계였던 트윈 아머의 일이 끝나고 디곤 일족의 영토에서 카릴을 기다리던 그녀는 그가 당도하는 시점에서 하시르가 먼저 디곤에 도착했던 것을 기억했다.

"네. 생각나네요. 북부에 다녀왔었죠? 그다음에 마스터의 명령으로 남부에서 베스탈 후작령에 마법사가 얼마나 있는지 조사했고요."

"맞아."

"그러고 나서 저와 함께 타투르로 올라온 뒤엔 바로 포로 이송을 위해 북부로 갔죠. 처음엔 말도 없이 사라져서 애를 먹었어요."

두샬라는 살짝 어깨를 으쓱하며 말했다.

"워낙 조용한 자라서요. 다른 덩치들과 달리 말이죠."

카릴은 그녀의 말에 피식 웃었다.

"북부에 가면 너희가 데리고 간 4만의 포로 이외에 너희를 기다리는 군세가 있을 거야."

"네?"

"하시르가 모은 북부 이민족들이다. 숫자가 얼마나 될지는 모르겠지만……. 그리고 더불어서 내가 카일라 창에게 남부의 야만족들을 데리고 북부로 올라오라고 명했어."

"야만족까지요?"

두샬라는 지금 옮기는 포로의 수만으로도 힘든데 거기에 추가적으로 병력을 옮긴다는 카릴의 말이 쉽사리 이해가 가지 않았다.

카릴은 눈빛을 빛냈다.

'원래의 역사대로라면 이 시기에 제국의 2차 이단섬멸령이 시작된다. 그리고 동시에 황제의 죽음으로 백성의 지지를 업고 전쟁에서 승리한 올리번이 황위에 오르고.'

그가 황좌에 올라 처음으로 한 업적이 이단섬멸령을 철회하는 것. 대륙에 남아 있던 인종 차별을 없앤다는 것은 처음에는 귀족들과 제국인들의 반발도 있었지만 제국인 내에서도 노예와 하인이 분명 존재했기에 시간이 지나면서 오히려 엄청난 지지를 받았다.

'그 때문에 우리는 널 위해 목숨을 바쳐 싸웠지.'

선왕 올리번을 위해.

카릴은 쓴웃음을 지었다.

하지만 지금은 자신의 개입으로 인해 아직 황제가 살아 있게 되었다.

그리고 크로멘의 죽음으로 이단섬멸령 자체가 이뤄지지 않았기에 전생보다 더 많은 북부 이민족을 살리게 된 결과를 낳게 된 것이다.

'북부의 이민족과 남부의 야만족. 디곤 일족을 제외하고는 마력이 없어 이단으로 평가받는 자들이다.'

하지만 그는 안다. 그가 야만족과 이민족을 자신의 세력으로 만들고자 하는 이유는 그들의 힘이 결코 약하지 않기 때문이다.

'특히나 거대한 군세를 가지고 있는 디곤과 달리 소규모 부족들의 연합인 북부의 이민족은 권세 자체로는 제국이나 공국에 비해 약한 것은 사실이다.'

하지만 개개인의 능력은 다르다. 마력이 없다는 것은 분명 약점이 될 수 있지만 그것을 제외하고 육체적인 능력은 야만족

254 9클래스 전투 미스터 8

과 이민족이 더 뛰어나다.

'그 말은 곧 그 단점을 보완한다면 제국인보다 더 뛰어난 힘을 가진 군사가 될 수 있다는 것.'

카릴은 그 해결책으로 청린을 찾았다.

'문제는 하시르겠지. 그가 얼마나 북부인들을 소집할 수 있느냐 하는 것일 테니까. 늑여우 부족이 나를 따른다 하더라도 북부인들은 쉽사리 내게 힘을 빌려주진 않을 거야.'

만약 필요하다면…….

카릴은 자신의 눈을 한 번 쓰윽- 만졌다.

그가 이민족이라는 것을 밝힐 각오도 하고 있었다. 그만큼 북부 이민족의 힘이 자신에게 필요하기 때문이었다.

"일을 잘 처리하게 되면……. 남부 때보다 더 재밌는 일이 벌어질 거야."

두샬라는 일전에 북부에 오기 전에 카릴과 나누었던 대화를 떠올렸다.

"일이 잘 풀리면요……?"

그녀는 끝없이 밀려 내려오는 검은 물결을 바라보며 나지막하게 중얼거렸다.

"이건 그런 수준이 아닌데요, 마스터."

"마스터는 단순히 제국으로 포로를 들여오기 위해서 북부 산맥에 온 게 아니었어."

"진짜……. 미치겠군. 남부에서의 일은 정말 시작에 불과했던 거야."

두샬라는 베이칸의 말에 즐거운 듯 입술을 씰룩였다.

"신호다."

저 멀리 황도에서 쏘아지는 카릴의 불꽃을 보며 기다렸다는 듯 키누 무카리는 활시위를 당겼다.

쫘드드득--!!

'북부의 이민족들이 제국을 향한다…….'

역사상 유례가 없는 일.

'마스터, 이건 재밌는 일 정도가 아니라 제국이 한바탕 뒤집어질 일인데요.'

두샬라는 카릴이 있을 제국을 바라보며 생각했다.

웅성- 웅성-

황도에 아침이 밝았고 게으른 귀족들은 언제 그랬냐는 듯 새벽이 되자마자 모두 태양홀로 몰려들었다.

"카릴 맥거번에 대한 재판을 다시 거행하겠다."

재상 브린 이니크의 선언과 함께 문이 열리자 카릴은 어제와 마찬가지로 천천히 홀 안으로 걸어 들어갔다.

하지만 어제와 다른 점이 있다면 그의 양옆으로 검은 망토로 얼굴을 가린 두 사람이 있다는 점이었다.

"저 더러운……."

"쳐 죽여도 모자랄 이단들……."

이민족의 모습을 보며 귀족들은 눈에 불을 켜고 으르렁거리듯 말했다.

하지만 누구 하나 카릴의 앞에 대놓고 말하지는 못했다. 누가 뭐라 하더라도 그는 대륙에 한 명뿐인 폭염왕 라미느의 힘을 가졌으며 아지프가 인정한 소드 마스터였으니 말이다.

"……."

카릴은 그들을 한 번 훑고는 비소를 지었다.

"당당하게 걸어라."

"이들 중에 가장 두려운 괴물이 곁에 있는데 저희가 어찌 두렵겠습니까."

하시르는 나지막하게 대답했다.

그의 옆에 서 있는 또 다른 한 사람 역시 고개를 끄덕였다. 하시르가 데리고 온 잔나비 부족의 이민족이었다.

'과연 누구를 보냈을지……. 하시르가 철저하게 준비를 했겠지만, 이번 계획에서 가장 중요한 건 바로 이자다.'

아쉽게도 카릴 역시 오늘 새벽에 도착한 이 사람이 누구인지 알지 못했다. 그저 시간 내에 잔나비 부족을 설득하여 데리고 온 것만으로도 성공이라 여길 정도였으니까.

"과연 네 말대로 이민족이 제 발로 제국을 찾아 왔구나. 그들의 증언을 듣고 난 뒤 목을 베어 황도의 문 앞에 걸어둬도 되겠느냐."

황제는 세 사람이 들어오자마자 카릴을 향해 말했다. 표정 하나 변하지 않고 목을 치겠다는 말을 하는 그는 애초에 이민족들을 같은 사람이라고 생각하지 않는 듯 보였다.

'하긴……. 그런 인간이었지. 타이란 슈테안은.'

카릴은 그의 태도에 낮은 한숨을 내쉬면서 곧 그가 한 말을 그대로 갚아주겠다고 생각했다.

"이쪽은 저의 타투르군에 있는 하시르입니다."

검은 후드를 천천히 벗었다.

그의 자황색의 눈동자를 보는 순간 대신들은 마치 못 볼 것을 본 것처럼 입술을 씰룩였다.

"그리고 이쪽은 제 수하가 데려온 이번 사건의 증인이 되어줄 미명(未明)을 다루는 잔나비 부족 사람입니다."

카릴은 사람이라는 단어에 힘을 주어 말했다. 아무도 눈치를 채지 못할 부질없는 짓이라는 것을 알면서도 괜스레 심술 궂은 기분이 들었기 때문이었다.

스르륵…….

타오르는 것 같은 풍성한 붉은 머리카락이 후드를 벗자 흘러내렸다. 이단의 증거인 검은 눈동자 안에 매혹적인 붉은 점이 보석처럼 찍혀 있었다.

달라붙는 검은 가죽 갑옷 위로 그녀의 몸매가 여실히 드러났다.

"오오오……."

그녀의 모습에 몇몇 귀족들은 이곳이 재판이 이뤄지는 태양홀이라는 것도 잊은 채 낮은 탄성을 질렀다.

타이란 슈테안조차 그 모습에 눈빛이 흔들렸다.

'보이는 게 전부라더니…….'

카릴은 그런 그들을 바라보며 차가운 웃음을 지었다. 그들의 눈에는 그녀의 몸매만 보이지 갑옷 곳곳에 달려 있는 빈 검집은 보이지 않는 것 같았다.

황궁에 들어오기 위해 무장을 해제했지만 잔나비 부족의 극독이 발린 단검은 스치기만 하더라도 치명상이었다.

무수히 많은 검집이 그녀가 얼마나 실력자인가를 보여주는 증거였다.

'이거……. 고맙게도 생각지도 못한 거물이 와줬는데.'

카릴은 이제야 확인하게 된 잔나비 부족의 사신의 정체를 보며 하시르를 향해 고개를 끄덕였다. 그 의미가 무엇인지 아는 듯 표정이 잘 변하지 않는 굳은 얼굴의 하시르도 처음으로 옅은 미소를 지었다.

잔나비 부족의 순찰대장. 붉은 갈기, 릴리아나.

그녀를 이곳에서 만날 것이라고는 카릴도 생각하지 못한 일이었다.

"……."

아무런 말을 하지 않고 마치 자신이 죽여야 할 적을 뇌리에 새기는 것처럼 그녀는 천천히 태양홀에 있는 대신들을 한 명씩 바라봤다.

"그럼."

카릴은 그런 그녀의 어깨 위에 가볍게 손을 얹듯 툭 치고는 앞으로 걸어 나왔다.

"지금부터 제가 하는 말을 잘 들어주시기 바랍니다."

그는 나지막하게 말했다.

이제 모든 조건이 준비되었다.

없는 죄를 만든다는 것은 어려운 일이다.

애초에 죄를 짓지 않았다면 벌을 받을 이유가 없으니까.

하지만 딱 한 곳. 너무나 쉽게 그 법칙이 반대로 만들어지는 곳이 있다.

그곳이 바로 황궁이다.

250년이란 제국의 역사 동안 이곳에서는 있는 죄가 사라지기도 하고 없던 죄는 더욱더 가중되기를 수없이 반복하였다. 카릴은 그런 황궁의 역사를 누구보다 잘 알았다.

개중에는 제국을 위한다는 이유로 없는 죄를 뒤집어쓰고 형장의 이슬로 사라진 자들도 숱했다. 그 역시 전생에서 올리번을 위해 그런 자들을 자신의 손으로 베었다.

카릴은 이 자리에 서 있는 대신들 중에도 자신이 죽인 자들이 있다는 것을 잘 알고 있었다.

'그리고 그들이 죽은 죄목까지.'

천천히 고개를 들어 카릴은 재상 브린 이니크를 바라봤다.

"……?"

자신을 바라보는 카릴의 눈빛을 알아차린 그는 옅은 미소를 짓는 카릴이 의아한 듯 고개를 갸웃거렸다.

'올리번이 황제에 즉위한 뒤 얼마 지나지 않아 티렌 맥거번이 재상에 오르게 된다.'

불세출의 천재이자 누구보다 빠르게 제국이 공국과 이스트리아 삼국을 통일하게 만든 장본인. 중요한 것은 티렌 맥거번이 뛰어나다는 것을 말하고자 하는 것이 아니었다.

재상이 교체되었다는 것. 그 말은 곧 브린 이니크가 올리번에 의해 제거되었다는 뜻이었다.

실권이 아닌 제거. 비록 루온파였으나 제국의 공작인 브린 이니크를 따르는 수하들은 올리번이 즉위한 후에도 여전히 많았다.

그런 그를 어떻게 제거할 수 있었을까.

방법은 간단하다. 죽일 수밖에 없는 이유를 만들면 된다.

공작이라는 최상위 계급으로도 어쩔 수 없는 극악 죄.

'황자 살해.'

전생의 올리번은 브린 이니크를 크로멘을 죽인 범인으로 몰았다.

카릴이 재상을 바라보며 웃었던 이유가 바로 이 때문이었다.

그는 모를 것이다. 지금 자신이 하려는 방법이 바로 브린 이니크를 죽음으로 몰아세운 것과 똑같은 방법이라는 걸.

'궁금하군. 이 사실을 알게 된다면 당신은 내게 고마워해할까 아니면 반대로 원망을 할까.'

"릴리아나, 당신께 묻겠다. 이것이 잔나비 부족이 쓰는 미명이 맞는가."

카릴은 지체 없이 품 안에서 독을 꺼내어 그녀에게 보였다. 그녀는 자신의 이름을 어떻게 알고 있는지 의아해하면서 카릴을 바라보며 말했다.

"맞소."

"당신네 부족이 이것을 루온 황자파와 거래를 했다고 알려왔는데 그게 사실인가?"

서슴없이 루온과 올리번의 일파를 구분해서 부르는 카릴의 모습에 대신들은 경악을 금치 못했다. 1, 2황자를 지지하는 파벌은 분명 존재하지만 어찌 됐든 아직 황제가 살아 있었다. 이런 상황에서 파벌을 입에 담는 것은 크나큰 불경죄였다.

"말도 안 되는 소리!!"

"증거는 있느냐!!"

"모두 조용히 하라. 재판이 진행 중이다."

하지만 황제는 카릴의 말에 개의치 않는다는 듯 오히려 대신들의 입을 다물게 했다.

"북부 이민족들이 이따금 항구 도시인 피아스타를 통해 물건을 밀반입시킨다는 것을 폐하께서는 아시고 계십니까."

"흐음……. 그런 보고를 들은 적이 있다. 검문을 철저히 하라는 지시를 내렸으나 아직도 처리가 되지 않은 것이냐."

황제는 턱을 괸 채로 고개를 돌렸다.

"그, 그럴 리가 있겠사옵니까. 황명을 받은 이후 경비를 강화하고 북부 해협의 검문검색을 더욱 철저히 하고 있습니다."

황제의 물음에 즉각적인 대답이 들렸다.

모두가 뒤편으로 시선이 쏠렸다. 겨울임에도 불구하고 땀을 삐질삐질 흘리며 더운 숨을 토해 내는 남자가 있었다.

그는 대신들의 눈빛에 더욱 긴장을 한 듯 손수건으로 이마를 닦으며 말했다.

'오랜만이군.'

카릴은 그를 바라보며 옅은 미소를 지었다.

피아스타의 관리자, 레이지 머틀.

뒤룩뒤룩 살이 찐 그의 모습에 카릴은 마치 옛날 일을 추억하듯 기억을 떠올렸다.

전생의 기억과 몇 년 전, 두 개의 기억.

피아스타의 언덕에 있는 레이지 남작의 저택에 숨겨진 비밀 통로. 같은 통로였지만 전생에는 올리번의 명령으로 그의 비밀 장부를 찾기 위해 썼었고 현생에는 수안 하자르를 구출하기 위해 시용했었다.

이처럼 같은 통로도 상황에 따라 다르게 사용된 것처럼 그의 죗값 역시 전생과 현생이 다르게 이용될 것이다.

"자네는 증거도 없이 피아스타를 욕보이게 하지 말게!"

카릴은 그를 바라보며 고개를 숙였다.

"레이지 남작이시군요."

뛰어난 안목으로 평민에서 남작이라는 위치까지 오른 유일한 귀족 그리고 제1황자를 후원한 것으로 올리번에 의해 척결당한 남자.

'전생에 올리번의 명령으로 너의 장부를 본 적이 있지.'

그리고 그 장부는 현생에도 그의 저택 지하실에 조용히 묻힌 상태로 존재하고 있을 것이다.

"라바트 길드를 아시겠지요."

움찔-

남작의 눈썹이 씰룩였다.

"모르시지 않을 겁니다. 피아스타에서 한창 주가를 올리고 있는 길드니까요. 그들은 품목을 따지지 않고 많은 것을 거래합니다."

"그 안에 이민족의 독도 있다는 말이냐."

"독은 없습니다. 다만, 판매자가 몰래 독이 든 물건을 팔 수는 있겠지요."

"거짓말……!! 피아스타 내에서 극독이 거래되었다? 말도 안 되는 소리다! 게다가 오히려 그 길드는 타투르와 연이 닿아 있잖느냐! 내가 그것을 모를 줄 아느냐!"

레이지 머틀은 카릴의 말에 소리쳤다.

"그래서 제가 알고 있는 겁니다. 타투르는 자유 도시. 그리 잘 아시니 지금껏 관리자가 하는 일을 서로 관여하지 않는 것이 관례라는 것도 아시겠군요."

"……뭐?"

"타투르의 암시장에선 돈이 되는 것이라면 어떤 물건을 팔아도 상관없습니다. 그리고 라바트 길드 역시 그와 같은 맥락."

"돈이 되면 다라는 말이더냐……!! 네놈들은 윤리라는 것이 없느냐!"

누군가 외쳤다.

카릴은 그 목소리의 주인공의 멱살을 잡고 끌고 나오려다 그저 고개를 돌려 그를 바라보는 것으로 그쳤다.

"미명의 문제 이전에 맛보기로 암시장의 고객 명단부터 한번 보여 드릴까요."

조금 전 소리쳤던 귀족이 카릴의 말에 입을 다물었다.

"폐하께 진실을 밝히고자 저는 그 규율을 지금 깨고 있는 것입니다."

카릴은 어깨를 으쓱 올리며 말했다.

그러고는 한숨을 내쉬며 고개를 저었다.

"이 사실을 알리면 관리자들이 저를 가만히 두지 않을지도 모르겠군요. 목숨을 걸고 하는 일이라는 뜻입니다. 아시겠습니까, 대신 여러분들."

마치 충의를 보이는 것처럼 카릴은 가슴에 손을 얹고는 황제를 향해 허리를 숙였다. 하시르는 그런 그의 모습에 웃음이 나올 것 같았지만 참았다. 대외적으로는 여전히 관리자들이 존재하고 있었지만 이미 타투르는 카릴에게 충성을 맹세했다.

'어느 누가 저 괴물에게 대든단 말인가.'

이런 내막까지 자세히 알지 못하는 제국의 귀족들은 카릴의 말에 미심쩍지만 좀 더 들어 봐야겠다고 생각한 듯 이렇다 할 반발을 하지 않았다.

"일전에 미명의 재료를 말씀드렸던 것을 기억하실 겁니다."

카릴은 릴리아나를 바라봤다.

"안개강아지풀과 잿가루잎, 말린 눈물이끼는 모두 북부에서만 구할 수 있는 것들이다. 내 말이 맞나?"

"그렇다."

"그리고 그 재료들은 다루기도 어려워 너희 부족원이 아니면 취급할 수도 없다고 하던데?"

릴리아나는 카릴의 말에 고개를 끄덕였다.

"그렇다면 대륙에 유입되는 세 종류의 잎들은 모두 잔나비 부족이 공급하는 것이겠군. 혹여 다른 이민족들이 관여했을 가능성은?"

"없다."

"좋아. 그럼 너희는 이것을 피아스타에서 거래를 한 적이 있나?"

카릴의 물음에 그녀는 고개를 끄덕였다.

"최근에는 피아스타의 라바트 길드를 통해서 거래를 한 적이 있고 그전에는 상인 연합이 지정하는 길드를 통했다."

"얼마나 되었지?"

"지금의 제국이 세워졌을 무렵부터."

웅성- 웅성-

"라바트 길드뿐만이 아니었군요. 상인 연합은 피아스타의 관리자인 레이지 남작의 소속이라고 알고 있는데…… 아닙니까?"

레이지는 카릴의 말에 사색이 되어 소리쳤다.

"모함입니다!! 폐하의 하해와 같은 은혜로 귀족의 직위를 내려주신 이후 저는 상인 연합에 일절 손을 대지 않았습니다!!"

"증거는 있는가."

황제는 남작의 외침을 무시하고 카릴을 바라봤다.

"네. 장부를 확인하시면 될 겁니다."

"장부라……?"

카릴의 대답에 레이지는 할 말을 잃은 듯 입을 다물지 못했다.

"남작의 저택 지하 창고에 비밀 장부가 있을 겁니다. 그 안에 이 세 가지의 재료의 거래 내역이 있을 겁니다. 혹시 모르죠. 생각지도 못한 다른 것들도 적혀 있을지."

"그, 무, 무슨……!!"

레이지 남작은 당황해서 말을 더듬었다.

'전생에 봤던 네 장부에 적힌 내역에서 이미 이번부터 네가 이민족들과 거래를 했다는 걸 알 수 있지.'

그는 잔나비들의 재료뿐만 아니라 다른 부족의 재료들도 손을 댔었다. 이단섬멸령을 내린 제국에서 이민족과 거래를 했다는 것이 밝혀지면 목이 달아나는 것으로도 부족한 일일 것이다.

'전생의 올리번은 그 장부에 적힌 내역을 가지고 재상 브린이니크까지 엮었었다.'

하나 이번에는 재상과는 비교도 할 수 없는 거물인 루온의 목이 걸린 상황이었다.

"……."

카릴의 말은 충격적이었지만 어쩐 일인지 태양홀의 대신들은 입이라도 꿰맨 듯 조용했다. 누구 하나 레이지를 옹호할 법한데 오히려 그들은 창백한 얼굴로 말을 잇지 못했다.

카릴은 그 이유를 알고 있었다.

'우습게도 이 재료들이 황도의 귀부인들에게 인기가 많거든.'

인기가 많은 정도가 아니었다. 없어서 못 팔 지경이었으니까.

아이러니하게도 극독인 미명의 재료들은 모두 귀족들이 사용하는 향료의 재료였다. 공공연한 비밀이지만 황궁의 귀족들 사이에서 거래되고 있는 북부의 것들은 비단 향료의 재료뿐만

이 아니었다. 서리고원에서만 채광되는 최상급 보석인 '어스름 달'부터 고급 염료의 재료인 '눈망울 가루', 피부를 맑게 해준다고 알려진 미안수의 재료인 '빙설수'까지.

귀부인들이 향료에 빠져 있다면 귀족의 젊은 영애들 사이에서는 얻기 어려운 물건일수록 인기가 높았다.

'그리고 꿀 먹은 벙어리처럼 서 있는 저놈들은…….'

대부분 피아스타에서 이러한 재료들을 거래한 게 틀림없었다. 누군가는 자신의 부인, 혹은 딸을 위해 아니면 사모하는 여인의 환심을 사기 위해 말이다.

비단 이런 행위는 여인들에 국한된 것은 아니었다. 귀부인들에게 북부의 물건이 인기라면 남자들에겐 남부의 물품이 인기였다.

바로 몬스터의 사체.

오래전부터 남부의 야만족들은 사냥을 통해 식량을 구했다. 하지만 그것만으로는 부족하여 마굴에서 나오는 몬스터를 사냥해서 생계를 유지했다.

일전에 쌍두수리의 둥지를 공략하러 가는 도중에 미하일이 했던 말처럼 대초원의 4부족 중의 하나인 라후 부족은 몬스터 사냥으로 유명했다. 특히, 그들은 사냥한 몬스터의 시체를 상하지 않고 온전히 박제시키는 기술을 가지고 있었다.

더 강한 몬스터의 사체를 박제한 것을 가지고 있을수록 자신의 위세가 높아지는 일종의 놀이.

하지만 영지의 기사나 사병으로 직접 잡은 몬스터는 허용되지 않는다.

오직 남부의 야만족들이 잡은 몬스터야만 했다.

그러니 이따금 타투르의 암시장에 물건이 들어오게 되면 귀족들은 그것을 사려고 눈에 불을 켰다. 누구는 재력으로 누구는 식량으로 각자가 저마다의 방식으로 더 강한 몬스터를 구했다.

이유는 없었다. 귀족들의 괴벽스러운 취미.

카릴은 그런 그들의 행위를 이렇게 생각했다.

'배부른 돼지들의 놀음.'

어쩐지 홀 안에 잊고 있었던 썩은 내가 다시 진동하는 기분에 그는 인상을 찡그렸다.

"그 말이 사실이렷다."

정적 속에서 황제의 목소리가 낮게 울려 퍼졌다.

"정말 레이지 남작의 비밀 장부가 있다면 이는 실로 중죄이다. 카릴, 넌 이 사실에 대해서 책임을 질 수 있느냔 말이다."

"물론이옵니다, 폐하."

그의 물음에 카릴은 한 치의 망설임 없이 대답했다.

웅성- 웅성-

단호한 그 모습에 대신들이 술렁이기 시작했다. 남녀 가릴 것 없이 홀 안에 있던 귀족들의 얼굴이 창백하게 변했다.

장부 안에는 오만 가지 내역이 적혀 있을 것이 분명했고 그 목록 하나하나가 바로 자신들의 목을 날릴 수 있는 죄목이 될 것이기 때문이다.

'비밀 장부라니…… 무슨 꿍꿍이였지?'

'그렇게 당부를 했건만 감히 우리를 속이고 그런 짓을……!'

'이래서 태생이 천박한 놈들은 거두면 안 되는 거였어.'

'설마 그 안에 내 이름이 있는 건 아니겠지.'

귀족의 머릿속은 이미 자신들의 잘못은 생각지 않고 레이지를 원망하기 바빴다.

무슨 생각을 할지 이미 뻔히 보이는 그들을 바라보며 카릴은 코웃음을 쳤다.

이단섬멸령이 내려진 이후. 이민족과 야만족의 물건들은 구하기 어려워지고 그 결과 가격이 폭등하는 바람에 피아스타 내에서는 없어서 못 팔 지경에 이르렀다. 라바트 길드가 급부상할 수 있었던 이유도 바로 이것 때문이었다.

북부와 남부의 물건을 유일하게 판매할 수 있는 제공처였기 때문이다.

'사려고 할 때는 혈안이 되어 있던 놈들이…….'

이제 와서는 남을 욕하고 있었다.

"난……!! 난 모르는 일이야!!"

루온의 외침이 들렸다. 그 역시 상황이 안 좋게 흘러간다는 것쯤은 당연히 알고 있었으니까.

"폐하, 아뢰옵기 황공하오나 조금 전 언급된 재료들은 제국의 귀족들의 사치품에 들어가는 것들이옵니다."

재상인 브린 이니크는 황급히 황제에게 얘기했다. 분위기를 바꾸려면 지금뿐이라는 것을 그는 잘 알았다.

"그래서?"

하지만 돌아오는 것은 황제의 차가운 물음뿐이었다.

"그 말은 경도 이민족들과 제국의 귀족들이 거래를 한다는 것을 알고 있었다는 뜻인가? 내가 이단섬멸령을 내렸음에도 불구하고?"

"그런 뜻이 아니옵고…… 그저…….."

카릴은 그 모습을 바라보며 확신했다.

'끝났군.'

황제는 차가운 눈으로 레이지를 바라봤다. 미명의 출처를 알게 된 이후부터 황제는 크로멘의 죽음과는 별개로 안달이 나 있었다.

'자신에게 먹인 미명까지 과연 레이지에 의해 나온 것인지 확인하고 싶은 거지.'

남작의 저택에서 비밀 장부까지 나오게 되면 미명의 여부를 떠나 그의 목이 떨어지는 것은 시간문제였다.

"재판은 증거를 명확히 검증하고 난 뒤에 계속될 것이다. 브린, 피아스타에 가까이에 있는 기사단이 녹(綠)기사단이던가?"

사실 피아스타에서 가장 가까운 기사단은 청기사단 산하에 있는 기사단이었으나 황제는 일부러 아직 중립을 지키는 녹기사단에게 명령을 내렸다. 자신의 공명함을 보이기 위함처럼 보였지만 실상은 올리번에게 힘을 실어주지 않으려는 뜻이었다.

카릴은 차갑게 웃었다.

'황제는 올리번이 어떤 인간인지 파악한 거지. 녀석이면 루온에게 없는 죄목까지 뒤집어씌울 테니까.'

물론 그런 황제도 결국 올리번에게 잡아먹혔으니 실로 무표정한 얼굴로 앉아 있는 2황자가 대단하지 않을 수 없었다.

"예…… 폐하."

재상 브런 이니크는 떨리는 목소리로 대답했다.

자신이 지지하는 루온의 목을 죄는 명령을 내리게 된 상황이었으니까.

"지금 당장 레이지 남작을 구금하고 장부를 조사하라. 재판은 보고를 받은 이후에 진행하도록 하겠다. 또한, 이제부터는 혐의가 의심되는 바 1황자 역시 죄인의 신분으로서 감옥에 가두겠다."

"아버지……!!"

루온 황자의 비참한 외침만이 태양홀에 울려 퍼졌다.

하지만 기사들에게 끌려가는 그에게 더 이상 눈길을 주지 않고 황제는 돌아섰다.

약해.

황제는 끌려가는 자신의 아들이 아닌 카릴을 바라보며 눈빛으로 말했다.

이걸론 약하다.

'제법 쓸 만하다만……. 설마 이 정도로 루온을 엮을 수 있다고 생각한 것은 아니겠지.'

황제의 눈이 카릴에게 이렇게 말하는 것 같았다.

카릴은 입꼬리를 올렸다.

'물론, 이게 끝일 리 없다.'

그런 그를 바라보며 생각했다.

'루온 따위? 죽든 살든 내가 이득될 게 하나도 없어. 내 진짜 목적은 따로 있다. 이런 귀찮은 짓을 하는 건 바로 피아스타를 내 것으로 만들기 위한 밑 작업일 뿐이다.'

그의 눈빛이 마치 황제에게 대답을 하는 것 같았다.

'그리고 앞으로 놀랄 만한 걸 너희들로부터 가져갈 테니 기대해도 좋아.'

재판은 이제부터 시작이니까.

►**Chapter 7**◄

　"재밌는 짓을 했구나. 하지만 결과가 나쁘지 않군."

　재판은 잠시 소강상태가 되었다.

　황제는 본궁으로 카릴을 불러들였다. 아무도 없는 이곳에서 둘만 남게 되자 그제야 갑갑한 듯 제복의 단추를 거칠게 풀고는 의자에 앉으며 말했다.

　"이동 마법진을 통해서 녹기사단이 피아스타까지 가는 데 걸리는 시간은 한나절이면 충분할 터. 그 시간 동안 양쪽 대신들이 머리를 굴리겠지."

　그는 마치 남 일처럼 찻잔에 담긴 달큰한 차를 한 모금 마시면서 말했다.

　"이제는 물도 마음 편히 마시지 못하겠군. 안 그러냐."

　자조적인 웃음과 함께 황제가 카릴을 바라봤다.

"어차피 귀족은 물을 마시지 않지 않습니까. 향이 나지 않는 물을 마시는 건 평민이나 하는 것이라고 생각하니까요."

하지만 담담한 표정으로 대답하는 그에게 황제는 끌끌- 하며 혀를 차듯 웃었다.

"꼭 그렇지도 않아. 난 물을 마신다. 네 말대로 귀족들은 쓸데없는 것에서까지 평민과 자신을 나누려고 하니 그런 말이 나왔지만……."

"그런 것에 개의치 않으시다는 말씀이십니까."

의외라는 표정으로 카릴은 물었다.

"독을 가진 찻잎은 수를 헤아리기도 어려울 정도로 많으니까. 내 아비이자 전 황제께서도 차에 든 독을 먹고 죽었지."

"그래서 차가 아닌 물을 드시는 겁니까."

"글쎄."

애매한 그의 대답에 카릴은 쓴웃음을 지었다.

'그 아비에 그 아들이로군. 아비가 차를 마시지 않으니 물과 같은 독을 먹인 건가.'

"네게 한 가지 묻겠다."

황제는 재판 도중 가장 궁금했던 것을 묻고자 카릴을 불렀다. 원칙대로라면 카릴 역시 다시 재판이 거행되기 전까지 독방에 있거나 루온과 같이 감옥에서 기다려야 했다.

하지만 황제는 그를 둘뿐인 본궁으로 불렀다.

물론 그런 황제의 행동에 누구도 반발할 수는 없는 일이었다. 어차피 판결을 내릴 사람은 한 명이니까.

이런 상황에서 황제의 심기를 건드리는 바보 같은 짓을 할 사람은 없었다.

"내가 미명에 중독되었던 것이냐."

황제는 돌려 묻지 않았다. 이미 예상을 했던 것이기에 카릴은 오히려 놀란 표정으로 물었다.

"그게 무슨 말씀이시옵니까? 폐하."

"헤임에서 우리가 만났던 시기만 하더라도 네가 말했던 증상. 나 역시 그것과 똑같았다."

"설마……."

카릴은 아무것도 모른 척 물었다.

"루온 황자가 3황자뿐만 아니라 폐하까지 독살하려 했다는 것입니까."

"그건 모르는 일이지. 정말 루온이 미명을 구한 것인지는 아직 확인되지 않았으니까."

황제는 쉽게 넘어가지 않았다. 태양홀에서는 루온을 몰아세웠지만, 이곳에서는 반대로 루온을 두둔했다.

'조금 전에 피아스타로 보낸 기사단이 녹기사단이라는 것만 봐도 알 수 있지.'

역시나 녹록지 않은 상대다.

'그 혼란스러운 와중에도 자신 이외에 누구 하나 유리한 위치에 서게 하지 않는 걸 보면.'

하지만 그런 상대 앞에서 카릴 역시 이미 루온 다음 목표로 누구를 세워야 할지 고민하고 있었다. 황제와 올리번 중에 자신의 상대로 누구를 남겨둘지 말이다.

"폐하께서 미명에 중독되었었다니……. 거기까지는 저도 알지 못했습니다."

"지금은 괜찮다."

"화룡의 거처에서 얻은 풀이 도움이 되었나 보군요. 건강을 되찾게 되신 것은 폐하의 천운이 따르신 것이겠지요."

황제는 카릴의 말에 옅게 웃었다.

"클클클, 너와 만나지 않았더라면 가당키나 한 일이겠느냐. 게다가 너는 내게 4만의 병사를 돌려주었고 귀족의 지지를 받던 루온의 힘을 빼앗았지."

그는 살짝 어깨를 들썩였다.

"너는 눈치챘겠지. 황궁에서 죄를 만드는 데 있어 증거는 완벽할 필요가 없다는 것. 그저 의심을 주는 것만으로도 충분해."

재판의 결과는 이미 나왔다. 녹기사단이 레이지 남작의 비밀 장부를 가져오는 시점에서 1황자를 후원한 내역만 찾게 되면 끝이었다.

물론 석연치 않은 부분도 있다. 하지만 황제가 루온의 힘을 약화시키고자 마음먹은 지금 그 반박은 먹힐 수 없었다.

무죄를 증명할 증거 역시 없기는 매한가지였으니까.

'죄가 없는 자이니 죄가 없음을 증명할 수 없지.'

술 교관인 그는 황실 친위대 중 유일하게 올리번을 따르는 기사였다. 금기사단의 벨린 발렌티온과 더불어 자르반트는 가장 오랫동안 제국을 받든 노기사였다.

하나 그 둘이 각각 다른 황자를 지지하는 것을 황제로서는 못마땅한 일이 아닐 수 없었다.

충신이 갈라선 것이 못마땅한 것이 아니었다. 아직 자신이 버젓이 살아 있는데도 불구하고 황자를 선택해 버린 그들의 불충이 그의 분노를 산 것이다.

"기사들을 견제하게 된다면 올리번 황자의 힘은 자연스럽게 약화될 것입니다."

"어떻게? 려기사단은 당분간 구실을 못 한다 하더라도 네 아비의 청기사단의 힘은 강력하다. 또한 등기사단 역시 루온을 지지하나 머저리 같은 단장 덕분에 실상은 올리번의 세력이지."

황제는 거침없이 말했다.

어째서일까. 그는 공작들에게도 하지 못할 이런 이야기를 서슴없이 했다.

"간단합니다. 외부에 신경을 쓸 적을 만들면 됩니다. 기사의 본분은 나라를 수호하는 것. 청기사단이 쉽게 움직일 수 있는 이유는 일대의 몬스터까지 모두 토벌이 끝나 안전한 상태이기 때문입니다."

"국가의 안전이 오히려 내게는 독이 된다는 말이냐."

카릴은 황제의 말에 옅은 웃음을 지었다.

"등기사단의 국경엔 남부의 야만족이 있으니 쉽게 움직이지 못할 터. 폐하께서는 청기사단의 움직임에 제약을 주시면 원하시는 바를 이루시게 될 것입니다."

"일전에는 크웰을 내 곁에 두라 하지 않았더냐."

"그건 1황자의 힘을 견제하기 위함이었으나 이제 그 힘이 다했으니 폐하께 집중시켜야 하겠지요."

황제는 만족스러운 듯 고개를 끄덕였다.

그가 카릴이 마음에 드는 이유는 단 한 가지였다. 목표에 있어서 다른 누구에게도 사정을 두지 않고 거침없었기 때문이다.

"네 말대로 청기사단을 국경에 잡아놓는다 하더라도 무슨 수로? 또다시 이단섬멸령을 내리란 말이냐."

황제는 놀리듯 말했다.

"뭐, 크로멘을 위한 애도의 기간이라고는 하나 불가능한 것은 아니지. 더러운 이단들이 타락한 물건들을 제국에 들여놓아 3황자를 죽게 만든 것이니까."

"……."

카릴은 나지막하게 말했다.

"폐하, 북부의 이민족 중에서는 율라(Yula)를 믿는 자들도 있습니다."

그의 목소리엔 많은 감정이 실려 있었다.

"율라의 은총이란 마력이다. 북부인과 남부인들은 신조차 버린 족속들이다. 타투르에 있는 너라면 알 텐데. 특히 남부의 야만족들은 주술이란 괴상한 짓거리를 하는걸."

하지만 황제는 카릴의 말을 비웃었다. 북부의 이민족은 남부의 야만족들과 달리 정령이나 주술을 숭배하지도 않았다.

오히려 유일신인 율라를 믿는 자들이 더 많았다. 그럼에도 불구하고 황제는 태어날 때부터 마력이 없다는 이유로 북부인들을 이단이라 칭했다.

화르르륵······!!

카릴은 주먹을 쥐었다. 그러자 손등에 박힌 아인 트리거가 붉게 변하며 뜨거운 화염을 내뿜었다.

"그럼······. 저 역시 이단입니까, 폐하."

마치 참았던 물음을 토해내듯 카릴이 타이란 슈테안을 향해 말했다. 자신의 힘이 율라의 마력이 아닌 정령왕의 능력이라는 것을 공표한 그였다.

"다르지."

황제는 마치 어린아이의 치기를 보는 것처럼 카릴의 말에 피식 웃었다.

"네 정령의 힘은 이단이 아니라 신의 은총이지. 너 역시 마력을 가지고 있지 않느냐. 그러니 저기 북부의 쓰레기들과는 다르지."

"······."

카릴은 입술을 깨물었다. 마음 같아서는 이 자리에서 황제의 목을 베어버리고 싶었다.

[너는 왜 싸우지?]

마치 알른 자비우스가 마지막으로 했던 물음이 들리는 기분이었다.

"후……."

카릴은 들리지 않게 낮은 숨을 토해냈다. 울컥하는 마음에 지금껏 준비한 계획을 엉망으로 만들 수 없는 일이다.

"청기사단을 견제할 수 있는 방법이 무엇이지? 생각해 둔 것이 있을 텐데."

"폐하."

차가워진 얼굴로 카릴은 담담하게 말했다.

"피아스타를 제가 가지겠습니다."

"크…… 크크크……!!"

황제는 카릴의 말에 뒤로 젖혀질 듯 웃었다.

"네가 레이지 남작의 목을 비튼 이유를 이제야 알겠군. 그 도시가 탐났더냐."

"……."

"하지만 불가능하다. 네 공은 크긴 하나 그렇다고 너에게 그 큰 도시를 맡긴다면 대신들의 불만이 터져 나올 터."

"저 역시 제국의 이름으로 피아스타를 거저 받을 생각은 없습니다. 그곳은 그곳대로 그냥 두시면 됩니다."

카릴의 말투에 황제의 뺨이 씰룩였다.

"그럼?"

그는 품 안에서 양피지 하나를 꺼냈다.

언령 서약서.

황제는 그것을 바라봤다.

"제가 원하는 것은 타투르의 독립입니다."

"흐음……."

놀랄 것이라고 예상했던 황제는 의외로 카릴의 말에 담담한 표정이었다. 그러고는 카릴이 건넨 서약서를 살폈다.

"이미 그곳은 독립 도시이지 않느냐. 대륙 3강의 중심의 자유도시로서 3강의 세력들은 구도를 맞추기 위해 공격할 수 없는 상황이니 말이야."

황제는 카릴의 서약서를 가볍게 흔들면서 말했다.

"도시가 아닌 국가라……."

그는 마치 시답잖은 일이라는 표정으로 말했다.

"왕이라도 되고 싶은 게냐."

자유도시 타투르. 제국의 입장에서는 작은 도시지만 그 위치가 언제나 걸림돌이 되었다.

대륙을 관통하는 포나인 강의 중앙에 있는 이곳은 위로는 제국이, 강을 따라 서쪽에는 공국이 그리고 남쪽에는 이스트리아 삼국으로 갈 수 있는 교두보로서, 만약 이 도시가 어디에라도 넘어가게 된다면 3강은 타투르를 되돌려 놓기 위한 전쟁을 불가피하게 치르게 될 것이다.

'카릴 맥거번.'

게다가 어린 나이지만 이미 타투르의 주인이었다.

'그뿐만 아니라 크웰의 양자이다.'

올리번을 지지하고 있다고는 하나 제국의 충신인 크웰은 자신이 살아 있는 동안 절대 배반하지 않을 것이다.

"왕이 되고 싶은 욕심은 어린 사내라면 누구나 꿈꾸는 일이지."

그는 카릴을 향해 말했다.

"다만 그것을 실행할 수 있느냐 없느냐가 바로 타고난 난세의 재능에서 결정짓게 되는 것."

그러고는 고개를 끄덕였다.

'타투르가 독립 국가가 되면 공국과 삼국은 더욱더 중앙을 치기 어려워진다. 게다가 자유도시로 놔두는 것이 아닌 제대로 된 통치자를 두는 것도 나쁘지 않지. 더욱이 그자가 크웰의 아들이라면 제국의 입장에선 타투르를 다루기 더 쉬워질 터.'

황제는 옅은 웃음을 지었다.

손해 보는 장사는 아니라고 생각했다.

'어쩌면 골칫거리였던 도시까지 제국이 흡수할 수 있는 기회가 될지 모른다.'

설마 자신의 아비가 있는 제국에 반기를 들겠는가.

'자유도시 하나 가지고 할 수 있는 게 뭐가 있겠는가. 별것 아닌 당근을 던져주고 오히려 더 큰 화근이 될 수 있는 녀석을

다룰 수 있다면 이득이겠지.'

황제는 만족스러운 표정으로 말했다.

"타투르를 독립 국가로 인정하는 것은 어렵지 않은 일이다. 어차피 지금과 크게 달라지는 것도 없으니까. 하지만 그게 어째서 피아스타에서 청기사단을 견제할 수 있는 방법이 되는 것이지?"

"그곳에 라바트 길드가 있기 때문입니다. 아시다시피 타투르의 관리자 중 한 명인 캄마가 운영하는 라바트 길드엔 각종 부족이 섞여 있습니다."

"그래서?"

"이번 일을 통해 피아스타는 더욱더 밀거래에 대한 감시가 심화될 것입니다. 폐하께서는 피아스타의 밀수입 단속을 북부 경계를 맡고 있는 청기사단에게 일임하시면 될 것이옵니다."

"차라리 네녀석들의 길드를 없애 버리면? 라바트 길드가 결국 문제이지 않느냐."

황제의 말에 카릴은 옅게 웃었다.

"귀족들의 욕심이야 끝을 알 수 없는 법. 약소국인 이스트리아 삼국조차 자신의 배를 채우기 바쁘니 라바트가 없다면 더 한 방법으로 그들의 밀거래는 계속될 것입니다."

"……."

"독을 두어 더 위험한 독을 막듯이 라바트 길드가 없어지면 제국의 폐해는 더 심해질 것입니다. 차라리 그들을 두시고 적당히 청기사단의 시선을 빼앗는 것이 폐하에게 득이 되시리라 생각됩니다."

"그 길드를 네가 다룰 수 있으니 말이냐."

"물론이옵니다."

"모든 일에는 명분이 있어야 하는 법. 그렇지 않다면 힘이 있다 한들 역사는 그저 한낱 무뢰배로 기억할 뿐이지."

황제는 카릴의 말에 만족스러운 듯 고개를 끄덕였다.

"역사에 이름을 남기기 위해서라면 무법 도시가 아닌 한 나라의 왕이 되어야지."

쿠웅―

황제의 인장이 찍히는 소리가 궁 안에 울려 퍼졌다.

"어린 나이임에도 불구하고 세상을 보는 눈이 되어 있구나. 납득할 만한 이유를 내게 보였으니 말이야."

타이란 슈테안이 카릴을 바라봤다.

'어차피 내전 중인 공국은 크게 상관하지 않아도 된다. 또한 공작가의 1, 2위인 프란과 틀리는 누가 공국의 왕이 된다 한들 거래를 할 수 있다. 그리고 이미 이스트리아 삼국은 이미 내게 포섭되어 있는 상황.'

하지만 그런 칭찬 따윈 관심 없다는 듯 카릴은 그저 황제가 들고 있는 서약서를 바라볼 뿐이었다.

종이 쪼가리에 불과한 저것을 얻기 위해 이런 연기를 해야 하는 것인가 싶을지 모르지만 황제의 말처럼 명분이란 중요했다.

'제국을 무시하고 타투르를 독립시킨다면 제국이 향했던 남부의 화살이 타투르에 쏠릴 터.'

인정하고 싶지 않지만 아직은 제국과 전면전을 벌일 순 없었다. 피해를 감수하더라도 싸운다면 이길 수 있다. 하지만 그렇게 되면 이후 신탁전쟁에서 싸울 사람이 없어진다.

'하나씩 하나씩. 느리지만 확실하게 제국의 인재들을 살려 내 것으로 만든다.'

그게 카릴의 큰 그림이었으니까.

"……하여 제국은 타투르를 독립 국가로 인정한다."

황제가 양피지 안에 적힌 긴 서약문을 모두 읽고 나자 맹약의 마법이 발동하며 양피지 위로 옅은 금빛이 흘러나왔다.

"이로써 너와 나의 거래도 끝이군."

"이제 시작이지요."

"클클……. 녀석."

황제는 이 거래가 만족스러운 듯 피식 웃었다.

카릴은 그런 황제를 바라보며 태양홀에서 생각했던 계획을 다시 떠올렸다.

'명분. 그래, 중요하지. 타이란 슈테안, 당신 말대로 이제 나는 이단이란 오명이 아닌 타투르의 왕으로서 정당한 명분으로 황제의 목을 벨 수 있게 되었다.'

짜악-

서약서를 쥔 카릴의 손에 힘이 들어갔다.

"모함이다!! 이건 모함이야!! 어서 이 문을 열어라!! 이 새끼들아!! 문 열라고!!"

감옥 안이 쩌렁쩌렁하게 울렸다. 하지만 누구 하나 그 외침에 반응을 하는 사람은 없었다. 문을 지키는 병사들은 고개를 숙이고 시선을 피했다.

나는 새도 떨어뜨린다는 위세 등등했던 제국의 1황자가 감옥 안에 있다니……. 실로 보고도 믿을 수 없는 일이었다.

"루온!!"

감옥 밖에서 들려오는 목소리.

문밖이 소란스러웠다.

"송구하옵니다. 이는 황명이옵니다……. 누구도 안으로 들지 못하게 명하셨습니다."

"비켜라. 그렇지 않으면 당장 네 목부터 베어버릴 테니."

"……."

경비대장의 안절부절못한 대답과 함께 마지못해 감옥의 문이 열렸다. 감옥과는 어울리지 않는 화려한 드레스를 입은 여인이 황급히 계단을 내려왔다.

이 상황에서 황제의 명을 어기고 루온을 만나러 올 사람은 한 명뿐이다. 황후였다.

"올리번입니다. 올리번이 틀림없습니다! 이게 모두 그놈의 계략입니다. 제가 크로멘을요? 천부당만부당한 말입니다!"

루온은 창살을 부여잡으며 소리쳤다.

원래대로라면 황궁 감옥의 창살엔 마력 전격이 흐르고 있어 손도 댈 수 없지만 경비 대장의 배려라는 걸 그가 알 리 없었다.

"안다. 나 역시 당연히 네가 그런 짓을 할 리 없다고 생각한다."

황후는 루온을 바라보며 말했다.

"그놈은 저희와 다릅니다. 감히……. 빌어먹을 놈이 틀림없습니다. 어머님의 피가 섞이지 않은 서자 출신의 그놈이 제게 누명을 씌운 것입니다."

"누가 봐도 뻔한 일이다. 크웰의 양자라 하지 않았더냐. 양자와 서자라니……. 근본 없는 놈들끼리 작당을 한 것이겠지."

그녀는 금세 초췌해진 루온의 얼굴을 바라보며 이를 바득 갈았다.

"도대체 폐하께서는 무슨 생각으로……."

분명 두 황자가 황위를 두고 다투는 것은 사실이었다. 하지만 그렇다 하더라도 버젓이 황제가 살아 있는 상황에서 반란을 일으키거나 할 리는 없었다. 그저 혈기 왕성한 형제의 싸움이라 여길 수도 있는 상황에 갑자기 황제가 개입하더니 균형이 와그리 무너지고 만 것이었다.

'서자인 올리번이 아닌 정통한 계승자인 루온을 몰아세우시

다니……. 있을 수 없는 일이다.'

황후는 이해할 수 없다는 듯 고개를 저었다.

물론 이런 의문은 황제 그 자신도 독을 먹고 있었다는 사실을 그녀가 알 리 없기 때문이기도 했다.

"걱정 마라. 이 어미가 어떻게 서든 너를 빼내어줄 터이니."

"하지만……."

"제국의 공작 중 2명이 널 지지하고 있다. 아무리 폐하라 한들 너를 어찌할 수는 없다. 아니, 어찌 되지 않도록 내가 막을 것이다."

"어머님……."

루온은 순식간에 변한 자신의 처지에 허탈한 듯 고개를 떨궜다.

"루온, 고개를 들어라."

황후는 단호한 목소리로 말했다.

"나는 어디 이름도 모를 여자에게서 태어난 자식에게 내가 일군 것들을 그냥 줄 생각은 없다."

2황자 올리번 슈테안. 대외적으로는 그 역시 황제의 아들로 알려져 있지만 황후의 피를 물려받은 것은 1, 3황자뿐이라는 것은 모두가 아는 공공연한 비밀이었다.

그의 어미는 소문만 무성할 뿐 누구인지 알지 못한다. 황궁의 시녀라는 얘기도 있고 혹은 북부의 이민족이라 자신의 과오를 감추고자 황제가 이단섬멸령을 내린 것이라는 얘기도 있었다.

진실이 무엇인지는 모른다. 하지만 중요한 것은 자신이 열 달 동안 품에 낳은 자식이 아닌 남의 핏줄이 그녀의 것들을 빼앗으려 한다는 점이었다.

"무슨 수를 써서라도……. 널 다시 네 자리로 돌려놓을 테니까."

그녀는 차갑게 눈빛을 빛내며 말했다.

"판결을 내리겠다."

태양홀에 모인 대신들의 얼굴엔 피곤한 기색이 역력했지만 황제의 한마디에 모두가 떨리는 모습으로 그를 바라봤다.

몇 시간의 유예 동안 루온파와 올리번파의 귀족들은 진실을 규명하고 어떻게 하면 더 자신들에게 유리한 방향으로 이 재판을 이끌어 갈지 고민했을 것이다.

'다 부질없는 짓인 줄도 모르고.'

카릴은 그런 그들 사이에 당당히 서 있었다.

애초에 두 명의 황자 중 누구에게 유리한 상황을 만들어주기 위한 재판이 아니었으니까.

"폐하, 소신. 판결에 앞서 한 말씀 올리겠습니다."

재상 브린 이니크가 단상 앞으로 나와 허리를 굽히며 말했다.

"말해보게."

"황가의 핏줄이옵니다. 더욱이 루온 저하께서는 지금껏 많은 귀족의 신망을 받으며 제국의 안영을 위해 노력하셨사옵니다."

브린은 호흡을 가다듬고 말했다.

"피아스타의 불법 거래는 마땅히 벌 받아야 할 일이오나 루온 저하께서 미명을 썼다는 증거는 없습니다. 오히려……. 제국의 귀족들조차 이 극독의 존재를 알지 못하였습니다."

그는 고개를 돌렸다.

"저 역시 이러한 독이 있다는 것을 근래에 처음 알게 되었는데 누구보다 폐하의 이단섬멸을 지지하는 황자님께서 미명을 아시겠습니까."

그러고는 손가락으로 카릴을 가리켰다.

"오히려 저자가 의심스럽다면 더욱 의심스러운 법!"

웅성- 웅성-

홀 안은 지금까지 중 가장 소란스럽게 울렸다.

"맞습니다!!"

"무법 도시의 작당들을 어찌 믿겠습니까!"

"폐하, 이 재판을 재고하여……!!"

카릴은 난리를 치는 대신들의 모습에 어깨를 으쓱하며 웃었다. 그리고 그의 양옆에 서 있는 릴리아나와 하시르는 묵묵히 그런 그를 바라볼 뿐이었다.

"안다."

황제의 대답은 의외로 담담했다.

"나 역시 대신들의 고견에 동의한다는 말이다."

그는 시끄럽게 떠드는 외침에 귀가 아프다는 듯 손가락으로 귀를 후볐다.

"완벽한 증거가 없는 상황에서 어찌 1황자에게 죄를 묻겠는가. 하나 이 장부에 적힌 명단은 이번 크로멘의 죽음과는 별개로 내 명을 어기고 중죄를 지은 자들이다."

그는 낡은 책자를 가볍게 흔들었다.

"미명이 뭔지는 몰라도 황명을 어긴 것은 사실. 그게 향료가 되었든 보석이 되었든 장신구가 되었든……. 쓸모없는 몬스터의 박제가 되었든 말이야. 안 그런가?"

"그건……."

"나는 이들을 벌주려 한다."

촤르르륵--!!

황제는 오히려 재상이 이런 말을 하기를 기다렸던 것처럼 보였다.

"남작 아드리온, 챈스, 메브린."

그의 호명에 얼굴이 창백해진 대신들이 고개를 들었다.

"자작 셀돈, 제크라므."

"폐…… 폐하!!"

두 사람은 엉거주춤 카펫 위로 달려 나와 무릎을 꿇으며 소리쳤다.

"그리고 발도뷘 백작."

하지만 황제는 그들에게 시선도 주지 않은 채 마지막 이름을 불렀다.

툭—

황제는 들고 있던 장부를 바닥에 던졌다.

"내 마음 같아서는 이 안에 있는 자들을 모두 벌주고 싶으나 제국의 신하들에게 무정히 칼을 드리울 순 없는 법. 선처를 하여 이단섬멸령이 내려진 이후에 이민족들과 거래를 한 자들만을 추슬렀다."

그는 말을 잇지 못하는 브린을 향해 차갑게 물었다.

"재상, 황명을 어긴 자들에게 어떤 벌을 주어야 마땅한가."

브린 이니크는 파르르 입술을 떨었다. 마치 일부러 그런 것처럼 황제가 호명한 6명의 귀족은 모두가 루온파의 일원이었기 때문이었다.

'황자님께서 황도에 계신다면 기회는 있다.'

그나마 다행이라면 그들이 루온 대신 그들이 죗값을 치르게 되었다는 점이었다.

"……황명은 지엄한 것. 직위의 고하를 막론하고 영지를 몰수하고 죄의 무게에 따라 유배를 보내거나 참수형을 행하셔야 합니다."

"폐, 폐하!!"

"통촉하여 주시옵소서!!"

재상의 말에 호명된 대신들은 파르르 떨리는 목소리로 소리쳤다.

"감옥에 있는 레이지 남작을 포함하여 모든 죄인의 영지를 몰수하고 10년간 드랭굴로 유배 보내도록 하라."

하지만 황제는 일말의 자비 없이 손을 저었다.

"……!!"

모두가 그 말에 경악을 금치 못했다. 최악의 유배지라 불리는 드랭굴은 살아 돌아온 자들이 없다고 알려져 있는 곳이었으니까.

빠득-

"아버님."

루온은 이를 갈았다.

그 역시 재상과 마찬가지로 지금 호명된 자들이 자신의 사람이라는 걸 알고 있었다. 이 판결대로 간다면 자신의 세력 중 1/3이 타격을 입을 수밖에 없게 된다. 지금이야 타이란 슈테안이 황좌에 올라 있으니 그 차이가 보이지 않는다지만 언젠가 올리번과의 싸움에서 이 타격이 결정적인 차이를 만들지도 모르는 일이었다.

'바보 같은 짓이야.'

카릴은 그런 그를 바라보며 피식 웃었다.

'어차피 네가 올리번과 싸울 일은 없을 텐데.'

여전히 이글거리는 눈으로 황제를 바라보는 그가 이제는 안 쓰러울 따름이었다.

'내게 죽지 않기 위해 스스로 무덤을 파는군.'

만약 자신이 그와 같은 입장이었다면 더 이상 황제의 심기를 건드리는 행동은 하지 않았을 것이다. 후일을 도모하기 위해서라도 최소한 자신의 힘을 갈무리하는 것이 맞으니까.

'자존심을 부릴 때가 있고 부리지 않을 때가 있는 법인데. 아직 어리군. 그러니 올리번에게 패배했지.'

카릴은 생각했다.

제국의 적법한 후계자. 루온이 달고 있는 그 명찰은 확실히 그가 귀족의 지지를 받는 데 큰 힘이 되는 것이다.

하지만 말 그대로 후계자. 황제의 자리를 이어받는 자라는 뜻이다. 그런데 정작 황제의 눈 밖에 난다면 그게 무슨 소용인가.

"폐하."

홀 안에 울리는 날카로운 목소리에 모두가 고개를 돌렸다.

"황명을 어긴 죄는 크나 발도뷘 백작을 비롯한 대신들은 모두 제국의 공로를 가진 이들입니다. 이들은 모두 유배지에 보내는 것은 합당치 않은 생각이시옵니다."

카릴은 그 목소리를 듣자마자 누구인지 단번에 알 수 있었다. 황후였다.

그녀의 등장에 술렁이는 장내와 달리 황제는 오히려 몸을 기울이며 귀찮은 듯 말했다.

"황후께서는 어인 일이시오. 지금껏 당신이 정계에 관심을 보인 것은 처음인 것 같은데……."

"잘못된 일은 바로잡아야지요."

"지금 황후께서는 내 판단이 틀렸다는 말이오?"

"아닙니다. 하나 최소한 이들에게 실수를 만회할 기회를 주시는 것이 제국의 황제로서 위엄을 보이시는 일이라 생각됩니다."

황제는 황후의 말에 옅은 웃음을 지었다.

"실수를 만회할 기회라……. 황후께서는 어떻게 해야 좋다고 생각하시오?"

"사람의 눈을 현혹시키고 마음을 미혹하는 것은 율라의 은총에서 벗어난 악적인 것들. 오히려 그런 타락한 것들을 기르는 이민족들을 벌하셔야 마땅하지 않겠사옵니까!"

같잖은 말이었다.

"저들에게 북부 토벌을 명하시옵소서."

기껏 나온 생각이 이것인가 하는 눈빛으로 카릴은 황후를 바라봤다.

어쩜 이리도 황제와 똑같은 소리를 한단 말인가. 조금 전 황제 역시 설사 크로멘의 애도 기간이라 하더라도 북부와의 전쟁을 일으킬 수 있다고 했었다. 하나 그 목적은 완전히 반대였다.

황후의 말을 듣던 황제의 표정에서 이미 카릴은 답을 알 수 있었다.

"……뭐? 타락? 별 시답잖은 미친녀……."

소리치는 황후를 향해 뭐라 말을 하려는 릴리아나의 입을 카릴이 틀어막았다.

"읍…… 우읍……!!"

릴리아나는 바둥거리며 뭐라고 소리쳤지만 안간힘을 써도 카릴에게서 벗어 날 수 없었다.

"그러실 필요 없습니다, 폐하."

카릴은 루온을 지나쳐 앞으로 걸어갔다.

"네놈……."

당장에라도 잡아먹을 듯 루온이 으르렁거리듯 카릴을 노려봤다.

'이제 곧 떠날 때군.'

카릴은 루온 따위에겐 관심도 없다는 듯 마치 작별 인사를 하는 것처럼 태양홀을 훑었다. 헤임 때도 그랬고 역시나 정치라는 머리싸움은 귀찮고 답답한 행위라는 생각이 들었다.

'그래도 지금껏 별의별 일들을 겪었기 때문인가. 아니면 의외로 내가 이런 일에 소질이 있는 건가.'

카릴은 난리가 난 상황에서 그는 관심 없는 사람처럼 피식 웃었다. 이 난리를 그가 만든 것인데도 불구하고 말이다.

콰아아아앙--!!

본궁의 문이 거칠게 열렸다.

"폐…… 폐하!!"

갑작스러운 소란에 황제는 무척이나 불쾌한 얼굴로 앞을 바라봤다.

수도방위를 맡고 있는 흑기사단의 기사였다.

"어느 안전이라고 이리 소란인 게냐!"

황제의 심기를 눈치채고 재상인 브린 이니크가 황급히 소리 쳤다.

"지, 지금 황도 입구에……!!"

하지만 어쩐 일인지 황제의 앞에 무례를 범했음에도 불구하고 기사는 두려운 눈빛으로 황제가 아닌 카릴을 바라봤다.

와아아아아아--!!

저 멀리서 들려오는 함성. 카릴은 지축을 떨리게 만들 정도의 거대한 그 외침에 낮게 웃었다.

"하시르."

"네, 마스터."

"돌아가면 모두에게 명해라. 앞으로는 주군(主君)이라 부르라고"

홀 안에 있는 사람들은 그 함성이 누구의 것인지 어째서 들리는지 알 수 없어 어리둥절했다.

"예, 주군."

하지만 하시르는 그 함성을 기다렸다는 듯 카릴을 향해 무릎을 꿇었다.

"너……."

타이란 슈테안은 제국의 황제인 자신을 앞에 두고 다른 이에게 무릎을 꿇는 하시르의 모습에 인상을 구겼다.

"폐하."

이 순간을 기다려왔다.

저벅- 저벅- 저벅-

"함성 소리가 들리십니까."

카릴은 너무나도 당연하게 절대간극을 넘어 황제의 앞에 섰
다. 그러고는 태양홀에 들어온 이례로 처음으로 허리를 세워
황제를 똑바로 바라봤다.

동등한 위치에서.

"북부 정벌?"

그는 입꼬리를 올리며 말했다.

"하실 필요 없습니다."

황제의 얼굴이 굳어졌다. 마치 믿었던 충신에게 배신을 당
한 왕처럼. 구겨지는 그의 표정을 바라보며 카릴은 옅은 웃음
을 지었다. 회귀 이래 가장 즐거운 일이 아닐 수 없었다.

"이미 끝났으니까."

카릴 맥거번. 그의 최초 군주 선언(君主 宣言)이었다.

"그게…… 무슨 뜻이지?"

황제는 지금까지와는 달리 날카로운 표정으로 카릴을 향해
물었다. 하지만 카릴은 오히려 굳은 그의 얼굴을 보며 오히려
미소를 띠었다.

"긴장하실 필요 없습니다. 위해를 가할 일은 없으니. 아니면
설마…… 제국의 황제께서 황도 밖에 서 있는 이민족들이 두
려우신 것은 아니시겠죠. 안 그러십니까?"

"……이 새끼."

황제는 들리지 않을 정도로 낮은 목소리로 카릴을 향해 입술을 씰룩였다.

"카딘."

"예, 폐하."

"마경(魔鏡)을 비추게."

눈은 여전히 카릴에게서 떼지 않고서 황제는 궁정 마법사에게 명했다.

우우우웅…….

카딘 루에르가 손바닥을 펼쳐 허공을 긋자 순식간에 3개의 마법진이 교차되어 나타났다 사라졌다. 삼중의 마법진을 무영창으로 시전하는 7클래스의 대단함에 놀랄 틈도 없이 허공에 만들어진 거대한 마법 거울에서 황도 밖의 풍경이 나타났다.

"저…… 저런!"

마경이 비추는 광경을 본 순간 장내가 술렁였다.

휘이이익……!!

검은 안개가 드리워진 것처럼 검은 망토를 쓰고 황도의 입구에 포진되어 있는 타투르의 자유군은 지금 제국 수비대와 대치하고 있는 상태였다. 마치 포위를 한 것처럼 북부와 남부 양쪽에 배치되어 있는 상황.

숫자조차 제대로 파악할 수 없었다.

"그저 폐하께 인사를 드리고자 온 것뿐입니다. 더 이상 북부를 걱정할 필요 없다는 뜻으로 말이죠."

카릴은 대수로운 일이 아니라는 듯 나지막하게 웃으며 황제에게 말했다.

"그저 제국이 해야 할 귀찮은 업을 제가 먼저 한 것뿐입니다. 폐하의 제국은 분명 대륙의 강국이지만 아직 패업을 이루신 것은 아니니까요."

그의 말에 황제의 얼굴이 굳어졌다.

"그래서 지금 네가 나 대신 북부를 정벌했다는 뜻이냐. 아니면……."

그는 이글거리는 눈빛으로 말했다.

"네가 북부를 먹겠다는 뜻이냐."

황제의 물음에 카릴은 그저 옅게 웃었다.

"그게 뭐가 중요하겠습니까. 이단섬멸령이 내려진 지 1년. 청기사단이 북부에서 그리 고생을 하였으나 절반이 채 되지 않은 정벌에 그쳤습니다."

"……."

그 이단섬멸령이 잠시 주춤하게 된 이유도 모두 카릴이 만든 남부의 일 때문이란 걸 아는 사람은 없을 것이다.

"앞으로 수년은 더 지속되겠지요. 폐하께선 그저 너그러운 마음으로 소인이 귀찮은 일 하나 해결했다고 생각하십시오."

웃는 카릴과 달리 황제는 으르렁거리듯 말했다.

"타투르를 독립시켜 달라는 의미가 이따위 짓을 하려고 한 것이더냐. 어리석은 놈……."

"……!!"

그의 말에 홀 안이 술렁였다.

'독립?!'

'설마……. 폐하께서 타투르를 나라로 인정하셨단 말인가?'

'어떻게 이런 일이…….'

대신들과 상의도 없이 벌어진 황제의 독단이었기에 더더욱 그들은 놀랄 수밖에 없었다.

"건방진 짓을 했어. 내가 네 욕심을 채워주었다면 넌 넙죽 엎드려 조용히 받아나 먹을 것이지. 모두가 있는 이런 자리에 대놓고 날 욕보여?"

황제는 카릴을 잡아먹을 듯 노려보며 소리쳤다.

"기껏해야 병력이라곤 1만도 채 안 되는 작은 도시와 북부의 버러지들로 나와 한판 붙기도 전에 넌 이 태양홀에서 목이 떨어질 것이다."

철컥-

태양홀의 기사들이 일제히 카릴을 막아섰다.

크웰은 불안한 눈으로 그를 바라봤다. 하지만 노한 황제와 달리 카릴은 여전히 담담한 표정이었다.

"하해와 같은 아량을 가지신 폐하께서 설마 그럴 리가 있겠사옵니까."

마치 비웃듯 입꼬리를 올리며 카릴은 품 안에서 무언가를 꺼내었다.

"……!!"

그의 손에 들린 작은 병. 안에는 붉은 화염초 하나가 시들지 않고 그대로 들어 있었다.

"너……. 그……!"

황좌에 기대어 있던 황제의 몸이 짐짓 미끄러질 듯 비틀거리고, 얼굴엔 경악을 금치 못했다.

"모두가 모인 이런 자리에서 대놓고 이야기를 하는 게 어찌 어리석은 짓이겠습니까."

카릴은 낮은 목소리로 말했다.

"말씀드리지 않았습니까. 그저 폐하의 건강을 생각해 귀찮은 일을 대신 한 것이라고. 이 자리에서 폐하의 건강에 대해 아는 자가 또 누가 있겠습니까. 참…… 할 말이 많은데 말이죠."

헤임에서 만났던 한낱 소년이 하는 말이 아니었다.

"저번에 말씀드렸던 사안. 잊지 마시기 바랍니다."

카릴은 본궁에서의 밀약을 다시 한번 황제에게 상기시켰다.

'그런 건가…….'

황제는 이제야 카릴의 진짜 목적을 깨달았다.

바다였다. 그리고 그 바다와 대륙을 이어주는 교두보가 되는 항구도시인 피아스타. 그 바다 건너엔…….

'공국(公國)이 있다.'

제국 한복판에서 다음 목표인 공국과의 전쟁을 준비를 하는 것이 얼마나 오만한 짓인지 알기에 카릴은 넋을 잃고 자신을 바라보는 황제를 비웃어주었다.

'크로멘이 독살되었다는 것을 넘어 자신 역시 죽을 뻔했다는 걸 알게 된 지금 이제 와서 다시 아무 일도 없었다는 듯 돌려놓을 순 없을 터.'

"옥체 만강하시어 다시 뵐 날을 기다리겠습니다, 폐하."

카릴은 고개를 돌려 루온을 한 번 바라보고는 다시 황제에게 말했다.

"그러니 이번엔 약속. 지키시기 바랍니다."

협박이었다. 적어도 황제에겐 그리 들렸다. 조금 전 말한 재판의 판결을 이행하지 않는다면 해독약을 어떻게 할지 모른다는 말이었다.

황제의 머릿속이 복잡했다.

'카릴이 준 해독약이 완벽한 것이 아니었나? 아니면 그가 거짓말을 하는 걸까?'

'혹여…… 완치된 것이 아니라면 자신 역시 크로멘과 같은 꼴이 되는 것인가?'

꿀꺽-

그는 자신도 모르게 마른침을 삼켰다.

카릴은 그런 그의 모습에 입꼬리를 올리며 몸을 돌렸다.

"너무 걱정하지 마십시오. 적어도 1년 동안은 아무런 문제가 없을 테니."

유예기간. 하지만 그 말은 1년 뒤에 자신의 몸이 어찌 될지 모른다는 뜻이기도 했다.

"그동안 괜한 일을 벌이시진 않으시는 게 좋을 겁니다."

그의 손에 있는 병이 무엇을 뜻하는 것인지 알지 못하는 대신들만은 어리둥절하게 두 사람을 바라볼 뿐이었다.

"돌아가자."

나직한 카릴의 목소리가 들렸다.

"머, 멈춰……!!"

황제의 다급한 외침이 태양홀에 울려 퍼졌다. 하지만 카릴의 눈빛을 본 황제는 그 외침이 무색하게 더 이상 그를 막지 못했다.

"……."

무리 사이에 자신을 바라보는 또 한 명의 슈테안가의 핏줄의 시선이 느껴졌다.

'곧 다시 만날 거다. 널 위한 검은 더욱 신중하게 준비하고 있으니까.'

카릴은 올리번을 바라봤다.

"그…… 그……!!"

황제는 말을 잇지 못했다. 당장에라도 카릴이 병을 깨뜨려 버릴지도 모른다는 불안감. 제아무리 위대한 제국의 황제라 할지라도 목숨 앞에서는 똑같은 인간에 불과했으니까.

저벅- 저벅- 저벅-

그저 카릴의 발걸음 소리만이 들릴 뿐이었다.

'그래. 목숨이란 다 똑같다. 그러니 지금 기분을 잊지 마라. 타이란 슈테안. 저 밖에 있는 이들은 모두 전생에 네가 죽인 목숨들이니까.'

뒤돌아선 카릴은 말을 잇지 못하는 황제의 목소리를 들으며 차갑게 웃었다.

"오신다."

키누 무카리는 낮은 목소리로 말했다.

"저게 보여?"

"물론."

그의 말에 에이단은 혀를 차며 말했다.

"하여간 여기 있는 사람, 하나같이 괴물들이란 말이지."

그러고는 저 멀리 보이는 제국을 향해 눈을 찡그렸지만 여전히 그에게는 아무것도 보이지 않았다.

척-!!

키누 무카리가 손을 들자 남부의 야만족들이 일제히 무릎을 꿇으며 카릴을 기다렸다.

"……."

긴장 가득한 얼굴로 그런 이들을 바라보는 맞은편의 병사들은 야만족들의 움직임에 자신도 모르게 움찔거렸다.

"더러운 잡놈들이……. 감히 신성한 제국 땅에 발을 들여놓다니."

제국 수비대 중 부대장으로 보이는 한 명이 으르렁거리듯 말했다.

"하……."

그 말에 수안 하자르는 콧방귀를 뀌었다.

콰아아아앙!!

그때였다. 반응조차 하지 못한 빠르기. 비명이 터지기도 전에 수안이 조금 전 앞에 있던 기사의 머리를 있는 힘껏 내려쳤다.

"커걱!!"

기사의 투구가 종이 쪼가리 구겨지듯 박살이 나버리고 그의 목이 마치 거북이처럼 들어갔다.

"잡것한테 맞아보니 어때? 이봐, 주둥이도 사람을 가려가면서 놀려야지."

퍼억……!!

파공음이 터져 나오며 다시 한번 수안이 횡으로 주먹을 찔러 넣었다. 기사는 충격에 몸을 가누지도 못한 채 수십 미터를 튕겨 나갔다.

부르르…….

바닥에 처박힌 기사는 몇 번 몸을 꿈틀대더니 정신을 잃은 듯 그대로 뻗어버렸다.

"……."

단 두 방이었다.

오금이 저린 그 광경에 병사들은 할 말을 잃고 말았다.

제국 수비대들은 수적 우세에 있음에도 불구하고 순식간에 벌어진 이 모습에 차마 달려들 엄두를 내지 못했다.

"왜? 그렇게 보지 마. 이러라고 마스터가 건틀렛을 주신 거 아냐? 어차피 언젠가 붙을 놈들이잖아."

수안 하자르는 어쩐지 홀가분하다는 표정으로 자신을 바라보는 사람들에게 말했다.

"그동안 꽤나 쌓였나 보네."

수안이 기대했던 망령의 성 공략에 참여하지 못하고 죽어라 배만 몰았다는 이야기를 에이단에게 들었던 두샬라는 수안을 바라보며 피식 웃었다.

"그러라고 준 거 아냐. 이봐, 덩치."

"……네?"

"덩칫값 좀 해."

밀리아나는 팔짱을 낀 채로 목소리를 내리깔며 말했다. 수안은 그녀의 말에 머쓱한 듯 머리를 긁적였다.

"하지만 저놈들이 먼저 시비를……."

수안은 뭔가 말을 하려다가 결국 입을 다물고 말았다. 아무리 그래도 소드 마스터의 반열에 오른 그녀의 눈을 똑바로 쳐다볼 용기는 나지 않았다.

"받은 만큼 돌려준다. 타투르는 타투르만의 방식이 있는 법이에요. 시비를 걸었으면 대가를 치러야지."

두샬라는 그녀의 기세에도 당당하게 말했다.

'마스터가 저 여자랑 숙소를 같이 썼다고?'

여자의 기개랄까.

에이단에게 망령의 성에서의 이야기를 들었던 것처럼 남부에서 카릴과 밀리아나의 일을 하시르에게 들었기 때문일지 모른다.

"받은 만큼 돌려준다? 착해 빠졌네."

하지만 두샬라의 말에 밀리아나는 오히려 콧방귀를 뀌었다.

"나라면 숨통을 끊어놨어. 그러라고 준 걸 테니까. 그 건틀렛은. 덩칫값 못하긴."

"……."

밀리아나는 그 한마디로 모두의 의문을 일축시켰다.

"야, 너희들."

그녀는 고개를 까닥이며 앞에 서 있던 제국군을 향해 말했다.

"비켜."

그 말이 떨어짐과 동시에 짓눌릴 것 같은 기세에 마치 바다가 갈리듯 제국군이 양쪽으로 갈라졌다.

저벅- 저벅- 저벅-

갈라진 병사들 사이로 카릴이 걸어왔다. 수천의 칼날이 자신을 겨누고 있음에도 불구하고 그는 마치 상관없다는 듯 유유한 모습이었다. 이미 기세에 짓눌려 검 끝이 바닥을 향하고 있었기 때문이다.

"추격은?"

"걱정하지 않아도 돼."

카릴의 말에 역시나 하는 표정으로 밀리아나는 고개를 끄덕였다.

거 보라는 듯 그녀는 두샬라를 슬쩍 바라봤다.

"……흥."

그녀의 눈빛에 두샬라는 살짝 인상을 찡그리며 입술을 깨물었다.

"황제의 표정이 궁금한데."

"꽤 볼만했다."

카릴의 대답에 밀리아나는 피식 웃었다. 대륙제일검이라 불리는 소드 마스터를 비롯해서 수백의 기사와 수천, 수만의 병사가 있는 황도였다. 그런 제국의 중심에서 이토록 아무렇지 않게 나올 수 있는 사람이 과연 몇이나 될까.

드래곤조차 쉬운 일이 아닐 것이다.

"베이칸."

카릴은 베이칸을 바라봤다.

명령을 기다리고 있었다는 듯 그가 카릴을 향해 고개를 끄덕였다. 그는 항상 가지고 있는 도끼가 아닌 커다란 장대 같은 것을 어깨에 들쳐 메고 있었다.

"깃발을 세워라."

말이 떨어지는 순간 베이칸은 천으로 감싸고 있던 깃대의 끝을 풀었다.

"흡……!!"

깃대를 잡은 팔의 근육이 터질 듯 부풀어 올랐다. 수십 미터에 달하는 거대한 깃대가 하늘을 향해 수직으로 세워졌다.

펄럭……!! 파르르륵……!!

그 순간 바람에 흔들리는 푸른 깃발이 제국의 앞에 당당히 모습을 드러냈다. 마치 그것이 신호가 된 듯 곳곳에 그와 같은 깃발이 물결처럼 모습을 드러내기 시작했다.

"……"

수비대들은 그 광경을 떨리는 얼굴로 바라볼 뿐이었다.

"돌아간다."

카릴의 한마디에 수천의 병사가 일제히 움직였다. 제국 수비대들은 어찌할 바를 모른 채 그저 그들의 뒷모습을 바라볼 뿐이었다.

제국력 226년, 겨울.

역사상 유례없는 일이 벌어졌다.

전생과 현생을 통틀어 처음. 지금 이 순간, 북부의 이민족, 자유도시의 용병들 그리고 남부의 야만족이 하나의 깃발 아래 뭉쳤다.

"나는 아직 당신을 주군으로 생각하지 않는다. 늑여우 부족의 수장인 하시르의 부탁으로 움직인 것뿐."

포나인을 향해 가던 중 지금까지 입을 다물고 있던 릴리아나가 카릴을 향해 말했다.

"알아. 덕분에 일이 잘 풀렸어. 원한다면 북부로 돌아가도 좋다. 우리도 아직은 너희를 모두 받아들이기 힘들고."

"솔직하네."

"그게 내 장점이지."

너무나 당당하게 말하는 카릴의 모습에 릴리아나는 어이가 없다는 듯 말했다.

"잔나비 부족에서 네가 올 거라고는 생각 못 했다. 혹시 여차하면 황제를 암살하려던 계획인 거 아냐? 타이란을 바라보던 눈빛이 장난이 아니던데."

"……."

릴리아나는 카릴의 말에 입을 다물었다.

"뭐, 죽이고 싶어 안달 난 얼굴이긴 했지만 잘 참았어. 거기서 일을 그르쳤다면 널 가만두지 않았을 거야."

카릴은 아무렇지 않게 말했다.

"내 사냥감이거든."

"······."

그의 말에 릴리아나는 마른 입술을 살짝 깨물면서 말했다.

"자만하지 마. 우리가 당신을 도운 것은 이번 한 번뿐이니까. 여전히 북부에 있는 이민족들은 많다. 우리도 돌아갈 거고. 정말로 북부를 얻고자 한다면······."

"알고 있어."

그 순간 카릴은 자신의 품 안에서 아그넬을 꺼냈다.

"······!!"

"대족장의 검이다. 하시르에게 들었겠지. 이제 너희는 북부로 돌아가 일러준 장소에서 기다려라. 내가 곧 화합의 날을 개최할 것이니까."

릴리아나는 단검을 바라보며 믿을 수 없다는 얼굴로 카릴을 바라봤다.

"그리고 제국은 걱정하지 않아도 돼. 애도의 기간도 있지만 그걸 떠나서도 한동안 북부에 손을 대지 못할 테니까. 이유는 너도 봤지?"

그녀는 더 이상 제국이 중요한 것이 아니라는 듯 여전히 아그넬에서 눈을 떼지 못했다.

"당신이 어떻게······."

"기다려. 그때 모든 걸 얘기해 주지."

조련하듯 카릴은 그녀의 말을 한마디로 일축시켰다.

"······."

"북부로 돌아가면 노인네들에게 안부나 전해줘. 이번 일에 고맙다는 말도 말이야."

카릴이 마치 북부의 족장들을 잘 알고 있는 것처럼 말하자 릴리아나의 의혹은 더욱 커졌다.

"참, 검은눈 일족의 칼리악이 전사하고 난 뒤로 대전사(大戰士)의 칭호는 아직 공석이지?"

"……네."

하시르는 아그넬을 본 뒤 변한 그녀의 태도에 이해한다는 듯 옅은 웃음을 지었다.

그녀의 대답에 카릴은 계획이 정해졌다는 듯 고개를 끄덕이며 말했다.

"그럼 됐다."

"이제 어떻게 하실 생각이세요? 제국이 난리가 난 모양이던데요."

카릴은 두샬라의 말에도 한동안 창밖을 바라보며 그저 서 있었다.

그는 오랜만에 돌아온 타투르의 풍경을 감상했다.

생각해 보면 전생에는 이렇다 할 자신의 집이 없었다. 단순히 의식주를 해결하기 위한 집이 아닌 돌아갈 수 있는 곳.

동료가 있는 그런 장소. 굳이 따지자면 전생의 동료라면 신탁의 10인이겠지만 파렐을 오르기 직전까지 그들과 함께했던 곳은 그저 피비린내가 그득한 전장뿐이었다.

"왜 그러세요?

"아냐. 아무것도."

두샬라는 자신의 물음에 대답을 하지 않고 있는 카릴을 의아하게 바라봤다.

"그냥 좋아서."

카릴의 대답에 순간 그녀의 얼굴이 붉어졌다.

"뭐, 뭐예요?"

자신도 모르게 한 발자국 뒷걸음질 치다가 탁자에 발등이 찍힌 그녀가 찌릿한 통증에 그만 비명을 질렀다.

"……꺅!!"

"푸하하, 바보 같긴. 정신을 어디 다 두고 다니는 거야?"

"……."

수안이 그 모습에 피식 웃었다. 그러자 에이단이 그의 어깨를 가볍게 두들기며 낮은 목소리로 말했다.

"넌 아무래도 평생 혼자 살 거 같다."

"음? 내가 왜?"

"아니다."

에이단의 말에 수안은 이해할 수 없다는 듯 주위를 둘러봤지만 방 안에 있는 사람 중에 누구도 이렇다 할 대답을 하는 사람은 없었다.

그저 고개를 끄덕일 뿐.

"이스트리아 삼국 상황은 어때?"

"이제 정말 제국엔 신경 안 쓰시나 봐요?"

두샬라는 정리해 둔 서류를 카릴의 앞에 건네며 말했다.

"관심이 없다기보다는 제국은 이제 그냥 둬도 알아서 안에서부터 썩을 테니까."

"내분의 시작이란 말씀이시군요."

카릴은 그녀의 말에 옅은 웃음을 지었다.

'판은 깔아줬어. 이제 말을 움직이는 건 내가 아니라 스스로니까. 결코…… 휘둘리지 마라.'

그러고는 그는 누군가를 떠올리며 생각했다.

to be continued

Wish Books

나는 될 놈이다

글쓰는기계 게임 판타지 장편소설
WISHBOOKS GAME FANTASY STORY

판타지 온라인의 투기장.
대장장이로 PVP 랭킹을 휩쓴 남자가 있다?

"아니, 어디서 이런 미친놈이 나타나서……."

랭킹 20위, 일대일 싸움 특화형 도적, 패배!

"항복!"

'바퀴벌레'라고 불릴 정도로
끈질긴 생명력을 가진 성기사조차 패배!

"판타지 온라인 2, 다음 달에 나온다고 했지?"

평범함을 거부하는 남자, 김태현!
그가 써내려가는 신개념 게임 정복기!

무공을 배우다

목마 퓨전 판타지 장편소설
WISHBOOKS FUSION FANTASY STORY

"무(武)를 아느냐?"

잠결에 들린 처음 듣는 목소리에 눈을 떴을 때,
눈앞에 노인이 앉아 있었다.

"싸움해 본 적 있나?"
"없는데요."

[무공을 배우다.]

20년 동안 무공을 배운 백현,
어비스에 침식된 현대로 귀환하다!

'현실은 고작 5년밖에 지나지 않았다고?'

밥만 먹고 레벨업

박민규 게임 판타지 장편소설

WISHBOOKS GAME FANTASY STORY

바사삭, 치킨, 새벽 1시에 먹는 라면!
그런데 먹기만 해도 생명이 위험하다고?

가상현실게임 아테네.
먹고 싶은 음식을 먹을 수 있는 유일한 방법!

[식신의 진가가 발동됩니다.]
[힘 1, 체력 1을 획득합니다.]

「밥만 먹고 레벨업」

"천년설삼으로 삼계탕 국물 내는 놈이 세상에 어디 있냐!"
"여기."